리의 세계

리의 세계

김설과 난초살인사건

김혜량 지음

서三삼독

일러두기

- 이 소설은 역사적 사실에 기초하여 창작되었습니다.
- 소설에 등장하는 인물, 사건, 지역 등은 실재와 관련이 없습니다.
- 소설에 표기된 연월일은 음력을 기본으로 합니다.
- 각주는 사전 인용 및 지은이의 해설입니다.
- 관습적 표기를 허용하였습니다.

차례

제1장 사라진 천란　　　　　7
제2장 인간 대 인간　　　　89
제3장 붉은 꽃잎 대롱대롱　179
제4장 드러난 진실　　　　225
제5장 훌륭하도다　　　　　273

제1장 사라진 천란

1

　시체는 자기를 건져 올린 사람보다 더 놀란 얼굴을 하고 있었다. 겨울이라 상태는 좋은 편이었다. 늙은 어부가 시체에서 그물을 벗겨 내기 시작했다. 젊은 애도 거들었다. 새수 옴 붙었네, 할 만도 하건만 두 사람은 묵묵히 손만 놀렸다. 망자 앞이라 숙연해진 걸까. 시체와 함께 딸려 올라온 학꽁치가 뱃바닥에서 팔딱거렸다. 그물을 걷어낸 손들은 이번에도 말없이 시신의 위아래를 나눠 잡고선 첨벙, 배 밖으로 던졌다. 아미타불, 추위에 곱은 손을 모으고 늙은이가 중얼거렸다.
　"저거 아무래도 공물로 장난치던 그 작자 같은데요."
　젊은 애 말에 늙은이는 입만 실룩거렸다. 학꽁치를 광주리에 주워 담으며 두 사람은 낄낄댔다.
　"등신, 여기가 어딘지도 모르고 깝죽댄다 했다."

김설이 신중록에게 불려간 건 음력 유월 초하루 저녁이었다. 안면은 있었지만 집을 드나들 만큼 친분 있는 사이는 아니었다. 드디어 발령이 나는 건가. 김설은 먹는 둥 마는 둥 저녁상을 물리고 데리러 온 사내종을 따라 한달음에 광통교를 건너 북촌에 있는 중록의 집에 들어섰다. 깐깐하기로는 견줄 사람이 없는 사간원 대감댁이라 그런지 피부에 닿는 공기가 가을만큼이나 서늘했다. 김설이 시고 떫은 오미자물을 마시는 동안 신중록은 부채로 경상 모서리를 톡, 톡 치며 정자 마루 안을 날아다니는 반딧불을 쏘아보았다. 김설이 그릇을 내려놓자 신중록이 입을 열었다.

"석혜 선생이 졸한 지 벌써 석 달이 되어가네. 기묘사화도 버텨낸 분이신데 그 강한 사람도 한순간에 가는구나 했지. 부귀영화를 뜬구름으로 여기고 오직 성리학에만 뜻을 두셨던 분이야. 그분만큼 경전에 해박한 이도 드물걸세. 내겐 학문적으로 대선배님이야."

석혜 이만, 대유학자라고는 하지만 김설로서는 이름자만 들어본 게 전부였다. 그가 죽었다는 소식도 금시초문. 그러나 김설은 이렇게 대꾸했다.

"저 또한 비보를 전해 듣고 몹시도 황망했습니다."

"익사라니, 하필 이 중요한 시기에 왜 이런 흉사가 일어난 겐지. 서원 건립은 우리 사림들의 열망이 아닌가. 아니 그런가?"

김설은 자신을 사림이라 여기지도 않았고 석혜 이만이 추진했다는 서원 건립에도 관심이 없었지만 신중록보다 더 애석한 표정을 지어 보였다.

"그런데 말이야. 얼마 전에 그걸 본 거야."

잠시 뜸을 들이더니 신중록이 입을 뗐다.

"난을 말일세."

"난초, 말씀입니까?"

"그래, 난초. 누군가의 방에서."

누군가라니 누구를 말씀하시는 건지요, 하고 물으려는데 신중록이 고개를 저었다.

"누구라고 말해줄 수는 없네만 가질 수도 가져서도 안 되는 자의 방이었네. 그곳에 천란이 있었어."

순간 신중록의 눈에 불안한 기운이 스쳤다. 김설은 가질 만큼 가진 자가 저런 눈빛을 보이면 괜히 기분이 좋아졌다. 배를 보이며 도망치는 뱀을 구경하는 기분이랄까. 반딧불만 해진 음성으로 신중록이 속삭였다.

"분명 석혜가 키우던 난이었네. 그게 어떻게 여기 한양에 있을 수 있단 말인가. 그건 예사 난초가 아니라네. 조선 팔도에 단 하나뿐인 천란이야. 내 은밀히 알아보니 선생 댁에서도 난초가 사라졌다더군."

관리, 특히 요직에 앉아 있는 관리 중에는 겉으로는 의연한 척을 해도 속으로 불안증을 앓는 이가 많았다. 반정(중종반정) 이후 삼십 년 세월 동안 역모와 고변과 탄핵이 난무했다. 옥사는 하룻밤 사이에 일어났다. 그렇게 조광조가 사사되고, 안당의 가문이 풍비박산 나고, 그들을 쓰러뜨린 심정의 무리 또한 같은 방식으로 제거되었다. 지금 조정은 좌의정 김안로의 천하. 김안로는 홍문관과 성균관, 이조와 의금부, 도총관까지 한 손에 거머쥐고 정국을 공포로 몰아갔다. 그러니 죽은 사림의 집에서 난초 화분 하나만 사라져도 저리 발작을 하는 것이다.

"칠일 뒤에 선생의 백일재가 있네. 입기현立己縣 경인사에서."

신중록이 좌락 부채를 펼쳤다. 김설은 자신이 왜 불려왔는지 감이 왔다. 신중록은 신진 관리의 발령권을 쥐고 있는 사간원 대간이다. 드디어 기회가 온 것이다. 김설은 주먹을 꽉 쥐었다.

"자네, 성균관에서 물건 찾아주기로 유명했다지? 도둑을 잡은 적도 여러 번이고. 추리와 밀탐에 특기가 있다던데?"

김설은 대답 대신 미지근한 표정을 지었다. 귀찮은 일에 휘말리기 싫다는 듯. 물론 속으로야 쾌재를 불렀지만. 그렇게 난감한 기색을 충분히 보인 다음 포도청 종사관이라도 되는 양 고개를 꼬며 물었다.

"이상하군요. 성리학자 집안에서 절에 가 백일재를 지낸답니까?"

"그 댁 부인이 불심을 끊어내지 못한 게지. 한심한 노릇이야. 대유학자 영전에 중놈들 염불 소리라니. 어쨌든 좋은 핑계가 아닌가. 자네가 백일재에 참석차 입기현에 내려가서 조사를 해줬으면 하네. 누가 난초를 훔쳐냈는지 알아봐. 그냥 둬서는 안 될 자야."

이쪽 의향은 묻지도 않고 사람을 수족으로 부리겠다는 말이었다. 자신에게 선택지가 없다는 건 김설도 잘 알고 있었다. 그렇다 해도 이렇게 약조 하나 해주는 것 없는 마당에 일상을 폐하고 무작정 입기현까지 내려갈 수는 없는 일.

"말씀을 따르고는 싶지만 제가 가르치는 아이가 남부학당 입교를 준비 중이라 말미를 얻을 수 있을지 모르겠습니다."

"쯧쯧, 당당히 대과 급제를 해놓고 아직도 남의 집 숙사(가정교사)를 하는 겐가. 삼 년이 다 되어 가는데 아직도 관직을 못 받아? 자네 너무 손 놓고 있는 거 아닌가."

신중록의 말인즉, 네가 급제를 했다고는 하지만 삼십삼등 꼴찌로 붙었으니 여태 발령을 못 받는 것이다, 게다가 뭐 하나 볼 것 없는 집안 출신이니 관리임용에서 번번이 미끄러지는 것 아니냐, 뇌물을 싸 들고 다니며 구직활동을 해도 모자랄 판에 가르치는 애 걱정을 해? 이번 일 잘 해결해서 돌아오면 내가 손을 써줄 터이니 어서 입기현으로 가서 진상을 파악해오라, 이런 뜻이었다. 그렇지. 이 정도 언질은 줘야 이쪽에서도 수족이 되어 줄 마음이 생기는 것이다. 하는 김에 김설은 뒤로 한 발을 더 뺐다.

"아이 공부에 차질이 생길까 신경을 아니 쓸 수가 없군요. 입기현이면 가는 데만 수일이 걸릴 텐데 말입니다."

이렇게 운을 떼면 말과 종을 내어줄 터이니 걱정 말고 다녀오게, 하는 말이 나오게 되어 있다. 자기 앞에 놓인 오미자물을 맛본 신중록이 미간을 찌푸리며 말했다.

"멀어봤자 경기 관내일세. 평지 길에 젊은 걸음으로 뭐가 걱정인가."

이 한여름에 입기현까지 걸어서 가라는 말이었다. 입술이 얇다 했더니 신중록은 역시 야박했다. 이번엔 또 누구에게 말 삯을 빌려야 하나, 하는 생각에 머릿속이 분주한데 신중록이 입을 열었다.

"자네 갓끈이 아주 상등품이구먼. 그런 건 어디에서 구하나? 아롱아롱 호박 구슬 눈부시어라."

김설 쪽은 쳐다보지도 않고 대간 나리가 비죽 웃었다. 보아라, 네 호박 갓끈만 팔아도 말 빌리는 값은 치르고도 남을 것이다, 하는 소리였다. 그때 밤벌레 소리에 섞여 안채 쪽에서 여자들의 웃음소리가 들려왔다. 방울이 울리는 것 같은 맑은 소리였다.

"딸애들이야." 하며 신중록이 손가락 네 개를 펴 보였다. 두 남자는 잠시 의미심장한 눈빛을 주고받았다. 한순간 김설의 머릿속이 환해졌다. 지금 갓끈이 대수인가, 평산 신씨 집안의 맏사위가 되는 마당에, 하며 젊은이가 기뻐하는데 딱! 하고 신중록이 경상에 앉은 반딧불을 부채로 내려쳤다.

"느낌이 안 좋았어."

"네?"

"석혜 형이 편지로 알려왔지, 천란을 얻어 기쁘다며. 내게만 알려주는 거라고, 아무에게도 말하지 말라고 당부했지. 왜인지 불길했네. 그게 기뻐할 일인가 하는 생각이 들더군. 어쩌면 말이야. 난초가 탐이 나서 누군가 석혜를…."

죽인 벌레를 내려다보며 신중록이 중얼거렸다.

2

석혜 이만의 집은 배산임수에 입기현 중심부가 한눈에 들어오는 곳이었다. 사랑채 정자 마루에 서면 저 멀리 입기 읍성을 돌아 흐르는 성곡천이 보이고 시선을 가까이에 두면 동헌의 기와지붕들이 내려다보인다.

"망부의 백일재를 위해 한양에서 예까지 오시다니, 사족 집안에서 백일재를 지낸다고 애제자들마저 외면하는 마당에 뭐라 감사를 드려야 할지."

이만의 처 백 씨는 입술도 움직이지 않고 또렷이 말하는 기술이 있었다. 시선에도 흔들림이 없었다. 김설 또한 백일재를 말리러 온 자가 아닌지 대놓고 의심하는 눈치였다.

"여기서는 다들 백일재를 반대하는 형편이다 보니 어머님께서 적잖이 시달리셨습니다. 김 선생님께서* 너그러이 혜량하여주시기 바

* 조선시대는 과거급제자를 선생이라고 불렀다.

랍니다."

이만의 아들 이첨이 해명하듯 한마디를 보탰다. 이첨은 순한 인상에 풍채가 좋은 젊은이였다. 유명한 도학자의 아들답게 예법이 경지에 올라 움직임 하나하나가 남달랐다.

"존경하는 스승을 추모하는 마음에 어찌 유불儒佛을 따지겠습니까."

그제야 바짝 세웠던 어깨에 힘을 풀며 백 씨가 말했다.

"더위에 먼 길 오시느라 고생 많으셨소."

"그래봤자 이백리 길, 젊은 걸음에 고생이랄 것도 없습니다."

김설은 호박구슬 갓끈을 차마 팔 수 없었다. 그것은 그가 가진 것 중 그나마 비싼, 선비 체면을 살려주는 유일한 물건이었다. 그렇다고 한여름 뙤약볕을 걸을 수도 없는 일. 급제자 신분을 팔아 돈 꾸는 것도 하루 이틀이었다. 결국 자신이 숙사로 있는 부사 댁 안주인에게 제가 곧 사간원에 출사할 것 같습니다만, 하고 허풍을 쳐서 말 품 삯을 융통할 수 있었다. 견마잡이도 없이 겨우 하루 빌리는 값이었다. 김설은 오는 내내 변변히 요기도 못 하고 말을 몰았다. 다행히 오산 객사에서 상경하는 선비를 만나 서울로 말을 돌려보낼 수 있었다.

내어준 감주를 마시는 동안 김설은 이만의 높은 학문과 고매한 인격에 대해 존경의 말을, 너무 뻔해서 말하고 있는 자신도 민망한 말을 한차례 쏟아냈다. 그러곤 벌써 다 마셨나, 아쉬워하며 빈 그릇을 내려놓고는 수염을 닦기 위해 손수건을 꺼낸 김에 눈물까지 찍어댔다.

"막상 향을 사르고 나니 그리움이 복받칩니다. 선생님을 다시 뵈올 수만 있다면. 선생님의 체취가 남아 있는 사랑방을 둘러보니 감개무량하오나 한편으론 허전하기 이를 데가 없습니다. 역시 살아 있는 생물만 하오리까. 손수 돌보시던 난초라도 보면 적이 위로가 될 듯합니다만, 실례가 아니면 소생이 잠깐 난실을 구경해도 되겠습니까?"

신중록은 은밀히 알아보라 했지만 어사는커녕 정식 관리도 아닌 자가, 아는 이 하나 없는 외지에서 달리 무슨 방법으로 조사를 하겠는가. 김설의 입장에서는 가족들 말이라도 일단 들어보는 게 순서였다. 백 씨의 동글납작한 얼굴이 풀 먹인 듯 다시 빳빳해졌다.

"그건 곤란합니다. 망부께서 기르시던 난초는 전부 없앴소이다."

"없애요?"

"무릇 집착이란 번뇌망상의 근원 아니겠소. 군자를 닮았다고 난초에 집착하는 것도 한낱 망상일 뿐, 아무리 고상해 보여도 망상은 망상일 뿐."

그리 말하더니 안주인이 소복 치맛단에서 머리카락을 떼어 손끝으로 꽁꽁 뭉쳐 마루 밖으로 던졌다.

"어머니께서 난초를 돌볼 사람도 없는데 제자와 지인들께 나눠드리는 게 어떻겠냐고 하셔서요. 초상 때 애쓰신 분들께 선물로 드렸습니다."

"꽤 귀한 난초도 많다 들었습니다만, 그 비싼 것을 다 나눠주셨습니까?"

김설이 망연자실해 묻자 이첨이 다소곳이 고개를 숙이며 말했다.

"보답하고자 하는 마음에 어찌 그 값이 중요하겠습니까."

"혹 실례가 아니라면 천란 화분은 누구에게 주셨는지 알 수 있을까요?"

"천란? 거 이름 한번 천박하구려. 애야, 그런 난도 있었느냐?"

백씨 부인의 말에 이첨이 고개를 갸웃했다.

"아버님께서 난초는 손도 못 대게 하셔서 저 또한 아는 게 없습니다만… 어머니, 수소문이라도 해볼까요?"

"남해와 나주에서 오신 분들까지 난초를 받아 갔는데 수소문을 해도 몇 달이 걸릴지 모를 일. 아무튼 그날 아주 난리도 아니었습니다. 서로 난초를 차지하겠다고. 그러니 누가 뭘 가져갔는지 일일이 기억할 수나 있나. 상황이 이러한데 번거롭게 그걸 꼭 아셔야겠소?"

이 모자는 정녕 천란이 뭔지도 몰랐단 말인가. 값도 없다는 그 귀한 천란을 거저 주다니. 김설은 제가 큰돈을 잃은 양 등허리에 맥이 풀렸다. 천란을 손에 넣은 그 행운아는 필시 그 진가를 알아봤을 터, 그러니 그 누군가에게 뇌물로 바쳤겠지. 신중록이 말한 그 누군가가 누구인지 알아내기는 어렵지 않았다.

그날 김설은 신중록의 집을 나서며 배웅하는 중록의 겸인(수행비서)에게 "며칠 전 김안로 대감댁에서 자네를 보았네." 하고 떠보았다. 겸인은 "아, 네." 하며 고개를 끄덕였다. 그러다 이내 경계하는 눈으로 "설마요…." 하더니 "살펴갑쇼." 하며 대문을 탕 닫았다.

김설은 입기현에 내려오기 전 사간원으로 발령이 난 급제 동기를 찾아가 신중록에 대해 물어보았다. 동기 말로 신중록은 소싯적에 기묘사화를 지켜봐서 그런지 지나치게 의심이 많고 매사를 불길하게 여긴다고 한다. 그런 신중록의 피해망상에 장단을 맞춰주느라 이 더운 여름날 예까지 내려왔단 말인가. 김안로가 무서우면 저 혼자 안달을 낼 일이지 왜 나까지 끌어들이냔 말이다. 이틀 동안 쉬지도 못했다. 어찌나 피곤한지 귀에 건 서푼짜리 귀고리*가 무거울 지경이었다. 저녁 먹기 전에 잠시 등이라도 붙였으면 하는데 안주인이 자리에서 일어서며 말했다.

"백일재 준비에 경황이 없어서 난 이만 실례하겠소. 애야, 김 선생께서도 지인들을 찾아뵈려면 바쁘실 터이니 그만 보내드려야지."

당연히 이만의 집에서 묵게 될 줄 알았던 김설은 빈말이라도 누추하오나 저희 집 사랑채에서 묵으시라는 말이 나오길 기대하며 이첨을 바라봤지만 이 고지식한 시골 선비가 하는 말이 이랬다.

"제가 눈치도 없이 고명하신 분의 귀한 시간을 빼앗았습니다. 그럼 내일모레 절에서 뵙겠습니다."

이첨이 마룻바닥에 두 손을 모으고 공손히 절을 했다.

입기현 현감은 김설을 위아래로 훑고는 일단 동헌 대청으로 올라

---

* 조선 중기까지는 남자들도 귀고리를 착용하는 것이 보편적이었다. 서푼은 1그램이 조금 넘는다.

제1장 사라진 천란　　　19

오라고 했다. 방자에게 의자를 하나 내주라고 하더니 김설이 앉자마자 대뜸 홍패*를 보자 한다. 김설이 홍패를 꺼내 건네자, 노안이 왔는지 멀리서 가까이서 한참을 들여다본 현감이 수령모를 들추고는 이마를 벅벅 긁었다.

"소년등과라니, 이거 참말로 부럽소이다. 부러워."

자기는 과거에 번번이 떨어져 겨우 종구품 음직으로 출사해 조선 팔도 안 가본 데 없이 지방관으로만 돌았다고, 시험 운이 없어도 이렇게 없을 수가 있냐고, 이번 식년시에서도 또 떨어졌다고 했다. 그러더니 김설의 홍패를 불구대천 원수인 양 쏘아보았다.

"이기 히나가 뭐라고 인사 때마다 괄시를 받고 문중에서도 면이 안 선단 말입니다, 면이. 내 원 서러워서 말입니다. 그런데 김 선생, 석혜 선생을 정말 알긴 아시오? 여기 입기현 젊은 선비들은 대부분이 석혜서당 출신이랍니다. 동문수학까지는 아니더라도 교우하는 자가 한둘이 아닐 텐데 하루 묵을 데가 없어 동헌 객사를 빌리시겠다? 좀 이상타 싶습니다만."

이실직고 안 하면 홍패를 압수라도 할 것처럼 꽉 쥐고 현감이 말했다. 김설은 평소 석혜 선생을 마음속 큰 스승으로 모셨는데, 올봄에 부고를 듣고도 집에 우환이 생겨 시간을 못 내다가 이제야 겨우 사당에 절이라도 올릴까 하여 내려왔다며 울먹였다. 사실인즉 김설

---

* 紅牌, 나라가 급제자에게 내려주는 호패.

은 울고 싶을 만큼 지치고 허기졌다. 그래도 현감의 축 처진 눈이 의심을 풀지 않자 김설은 한양에서 듣고 온 말을 꺼냈다.

"하필 생신날 그런 사고가 나다니요. 주변에 사람도 많이 있었다는데 왜 구해드리지 못한 건지 생각할수록 안타깝습니다."

"왜요, 한양에서 뭐라 합디까? 수군대기라도 하는 거요?"

끓는 기름에 물 튀듯 현감이 발끈했다.

"저 멀리서 배가 뒤집혀 빠져 죽는 걸 무슨 수로 구합니까. 하긴 아무것도 모르는 자들은 수군거릴 만도 합니다. 이상하긴 하겠지요. 그때 일을 누구 하나 속 시원히 말하지 못할 테니. 흥!"

이어 현감이 다짜고짜 방자를 불렀다.

방자가 책실에서 입기현 삼월 일지를 가져오자 현감이 손수 책을 펄럭펄럭 펼쳐 김설 쪽으로 밀었다. 더 이상 난초 도둑을 찾는 일도 의미 없어진 마당에 그저 하룻밤 묵을 곳이 필요했을 뿐이다. 하필 과거시험에 한이 맺힌 현감을 만나다니, 한숨을 삼키며 김설은 궁금하지도 않은 현일지를 받아 들고 읽어야 했다.

가정십육년*, 삼월 초칠일, 성곡천 선바위 부근에서 나룻배 전복하여 사족 이 인 익사. 사망자 유학자 이만 오십 세, 생원 박희 이십칠 세.

* 1537년, 중종32년. 조선은 공식 연도 표기에 명나라 연호를 썼다.

제1장 사라진 천란

'뭐야, 석혜 혼자 변을 당한 게 아니었어?' 하고 의아해하는데 현감이 손짓으로 어서 다음을 읽어보라고 재촉했다. 그다음 줄부터는 온통 목격자였다. 이첨, 전유한, 고경, 홍시흔, 박숭, 박표, 이동운, 정진허 등 유생이 이십칠 인. 현삼보, 김창래, 김옥 등 악공이 십일 명. 돌령이, 부리, 점쇠, 큰노미, 개노미 등 남종 십삼 구口*에 똥진이, 가외, 어철비, 쪽눈이, 작은년이 등등해서 여종이 열두 구 그리고 월향, 산홍, 동매, 녹우, 천단심, 연미화, 명화, 금옥, 화중선, 도홍, 춘앵, 미월, 은죽, 설향, 심국, 유란, 감은동이… 그렇게 기생 이름이 다섯 줄을 넘겼다.

"어린 기녀들까지 합하면 기생만 오십이 넘었소. 내가 윗분께 장계(보고서)를 올리려니 참 기가 차지 뭐요. 이거 고을 망신 아닙니까. 내로라하는 도학자께서 관기를 쓸어가서 생신연을 여시다니요! 맨날 저기 정자 마루에서 뒷짐 지고 동헌을 내려다보며 향鄕의 수령은 이래야 하느니 저래야 하느니, 하며 제자들을 가르치던 분이 할 짓은 아니지요."

현감은 동헌 동편에 위치한 이만의 집을 힐끗 올려다보며 입을 샐쭉하더니 아무래도 제가 한 말이 켕기는지 덧붙였다.

"뭐, 그 점잖은 분께서 기생을 부르라고 한 건 아닐 테고 제자들이 오십수 생신연 한번 거창하게 차려드리려고 한 짓일 테지만."

---

* 조선에서 노비의 수는 명수로 세지 않고 가축처럼 구口로 셌다.

그러다 또 뭔가 억울한지 탁자를 탁, 치며 말했다.

"말이 나왔으니 하는 말인데 여기 입기만큼 평안한 고을이 또 어디 있겠소. 내 자랑은 아니지만 여긴 흉년에도 굶는 백성이 하나 없다 이거요. 이게 다 수령이 고을을 잘 건사한 덕 아닙니까. 내 급제는 못 했어도 목민관으로서 부끄럽지는 않단 말씀이오. 누구에게 잔소리 들을 처지는 아니란 말이지요."

현감의 말마따나 김설도 오산에서 강을 건너 입기읍성으로 오는 내내 확인한 바였다. 그것은 풍요로운 고장에서나 느낄 수 있는, 피부가 먼저 알아버리는 윤택한 기운이었다. 경기지역은 대대로 왕실과 공신들의 수탈이 심해 사방이 평야라도 백성들의 얼굴에는 궁기가 넘치게 마련인데 입기현은 한눈에도 풍경이 달랐다. 해변에는 소금가마*가 줄지어 있고, 포구는 심배들로 정신이 없었다. 장시가 열리는 날이 아닌데도 성 안팎을 들고나는 짐바리 마소로 시끄러웠다. 읍성으로 들어서자 여기가 시골이 맞나 싶게 가게 행랑이 즐비하고 색옷을 입고 뛰노는 애들이 많았다.

"입기현만큼 방납꾼**이 발도 못 붙이는 곳이 어디 있냐 이 말이오? 바로 옆 고을에선 방납꾼이 공물을 제멋대로 대납하고는 가난한 농부들에게 값을 스무 배나 챙겼다지 뭡니까. 입기에선 그런 농

---

* 조선시대 소금 관리는 원칙적으로 국가 독점이었지만 일부 사염장(私鹽場)도 존재했다.
** 특산물을 바치는 세금인 공물(貢物)을 대신 바치고 그 대가를 백성에게서 받아내던 일을 하던 사람. 이들은 조정과 지방의 관리나 서리들과 결탁해 부정한 방법으로 폭리를 취하였다. 방납의 폐단은 극심했으나 조선 후기에 이르러서야 대동법大同法이 실시된다.

제1장 사라진 천란

간질은 안 통한다 이거요. 내가 있는 한! 오죽하면 주상께서 더도 말고 덜도 말고 입기처럼만 하라고 하셨겠소. 어이쿠, 이렇게 성은이 망극할 수가! 그런데 선생은 삼삼(꼴등)이라도 한 게요. 소년등과를 한 분이 왜 여태 직이 없단 말이오?"

평소 같으면 듣기만 해도 치통처럼 거슬리는 삼삼이었지만, 김설의 귀에는 지금 현감의 말소리가 들리지 않았다. 뭔가 이상한 기분에 앞 장을 다시 훑던 김설의 눈을 사로잡은 그 이름.

정진허.

성균관에서 내 옆방에 살던 그 정진허? 옹주마마 손자에 가회방 출신의 ㄱ 거만한 정진허? 생각해보니 정진허를 근래 성균관 동갑계에서도 시회에서도 본 적이 없었다. 사람 깔보는 진허의 눈빛이 떠오르자 불쾌감이 분진처럼 피어올랐지만 지금 그런 게 문제인가. 이렇게 반가울 수가! 궁하면 통한다더니 진허에게 가서 숙식을 해결하면 되겠군, 하던 김설의 고개가 갸웃 기울어졌다. 왜 훈구공신가 자제가 사림들 속에 끼어 있는 거지? 하는 생각이 스치는가 싶더니 이마 안쪽으로 유성이 팟팟, 연달아 떨어졌다.

아, 김안로! 아, 난초!

3

정진허가 아침 일찍 나간 바람에 혼자 아침상을 받은 김설은 사내종에게 묻지 않을 수 없었다.

"주인댁에 무슨 변고라도 생긴 것이냐?"

"우리 나리께서 요즘 육고기를 전혀 안 드세요. 상에 올리지도 말라고 질색하시니 반찬이 늘 그 모양입죠."

이 사내종은 성균관 시절부터 눈치가 빨랐다. 자신과는 또래였고 이름이 점쇠라고 했던 게 기억났다. 그 시절 점쇠는 본가에서 열심히 먹거리를 날라왔다. 성균관 진사식당에서 조악한 식사를 하기에는 정진허가 너무 대갓집 도련님이었던 것이다. 정진허의 조부는 효숙옹주의 남편 정이품 부미 시령위 정항. 옹주는 아들 하나 낳고 서른도 안 되어 죽었지만 정항의 집안은 성종 대에는 물론 연산 조에도 번영했고, 반정이 성공하자 이번엔 공신록에 나란히 부자의 이름을 올렸다. 정항 부자는 반정의 일등 공신 박원종과 친했고 무슨 재주인지 조광조에게도 안 물어뜯기고 평안하더니 조광조를 몰아낸 남곤, 심정과도 글씨를 주고받으며 교우했다. 그리고 이젠 김안로와 정기적으로 개고기를 구워 먹으며 잘 지낸다고 한다. 공신과도 충신과도 간신과도 만수산 드렁칡처럼 어우러지는 무쌍의 처세, 그게 정진허의 집안이었다. 그런 집안 손님상에 밥과 아욱국, 무장아찌가 전부라니. 포구가 지척이건만 손님상에 새우젓 국물도 없단 말인

가. 어제 저녁도 이랬다. 하지만 주인도 이렇게 먹는다는데 객이 토를 달 수도 없는 일. 김설은 수저를 들고 꾸역꾸역 밥을 떠 넣었다.

정진허가 머무는 곳은 읍성 밖, 성곡천 건너 정자 딸린 별서*였다. 어제 김설이 동헌에서 나와 바로 찾아가 며칠 신세 좀 지자 했더니 정진허는 반기지도 꺼리지도 않는 얼굴로 그러라고 했다. 그러고는 입기현에는 석혜 선생 밑에서 성리학 공부를 해보려고 내려왔다는 말을 덧붙였다. 김설은 내심 놀랐다. 정진허가 묻지도 않은 말을 하다니.

"석혜 선생댁에서 받은 난초 구경 좀 하세. 사실 나도 난초 애호가야."

사랑방을 둘러보며 김설이 묻자 정진허가 피식 웃었다.

"자네가? 난초를? 좀 안 어울리는군." 하며 퀭한 눈으로 쳐다보는데 흰자위에 서려 있는 푸르스름한 귀기가 여간 께름칙한 게 아니었다. 정진허는 그 뒤로 난초에 대해서는 일언반구 하지 않았다.

점쇠 말대로 진허가 낚싯대를 앞에 두고 앉아 있긴 했다. 당연히 집 앞 물가인 줄 알고 정진허를 찾아 나온 김설은 땡볕에서 한참이나 헤맸다. 정진허가 낚싯대를 드리우고 있는 곳은 그늘 하나 없는 강의 하류. 한눈에도 자리가 영 아닌 곳이었다. 김설은 옆에 쭈그리

---

* 조선시대 선비들 사이에서 유행한 별장 용도로 지은 정원 딸린 집.

고 앉아 어색한 분위기를 없애려고 아무 말이나 던지는 것처럼 진허에게 물었다. 석혜 이만을 언제부터 스승으로 모셨느냐, 그분이 돌아가신 마당에 계속 이곳에 남아 공부할 것이냐 등등.

"글쎄 언제더라… 그냥 좀 더 있다가…"

정진허는 김설의 속셈을 간파하기라도 한 듯 이런 식으로 얼버무리고는 입을 닫았다. 삿갓 아래 표정마저 감춘 채 그랬다. 유월의 뙤약볕 아래서 김설은 귓가에서 앵앵대는 벌레 소리와 정확히 정반대로 괴롭히는 정진허의 침묵을 고스란히 견뎌야 했다.

할미새들이 꽁지를 떨며 자리를 옮겨 다니는 여름 강, 물떼새도 쇠백로도 물고기를 꿀꺽꿀꺽 잘도 잡아먹건만 정진허의 낚시 바구니는 텅 비어 있었다. 감조하천이라 강으로 역류하는 바닷물을 따라 올라온 갈매기들까지 끼룩끼룩 두 남자를 비웃으며 날아다녔다. 자리만 좋으면 바다 농어도 낚을 수 있으련만 안목이 어찌 이리 없느냐 말이다. 이래서는 오늘 저녁상에도 무장아찌만 오를 것이다. 김설은 조개라도 잡아볼 양으로 바지를 걷고 물속에 들어갔다. 햇볕에 데워져 미지근한 부근을 지나 무릎이 시원한 곳까지 갔다. 제법 센 물살을 이겨내며 어질어질해질 때까지 모랫바닥을 뒤졌지만 허탕이었다. 계속 구부리고 있어 허리가 끊어질 것 같았다. 허리를 두드리며 제발 자리 좀 옮겨보자고 채근해도 정진허는 요지부동. 맘대로 하게, 하고 돌아서는데 툭 하고 빗방울이 김설의 어깨를 때렸다.

장대비가 사나운 대군처럼 사선을 그으며 거침없이 쏟아졌다. 난

타하는 빗방울로 수면은 포말이 끓어오르는 것 같았다. 김설은 뒤쪽으로 보이는 느티나무를 향해 뛰었다. 순식간에 비에 젖은 도포 자락이 휘감겨 다리가 천근 같았다. 정진허도 낚싯대를 버린 채 삿갓을 양손으로 부여잡고 나무 밑으로 뛰어 들어왔다. 그 꼴을 보니 참아왔던 부아가 치밀었다.

"자네! 석혜도 없는데 입기에는 왜 남아 있나?"

물기를 털며 정진허가 시큰둥하게 말했다.

"자네, 내일 아침 일찍 서울로 올라간다고 했나?"

분명 내일이 백일재인 걸 알면서 하는 말이었다. 정진허는 성균관에서도 늘 이런 식이었다. 종이나 붓 같은 걸 빌려달라고 하면 제 손으로 꺼내줘도 되련만 꼭 점쇠를 불러 건네주곤 했다. 안 갚아도 되니 귀찮게 하지 말라는 듯 책에서 눈도 떼지 않고 그랬다.

제법 넓은 가지에 잎도 무성한 나무였지만 더 이상 세찬 비를 가려주지는 못했다. 김설의 뒷목으로 빗물이 떨어져 등줄기를 타고 흘렀다. 소름이 올라 목을 움츠리던 김설은 문득 깨달았다.

팔 년 세월 동안 변한 게 없다.

그때나 지금이나 저 자식은 거만하고 자기는 저 자식에게 자잘한 부탁이나 하는 신세.

때려 붓던 비는 한순간에 가늘어졌다. 소나기가 들쑤셔놓은 강물의 비릿한 냄새를 맡고 있자니, 점심을 걸러 속이 비다 못해 훌렁 뒤집히는 것 같았다. 옷이라고는 이게 전부인데 어서 돌아가 빨아 말려야 내일 이만의 백일재에 얼굴을 디밀 것이 아닌가. 마음은 바빴지만 땅이 질어 자꾸 발이 쏠렸다. 미투리가 미어질까 빨리 걸을 수도 없었다. 젠장, 부글거리는 속을 달래며 흙물이 줄줄 흐르는 경사진 길을 오르는데 크게 외치는 소리가 들렸다.

"선비님들! 부탁 좀 드립니다."

소리 나는 쪽으로 고개를 돌리니 여기라며 손을 흔드는 사내가 보였다. 저 앞쪽 길이 휘어지는 모퉁이에서 짐말에 묶인 수레가 넘어지기 직전이었다. 가서 보니 한쪽 바퀴는 바닥에서 한 자는 들렸고 반대쪽은 진창에 빠져 앞으로도 뒤로도 움직이지를 못하는 상황이었다.

"힘 좀 빌려주십쇼. 잠깐이면 됩니다."

가까이서 보니 마부는 스물쯤 되어 보이는 젊은이였다. 비에 젖은 얼굴이 가라말(흑마)처럼 매끈한 게 한눈에도 사람을 잡아끄는 데가 있었다. 옥색 잠방이 아래 드러난 종아리는 늘씬하니 단목처럼 단단해 보였다.

"마차를 들어 올리자는 말인가?"

"그렇습니다. 바퀴 아래 나무판을 끼워 넣으려면 살짝이라도 들어 올려야 해서요."

모르는 체하고 가버린 줄 알았는데 정진허가 뒤에서 헛기침을 했다. 김설은 마차 상판 아래에 손을 넣고는 무게를 가늠해보았다.

"우리 둘이서 이걸 들 수 있을까?"

"셋이 해야죠." 하는 소리에 놀라 보니 말 앞쪽에서 널빤지를 든 여인이 나타났다.

"도포를 벗어 절 주세요. 진흙에 빠질 테니 신도 벗고, 갓도 벗어 주세요. 어서요. 시간 끌다 바퀴 축이 부서지면 끝장입니다."

여자는 널빤지를 마부에게 건네고는 김설과 정진허의 옷가지를 척척 걷어가 마차 위에 올려놓았다. 자신도 이미 치마를 무릎까지 걷어 묶은 상태였다. 여자가 이렇게 하는 거라고 시범을 보이듯 상판 아래 어깨를 두고 두 손으로 상판을 받쳤다. 무리라고, 택도 없다고 생각하면서도 김설은 이런 말을 했다.

"그럼 힘 좀 써볼까요."

정진허도 몸을 숙여 자세를 잡았다.

"하나 둘 셋, 하면 드는 거예요."

두 남자가 고개를 끄덕이자 여자가 마부 쪽을 보며 소리쳤다.

"하겸이 너는 널빤지 끼우자마자 재빨리 고삐를 당겨. 자, 그럼 갑니다. 하나, 둘, 셋!"

분명 어깨로 어마어마한 무게감이 전해졌지만 김설은 몸이 붕 뜨는 것만 같았다. 코앞에서 여자의 얼굴을 마주해서일까. 힘을 쓰느라 여자의 코에 주름이 졌다. 앙다물었던 입술 끝이 말려 올라가면서 이가 드러났다. 희고 가지런한 이였다.

4

김설로서는 처음 해보는 경험이었다, 이런 식으로 뜨뜻한 물에 몸을 푹 담그는 목욕은. 정진허와 함께 들어앉아도 넉넉할 정도로 나무 욕조는 컸다. 물에서 올라오는 소나무 향을 맡으며 열린 창밖을 보니 북쪽 동산 위로 무지개가 떴는데 다시 보니 쌍무지개였다.

마차를 따라 읍성 밖 난전까지 오자 저택에 딸린 점방 사람들이 놀라 뛰어나왔다. 이 댁의 청지기(집사) 민 씨는 마차 바퀴와 씨름하느라 진흙투성이가 된 자신들을 보고는 송구해서 어쩔 줄을 몰라 하며 이런저런 지시를 내려 하인들에게 두 선비의 시중을 들게 했다. 알고 보니 이 늙은이가 마차를 끌던 하겸이라는 청년의 아비였다.

무지개가 시나브로 저녁 빛에 잠겨 희미해지고 있었다. 그 흔적을 눈으로 좇으며 김설이 물었다.

"이 집 아가씨는 뭐랄까, 좀 이상하게 생기지 않았나?"

"이상해? 내 보기엔 자네 눈이 이상하군. 절세미인을 보고 이상하다니. 전에 멀리서 한번 보긴 했는데 가까이서 보니 도리어 실감이 나지 않더군."

"미인이라고?"

김설이 놀라자 정진허가 피식 웃고는 목간통 테두리를 쓰다듬으며 중얼거렸다.

"전라도에서 공수해온 노송이로군. 고씨네가 재산이 많다고는 들었지만 이 정도일 줄이야."

 열탕 덕에 얼굴이 상기되자 정진허는 이제야 젊은 사내 같았다. 평생 고생을 모르고 살아서인지 피부에 잡티 하나 보이지 않았다. 김설은 호사스러운 목욕을 즐기는 정진허가 왠지 으스대는 것처럼 느껴졌다.

 정진허가 미인이라고 한 아가씨의 이름은 고채였다. 아가씨치고는 나이가 많아 보인다 했더니 과연 스물을 훌쩍 넘긴 노처녀였다. 김설이 나중에 점쇠를 통해 들은 바에 의하면 고채가 열다섯에 처음 정혼한 도령은 그해 창궐한 돌림병으로 죽었고, 두 번째 정혼자는 밤늦도록 공부하다 토사곽란으로 급사했다고 한다. 사주단자를 받기도 전에 일어난 일이건만 이젠 어디에서도 혼담이 들어오지 않는단다.

 그 사연보다 김설을 놀라게 한 것은 그녀가 집안의 사업을 이끄는 가업주家業主라는 것. 고씨 집안, 정확히 말해 외가인 성씨까지 포함해 이 일가는 기호지방에서 손에 꼽히는 부자라고 한다. 전답이 많기도 했지만 두 집안이 재산을 일으킨 원천은 피륙과 소금 사업이었다. 오십 년 전에 고채의 외조모가 시작한 명주 직조장은 여전히 번창일로고, 김설이 오는 길에 보았던 해변의 소금가마와 포구의 소금 배들, 그리고 난전의 소금 창고 대부분이 이 집안 소유라 했다. 그뿐만 아니라 읍성 안 난전 거리와 성문 밖 시장터 또한 고씨 집안 땅이라고. 세력이 이러하니 기호지방 장사치 중에 고씨 댁과 거래하지 않는 자는 사기꾼뿐이란 말이 나올 정도란다.

그런 대규모 공상*을 홀몸의 젊은 여자가 이끈다고? 김설로서는 들어도 믿기지 않는 이야기였다.

"최고급 아청세목으로 지었군."

내어준 옷을 갈아입으며 정진허가 아는 척을 했다. 명주보다 비싼 천이라고 하는데 이 또한 김설로서는 처음 걸쳐보는 종류였다. 사랑채 대청에 들자 아가씨의 오라비인 고경이 그들을 맞이했다. 고경과 정진허는 구면이긴 했지만 석혜서당에서 이름자만 겨우 나눈 사이로 보였다. 고경은 시원한 웃음이 잘 어울리는 한량풍의 남자였다. 낮에 누이동생을 도와줘서 고맙다며 고경이 거듭 인사를 했다. 그때마다 그의 귀에 늘어진 귀고리가 우아한 빛을 냈다.

탁자에 차려진 음식은 주눅이 들 만큼 화려했다. 민어살에 싸여 속이 비치는 어만두, 향기로운 미나리무침과 복어국, 겨자장을 곁들인 새우찜과 비췻빛 소라회. 김설은 오직 이 맛을 보려고 이백리 길을 내려온 것만 같았다. 무지했던 혀에 서광이 비치면 이러할까. 입은 기뻐하고 위는 감격했다. 정진허 또한 왕성하게 먹어 치우고 있었다. 쳇, 상에 남의 살 올리지 말라고 점쇠에게 했다는 말은 다 뭐란 말인가. 음식을 착실히 비워가는 두 사람이 기특한지 고경은 연신 술을 따라주었다.

---

* 工商. 공업과 상업, 또는 그 업에 종사하는 사람.

"연엽주군요."

새로 내온 술맛을 본 정진허가 술잔을 내려놓으며 말했다.

"제 처가 아산 사람이라 연엽주 담그는 법을 알지요. 모처럼 술을 담그기에 왜 그런가 했더니 이런 귀한 손님들이 오실 줄 알고 그랬나 봅니다."

"저는 상처를 한 몸이니 자격이 없습니다."

정진허가 정색하며 술잔을 옆으로 치웠다. 고씨 댁이 자기 집안과는 어울릴 만한 격이 아니라는 뜻이었다. 입기현에서 재회한 정진허는 힘이 빠진 게 어딘지 정진허 같지 않았는데 이제 보니 역시 정진허였다.

"이런 이런, 그런 뜻이 아니었습니다. 저희가 어찌 정항 대감 댁에 희망을 품겠습니까. 그리고 김 선생은 대과 급제자가 아니십니까. 이런 분들께 저희가 어찌 혼사를 거론하겠습니까?"

이렇듯 고경이 애써 겸양의 말을 늘어놓는데 "선비님들, 연엽주 한 잔에 너무 멀리들 가십니다." 하며 고채가 웃는 얼굴로 사랑채 대청에 들어섰다. 누가 먼저랄 것 없이 김설과 정진허는 의자*에서 일어났다. 자신들 못지않게 흙투성이였던 고채는 목욕을 마치고 담홍색 치마에 미색 저고리로 갈아입은 상태였다. 아직 머리가 덜 말랐는지 느슨하게 타래를 꼬아 홍산호 뒤꽂이를 꽂고 있었다. 단지

---

* 조선 중기까지 사대부가에서는 입식이 흔했다.

그것뿐인데도 고채는 속세의 사람 같지 않았다. 그녀를 감싼 공기만 다른 세상의 것처럼 느껴졌다.

김설은 한 번도 겪지 못한 수습할 수 없는 혼란에 빠진 기분이었다. 진허의 말이 맞았다. 김설은 더 이상 자신을 속일 수가 없었다. 저항할 수도 없었다. 그리하여 김설은 이제 저 여인이 얼마나 아름다운지 스스로에게 설명하고 싶어 안달이 날 지경이었다. 하지만 알고 있는 수많은 미사여구에도 불구하고 그 어떤 표현으로도 불가능했고 그래서 답답해졌고 결국엔 조금 우울해지기까지 했다. 정진허도 다르지 않았는지 주춤주춤 앉더니 고채를 힐끔거리며 술잔을 만지작거렸다. 그러고는 조금 전의 언행을 사죄하듯 손수 연엽주를 따라 홀짝였다.

"두 분 도포는 새로 짓고 있답니다. 침녀들 솜씨가 좋아 돌아가실 때쯤이면 다 끝낼 겁니다. 흙 묻은 옷을 빨기는 했지만 내일 아침까지 마르기 힘들 것 같아서요. 낮에는 정말 감사했습니다. 마차에 실었던 물건들이 비에 젖으면 안 되는 것들이었답니다. 그나저나 찬은 입에 맞으셨습니까? 찬모들이 왕족께서 드신다고 한껏 솜씨를 부렸답니다."

"궁궐의 숙수인들 이만하겠습니까. 비할 데가 없는 진미였습니다."

김설은 눈짓으로 자네도 어서 칭찬 한마디 하게, 하며 정진허를 보았다.

"나야 왕족이라고 말할 수도 없지만 왕족이 대수입니까. 사대부들 세 치 혀에 명줄을 맡기고 사는 게 왕족들 아닙니까."

투정 같은 말을 내뱉고 정진허가 벌컥 술을 들이켰다.

"사대부도 여러 종류가 아닌가. 훈구파 권세가도 사대부요, 사림파도 사대부요, 나같이 보잘것없는 집안 출신도 사대부라네. 근데 좀 이상한걸. 내로라하는 공신가 자제인 자네가 석혜의 제자가 되다니. 석혜 선생만큼 사사건건 상소를 올리는 사림도 드물 걸세. 대부분 훈구공신들 비리를 비판하는 상소가 아닌가."

부러 비꼬는 말을 던져보았더니 정진허가 핏발을 세웠다.

"난 자네가 이상하네. 자네 정말 석혜의 책을 한 줄이라도 읽어보기나 했나? 여기는 왜 내려온 거지? 도대체 목적이 무어야?"

"오호, 자네야말로 날 경계해야 할 이유라도 있나 보군."

김설은 술잔을 들어 연엽주를 꿀꺽 삼켰다. 진허의 눈동자가 초조하게 흔들리는 꼴을 보니 술맛이 아주 그만이었다. 제 말마따나 왕족도 아닌 것이 왕족 행세를 어지간히 해야지, 하며 코웃음을 치는데 갑자기 귓속이 시원해졌다. 내다보니 붉은 꽃이 한창인 배롱나무 아래서 하겸이가 피리를 불고 있었다. 기교 하나 섞지 않은, 바람처럼 투명한 소리였다. 너무 투명해 가슴에 상처를 낼 것만 같은 그런 소리였다. 갑자기 정진허가 술주전자를 들어 벌컥벌컥 들이켜곤 어깨를 축 늘어뜨렸다. 표정이 말이 아니었다.

이만이 애지중지하던 난초를 빼돌려 이만이 기를 쓰고 탄핵했던 김안로에게 상납했다 한들, 저렇게까지 죄책감을 느끼지는 않을 터, 정진허는 분명 이만에게 씻을 수 없는 악행을 저지른 것이다. 흐읍, 신음을 삼키며 정진허가 두 손으로 얼굴을 쓸어내렸다. 눈가가 벌건 게 금방 울음이라도 터뜨릴 것 같았다. '지금이다. 지금이야말로 저 인간의 속을 열어 보일 때다. 저 속에 어떤 사악한 게 들어있는지 구경이나 해보자.' 그렇게 한 방 먹일 궁리를 하는데 정진허가 벌떡 일어나 쿵쾅거리며 대청을 가로질러 밖으로 나가버렸다.

고경이 하인들에게 어서 등을 들고 따라가 보라고 시켰다. 정진허에게 눈을 떼지 못하던 고채가 김설 쪽으로 고개를 돌렸다. 너무 활짝 웃어서였을까, 여인의 얼굴이 어딘지 어색해 보였다.

"김 선생님은 정말 석혜 선생님 책을 한 줄도 안 읽으신 건가요?"

김설은 웃음으로 얼버무렸다. 언쟁을 벌인 게 부끄러우면서도 정진허를 바라보던 고채의 눈빛이 신경 쓰였다. 하지만 피리 소리가 들리지 않을 때쯤 이 사내는 그런 건 벌써 다 잊었는지 이런 말을 늘어놓고 있었다.

"제가 입기현에 내려온 이유는 어떤 높으신 분께서 조사를 명하셨기 때문입니다. 누구라고 말씀드릴 수는 없습니다만, 아무튼 그분께서 이만의 행적에 대해 은밀히 알아오라 하셨습니다. 물론 좋은 취지에서 말이지요. 그분께서는 이만의 비명횡사를 몹시 안타까워하고 계십니다. 한데 이만과 생전에 인연이 없다 보니 제가 이곳에서 운신하기가 쉽지 않군요. 이런 조사를 벌이면 여기 선비들이 오해하지 않겠습니까. 십수 년이 흘렀지만 사람들은 여전히 기묘사화의 충격에서 벗어나지 못하고 있으니까요. 사실 진허와는 막역한 사이가 아니라서 저 친구에게 사정을 털어놓을 수도 없습니다."

김설은 내심 고경 남매가 자신을 어사로 오해해주길 바랐다. 이런 얘기가 부담이 되는지 고경은 수염을 쓸어내리며 처마에 걸린 상현달만 쳐다보았다. 오라비와는 다르게 귀 기울여 듣고 있던 고채가 입을 열었다.

"저도 석혜 선생님의 제자였답니다. 요 몇 년간 종종 석혜서당에 들러 공부했지요. 선생님께서는 서원 짓는 일도 저에게 의논하셨답니다."

"입기현에 서원이 세워진다기에 반신반의했습니다. 우리 조선에선 초유의 일이 아닙니까. 알고 보니 고씨 댁 아가씨께서 후원을 하시기에 가능했던 일이군요. 글 읽는 선비로서 감사드릴 따름입니다."

"학문은 제 삶에도 중요한 자리를 차지하고 있습니다. 진리를 추구하고 다투는 일은 일생을 걸 만한 사업이니까요. 석혜 선생님에 대해 궁금한 게 있으시면 저에게 물어보세요. 미력하나마 도움이 되고 싶군요."

여인이 미소를 지었다. 가책이 느껴질 만큼 선하고 상냥한 미소였다. 김설은 괜히 식은땀이 났고 그래서 황급히 고경 쪽으로 눈을 돌리고는 백씨 부인이 난초를 나눠준 날에 대해 물었다.

"누가 무슨 난 화분을 가져갔는지 저로서는 알 도리가 없군요. 그날 제가 좀 늦게 갔습니다. 그 자리에 정 진사(정진허)가 왔다 갔는지도 잘 모르겠고요. 사모님께서 저에게도 골라보라고 하셨지만 전 사양했습니다. 그런 군자풍의 취미는 없어서요."

빈말은 아닌지 과연 이 집 사랑채에는 그 흔한 사군자 족자 같은 건 걸려 있지 않았다. 대신 벽마다 모란도며 부부도같이 화려한 그림 일색이었다. 김설의 눈에는 모두 같은 사람 솜씨로 보였다. 그뿐만이 아니었다. 아까부터 눈이 갔던 고경의 귀고리며 고채의 홍산호 뒤꽂이까지, 다른 곳에서는 본 적 없는 모양이었다. 혹시 하고 물어보니 역시나 고경이 손수 만든 물건들이라고 했다.

"그런데 석혜 선생께선 어쩌다 익사를 하신 건가요? 수영에 꽤 능하셨다고 들었는데."

"저희 제자들이 올린 약주를 다 받아드셨어요. 그러다 보니 크게 취해 몸을 못 가누시는 것 같더군요. 저도 멀리서 본 거라…."

고경이 젓가락으로 미나리를 집다가 내려놓고는 술잔을 들었다.

"그날 일에 대해 언급하는 게 내키지 않으실 줄 압니다. 눈앞에서 사람이 죽어 나간 일이니 오죽하시겠습니까. 게다가 금주령이다 뭐다 해서 그 자리에 있었던 선비들 입장이 꽤 난처했다지요? 모르는 사람들은 쉽게 떠듭니다. 제자들 입장에선 스승의 오십수 생신에 정성을 다한 것뿐인데 말입니다."

김설의 말에 안심이 되는지 고경의 표정이 부드러워졌다.

"사실 그날, 정말 흐뭇했습니다. 그날만큼은 석혜 선생님도 풍류를 마다하지 않으셨지요. 기생들 춤도 좋았고 노래도 일품이었죠. 오랜만에 화려한 연회였습니다. 며칠 전에 단비가 내려 금주령도 흐지부지되어가던 때였고요."

"연회도를 그리기 좋은 기회였겠네요."

김설의 말에 잠시 뜸을 들이더니 고경이 대꾸했다.

"밑그림만 몇 장 그리긴 했는데, 사고가 나는 바람에 어디에 뒀는지 모르겠군요."

"사실 제가 연회도를 무척이나 애호한답니다. 잔치 그림은 보고만 있어도 흥취가 난달까요. 고형께서 그리신 연회도는 얼마나 멋질까요? 꼭 한번 보고 싶군요."

고경은 내키지 않는지 귀고리만 만지작거렸지만 김설이 손까지 모아 쥐고 부탁하자 못 당하겠다는 듯 사람 좋게 웃으며 서재가 있는 이층 누방*으로 올라갔다.

"오라버니는 행여 석혜 선생님의 명예에 누를 끼칠까 봐 염려하시는 거예요."

"그런 일은 없을 겁니다. 비록 사후이기는 하지만 이만의 명성을 드높일 좋은 기회가 될 테니까요."

얼마 안 있어 고경이 화첩을 찾아 내려왔다. 고경이 그린 연회도의 밑그림은 예상보다 꼼꼼했다. 성곡천 상류인 듯 보이는 곳에 정

---

* 임진왜란 전, 조선에는 이층 건물이 많았다.

자가 있고 그 아래 강변 모래사장에는 천막이 쳐졌다. 천막 안에는 생일상을 받은 이만이 보이고 갓을 쓴 선비들이 양옆으로 앉아 있다. 상석 가까이에 앉아 있는 큰 갓을 쓴 이 자가 정진허인가 보군, 하며 한 장을 넘기니 산등성이에는 도화가 한창 흐드러졌는데 너른 마당에서는 기생들이 춤을 춘다. 오른쪽에는 돗자리를 깔고 앉은 악공들, 왼쪽에는 머리에 꽃을 꽂은 동기들, 그리고 그들 주변으로는 시중을 드느라 분주히 움직이는 여종과 남종들, 저 멀리 물 위로 솟아 있는 선바위도 보였다. 어떤 그림은 하늘에서 새가 날아가며 본 듯 한눈에 연회풍경을 그려냈다.

그림은 여러 장이었다. 동기들이 향발무를 한 차례 추고 나자 잘 차려입은 기생들이 칼춤을 추고 뒤이어 활옷을 입은 으뜸 기생이 추는 독무. 그림만 보아도 누가 먼저 술을 올렸는지 누가 뒤에 노래를 불렀는지 알 수 있었다.

"궁정의 화원인들 이보다 정교하게 그려낼까요. 그림에 천재가 있으시군요."

"석혜 선생님께선 늘 나무라셨습니다. 집안의 장남이 경전 공부는 뒤로 하고 잡기에 홀렸다고요."

고경이 수줍게 웃었다.

"이 솜씨가 어찌 잡기라 할 수 있습니까. 분명 후세에 이름을 남기실 겁니다. 이야, 볼수록 감흥이 새롭습니다. 밝은 낮에 제대로 감상해보고 싶군요. 제가 이 그림들을 잠시 빌려도 되겠습니까?"

밑그림뿐인 데다 흉사가 있던 날의 그림이라며 고경이 완곡한 거절의 뜻을 내비쳤다.

"오라버니, 어차피 쓸 일도 없는데 빌려드리지요?" 하며 권하는 고채의 표정엔 어쩐지 오라비보다 더 어른스러운 여유가 깃들어 있었다. 대청 밖으로 시선을 돌리며 고경이 중얼거렸다.

"쓸 일이 없어야 하는 그림이 쓰이는 게 문제가 아니겠니."

5

이만의 처 백 씨는 풍 맞은 사람처럼 부들부들 떨었다. 그 바람에 그녀의 얹은머리가 풀리면 어쩌나 걱정이 될 지경이었다. 백일재를 드리러 가는 경인사 일주문 앞이었다. 미리 와 있던 이만의 제자 이십여 명이 일행의 앞을 가로막았던 것이다. 상주 일행은 백씨 부인과 이첨, 백 씨의 친정집 식구 두어 명과 짐을 이고 진 노비 다섯, 다 합쳐봐야 열 명 남짓이었다. 김설은 반대쪽에서 올라오다 일행을 만나 뒤따라오는 길이었다. 학창의(유생복)를 단체로 차려입은 이만의 제자들이 앞다퉈 이첨을 나무랐다.

"사악한 중들이 몽매한 부녀자들을 미혹하여 미신과 다를 바 없는 굿 짓거리를 하는데 어찌 독생자인 자네까지 동참을 하려 하는가."

"이래서야 선생님이 편히 눈을 감으시겠나. 시묘살이를 해도 모자랄 판에 불효도 이런 불효가 없네."

"티끌 하나 없던 석혜 선생님 일평생에 어찌 이런 오욕을 안겨드립니까. 참담하고 원통합니다. 스승님이 너무 가엽습니다. 사형, 제발 사모님을 말려주세요. 간곡히 애원합니다."

어린 선비는 눈물까지 보였다.

"어머님도 부모인데 어찌 뜻을 거스를 수 있습니까. 저는 효를 다할 뿐입니다. 제발 어머님의 마음을 헤아려주십시오. 부탁드립니다."

이첨이 울먹이며 무릎을 꿇으려고 상복 자락을 추켜올리려는 순간이었다. 떽! 하는 소리가 산을 울렸다. 백씨 부인이 앞으로 나서며 아들의 옷섶을 잡아 뒤로 밀쳤다.

"스승의 영가를 천도하겠다는데 이리 방해하는 것이오. 군사부일체라 했거늘, 스승의 백일재에 어찌 이토록 무례한 행동을 하는 거요. 당신들은 예의도 못 배웠소?"

'예의도 못 배웠냐'는 말의 위력은 실로 대단했다. 철퇴라도 맞은 듯 유생들의 얼굴이 쭈그러든 채 한참을 펴지지 않았다. 이대로 학창의들이 밀린 채 싸움이 끝나는 것인가. 이제야 좀 볼 만해지는데? 쯧쯧 하며 김설이 소매를 터는데, 오호라, 일주문으로 화려한 가사를 걸친 중들이 모습을 드러냈다. 백씨 부인을 맞이하러 내려오는 모양이었다.

"원각, 이 음흉한 중놈아! 네가 앙심을 품고 기어이 대유학자를 욕보이려는 것이냐!"

분노를 쏟아낼 대상이 나타나자 다시 투지가 불타오르는지 학창의들이 보좌승들을 밀쳐내고 원각을 둘러쌌다. 원각이라고 하는 경인사 주지는 깡마른 체격에 정수리가 솟은 오십대 남자였다. 원각은 이런 수모에 익숙한 듯 초연해 보였다.

"아주 잘 되었다. 오늘 날을 잡자꾸나. 경인사를 폐사시키는 게 우리 유림의 소원이다."

"저 타락한 마구니 소굴, 이 절간도 싹 다 불 질러 재로 만들어줄테다."

"이보게들 그런 험한 말들은 그만하게. 말이라도 잘못 나면 서혜 선생님 덕망에 누가 된다네." 하며 뒤쪽에 물러나 있던 점잖아 뵈는 선비 하나가 후배들을 말렸다. 이만의 애제자인 전유한이라는 선비였다. 전유한의 만류에도 유생들은 원각을 치기라도 할 것처럼 소매를 걷어붙였다. 이첨이 울면서 제발 그만들 하시라고 학창의들을 말리는데 백씨 부인이 하늘에 대고 소리를 질렀다.

"자, 보시오! 당신 제자들이라오. 아주 자랑스럽겠소. 아주 기꺼우시겠소. 저런 말종들을 제자로 키우시느라 아주 수고 많았소."

뭐요! 학창의 무리에서 고성이 터졌다.

"저거 보시오. 내가 명색이 사모인데 버르장머리 없이 구는 것 좀 보시오. 예의는 어디서 밑구멍으로 배웠나보오."

학창의들 입이 딱 벌어졌다. 웃음이 터져 급히 입을 막고 몸을 돌리는 김설의 눈에 저 아래서 고씨 남매가 올라오는 게 보였다. 그들 옆으로는 남매의 계모인 한 씨와 이모 성씨를 비롯한 집안 여자들과 올망졸망한 양가의 아이들 그리고 직조장의 직녀와 일꾼들이 뒤따라 올라오고 있었다. 김설은 고채에게 여기 난리가 났다고 눈짓을 했다.

"다들 일찍 오셨네요."

험악한 분위기도 아랑곳하지 않고 고채가 인사를 하며 다가왔다. 그녀에게서 뿜어지는 당당한 광휘에 눌리기라도 한 듯 사람들이 양편으로 갈라져 물러섰다. 손에 염주를 쥔 채 고채가 원각을 향해 합장을 했다.

"공양할 종이를 가져왔습니다. 남원에서 보내온 상화지입니다. 귀한 종이라 양은 적습니다만 광택이 여간 고운 게 아니어요. 궁궐에 진상할 불경을 찍으신다기에 구해보았습니다."

고씨 댁 하인들이 이고 온 두루마리를 보좌승들에게 건넸다. 고채가 유생들을 돌아보며 말을 이었다.

"여러분, 석혜 선생님 문집 간행은 원각 스님께서 맡아주시기로 했답니다."

경인사는 고려 때부터 서책 간행으로 유명한 사찰이었다. 전통은 면면히 이어져 절의 승려 중에는 글자를 파는 각수승刻手僧도 여럿이고, 종이 장인도 상당수라고 한다.

"누구 마음대로 그리 정했다는 겁니까?"

학창의 중 한 명이 따지듯 고채에게 물었다.

"작년에 선생님께서 제게 말씀해두신 게 있답니다. 나중에 문집을 내려면 큰돈이 드는데 이를 어찌 감당할 것이며, 제자들 또한 사정이 그러한데 어찌 부담을 지울 수 있겠냐고요. 그래서 선생님 문집은 제가 맡겠다 말씀드렸습니다. 사모님과 아드님께선 이미 알고 계신 바입니다."

"비용이야 우리 동문계에서 추렴하면 되는 것이거늘. 소저께서는 선생님의 일을 너무 일방으로 결정하는 것 아닙니까."

가만히 입을 다물고 있으려니 면이 안 서는지 전유한이 한마디 했다. 문집을 간행하는 일은 기와집 힌 채 값은 나가는 큰 사업. 전유한의 말은 외지인인 김설이 들어도 체면치레 그 이상도 이하도 아닌, 그냥 해보는 소리였다.

"저의 불찰입니다. 장기간에 걸쳐 진행되는 일이라 이것저것 알아봐야 할 것이 많아서요. 백일재가 끝나면 정식으로 간행 일정을 상의드리려고 했습니다. 죄송합니다."

여인은 시골 선비의 자존심을 살려주는 일에도 능했다. 고채가 고개 숙여 절하자 남자들이 몸 둘 바를 몰라 했다. 부끄러워 얼굴을 붉히는 자도 있었다. 고채가 백 씨를 부축하고 중들과 함께 일주문 안으로 사라지자 학창의들이 비 맞은 학처럼 우물쭈물하고 있는데, 한 편에 비켜 서 있던 고경이 좌중 앞으로 나섰다.

"여기서 이러지들 마시고 시장하실 텐데 정자로 가시죠. 제 처가

탁주를 걸러 두 말이나 올려보냈지 뭡니까. 오늘 석이병*이 아주 잘 쪄졌습니다. 석혜 선생님께서 좋아하시던 청포묵도 쑤어왔습니다. 자자 어서들 가십시다."

고경이 유생들을 몰고 내려가려는데 따각거리는 말발굽 소리가 들렸다. 돌아보니 민하겸이 백일재에 올릴 공양물을 말등 양편에 나눠 싣고 올라오고 있었다.

"네 녀석이 왜 안 나타나나 했다. 절에 갈 핑계가 아주 좋겠지."

유생 중 하나가 튀어나와 하겸이에게 쏘아붙였다. 나중에 알아보니 이만과 함께 변을 당한 박희의 아우 박표라는 선비였다.

"그럼요. 아주 좋습니다. 아주 좋아요. 절에 온 김에 닥나무 껍질 홀닥홀닥 많이 벗겨얍죠." 하고는 하겸이가 말 엉덩이를 찰싹 때리며 그 앞을 지나갔다.

"저놈이 어디서 감히!"

웬일인지 박표 혼자만 길길이 뛰는데 유생들 중 몇몇은 한숨을 쉬고 더러는 못 본 척 서둘러 산길을 내려갔다.

"그만하게. 점잖지 못하게."

전유한이 박표에게 눈치를 줬다. 나중에 김설이 점쇠에게 듣기로 하겸이의 어미는 박씨 집안의 노비였는데 그녀에게 반한 고씨 댁 청지기 민 씨가 보통의 곱절인 육십 냥을 주고 면천을 시켜 혼인을 했

---

* 석이버섯을 고명으로 얹는 고급 떡.

다고 한다. 어릴 때부터 박희와 박표 형제는 하겸이를 얼자*라고 놀렸다. 포구에서 소금 장사를 하는 하겸이의 형에게는 아무 소리도 못 하면서 길에서 하겸이를 만나면 '네 어미가 우리집 종첩이었다' 하며 괴롭혔다고 한다. 언젠가는 박희와 하겸이가 몸싸움을 해서 소동이 났는데 유생들이 하극상이라며 들고일어나 결국 하겸이가 박씨 집안에 잡혀가 거품을 물 때까지 매질을 당했다고 한다. 눈가의 흉터도 그때 생긴 거라고. 거기까지 말해주던 점쇠가 돌연 정색을 하고는 김설에게 물었다.

"근데 왜 갑자기 민 씨네 총각에 대해 물으시는 거죠? 하겸 총각이 왜요?"

"절에서 호올딱 벗긴다니 아니 궁금할 수가 있나."

점쇠가 고개를 갸우뚱했다. 김설은 점쇠의 얼굴을 보며 생각했다. '얘는 왜 점이 하나도 없는데 이름이 점쇠일까, 대체 점은 어디에 숨겨둔 걸까?'

경인사 대웅전에 들어선 김설은 할 말을 잃었다. 이것이 고려 사찰의 위엄이란 말인가. 두려울 정도로 웅장한 삼존불은 보는 이를 덮칠 것 같았고 불상 뒤에서 번쩍이는 광배는 사람의 눈을 여지없이 찔러댔다. 거기에 배경을 장식한 붉고 푸른 원색의 탱화, 천장에

---

* 여종에게서 얻은 자식은 얼자라 하고, 양인 첩이 낳은 자식은 서자라 한다.

서부터 색색으로 늘어진 백팔 개의 비단 번幡들까지*. 그 거창한 극채색에 넋이 나가 있던 김설의 눈에 뭔가 이질적인 것이 들어왔다. 그것은 불단 아래 걸려 있는 족자였다. 가까이 가서 보니 오늘 천도를 받는 이만의 영정이었다. 푸른 빛이 도는 하얀 학창의를 입고 있는 중년의 이만. 조금 말라 보이는 그의 얼굴에선 청빈한 풍모가 배어 나왔다. 높은 이마에 단정한 눈매, 영정 속 이만은 주름마저 이지적으로 보이는 남자였다.

그러나 김설은 그만 이만이 가여워졌다. 생전의 모습이 등신대로 그려진 초상화건만 황금빛으로 터질 듯이 우람한 부처님들 밑이라 그런지 너무 왜소해 보였던 것이다. 하다못해 양옆으로 탑처럼 쌓인 과일들과 오색 떡과 다식까지도 이만을 압박했고 향로에서 풀풀 올라오는 연기와 백자에 한가득 담겨 있는 연꽃마저 이만을 업신여기는 듯했다.

전각 안은 보이는 것만 굉장한 게 아니었다. 재가 시작되자 귓속까지 번쩍번쩍했다. 쨍쨍거리는 바라 소리에 요령 흔드는 소리, 그 소리들과 경쟁을 하듯 염불을 외는 승려들. 쉼 없이 울려대는 소리에 정신이 하나도 없는데 갑자기 중 하나가 왜가리처럼 높고도 길게 소리를 뽑아 올렸다. 그에 뒤질세라 양옆의 비구승 둘이 징을 두드리며 목청껏 창을 했다. 염불 위에 염불을 시루떡처럼 쌓아 올리

* 불단 옆에 내려 거는 불경을 쓴 비단으로 된 긴 띠.

제1장 사라진 천란

는 형국이랄까. 그렇게 윤회처럼 영원히 계속될 것만 같던 게송이, 오늘 안으로는 절대 끝나지 않을 것 같던 게송이 어느 순간 거짓말처럼 딱 끝이 났다. 이제 좀 쉬었다가 하려나 보군, 하는데 양손에 항아리만 한 진홍빛 조화를 든 비구니 둘이 불단 앞으로 하느작하느작 걸어 나오더니 승무를 추기 시작했다. 불길한 예감대로 그녀들의 춤은 지독히도 느렸다. 번뇌만큼이나 지리하게 끊어질 듯 이어지기를 반복하는 춤사위에 우렁찼던 태평소마저 진이 빠지는지 하품 소리를 냈다.

촤앙! 하는 징소리에 졸음이 달아나 눈을 뜨니 온통 금박을 한 가사를 걸친 중들이 우르르 불단 앞으로 몰려나왔다. 바라춤이 시작된 것이다. 중들은 부처를 향해 일렬로 서서 머리 위로 아래로 쉴 새 없이 바라를 돌렸다. 춤은 처음부터 격렬했다. 모처럼 정열을 불태울 기회를 잡은 중들이 발을 하도 세게 구르는 통에 대웅전 바닥이 들썩거렸다.

이게 다 뭐 하는 짓인가, 하고 혀를 차던 김설은 어느 순간부터인가 비어져 나오는 웃음을 참을 수 없었다. 저 엄숙한 얼굴로 저리도 발랄한 춤을 추다니. 그뿐만이 아니었다. 챙챙챙 쿵쿵쿵 귀를 울리는 소리가 김설의 귀엔 점점 '성리학 귀신아 물렀거라!' 하는 호통으로 들렸다. 크크크, 이 금욕적인 장소에서 이토록 원색적인 법석을 떨 줄이야.

상주들과 함께 앞쪽에 자리를 잡은 고채는 자세 한번 흩뜨리지 않고 한결같이 염주알을 굴리고 있었다. 오직 아들 이첨만이 철철 눈물을 흘리는데 그 옆에는 반듯하게 가부좌를 틀고 앉아 있는 백 씨 부인. 그녀의 눈은 부처님도, 경을 외는 승려도, 춤을 추는 비구니도 아닌 오직 남편 이만의 영정에 꽂혀 있었다. 백씨 부인은 친정에서 상속받은 전답을 처분한 돈으로 남편의 문집을 내는 대신 이 호사스러운 백일재를 지내기로 결정했다고 한다. 남편을 바라보는 백 씨의 표정은 더 이상 자비로울 수 없었다. 자비라는 것은 원래 승자가 베푸는 것이니까.

읍성 사람이 전부 구경 왔는지 대웅전 안팎이 바글거렸다. 전 부치는 기름 냄새 속에서 아이들은 떡을 물고 뛰어다니고 절 마당 한 쪽에선 사당패가 노는지 얼씨구절씨구 장구 치는 소리가 들려왔다. 고씨와 성씨, 양가의 여인들은 백일재의 주관자인 양 하인들을 데리고 경인사 승려들과 손발을 맞춰 국수를 뽑아 삶고 나르며 끝없이 밀려드는 사람들을 대접했다. 경내 어디서도 하겸이는 보이지 않았다.

"박희의 동생 박표가 민하겸을 몹시 미워하더군요."

관음전 행각에서 겸상을 한 이첨에게 김설이 물었다. 이첨은 몇 시간을 쉬지 않고 울어서 허기가 지는지 국수를 두 그릇째 비우는 중이었다. 평생을 두고 이어진 부친 이만과 모친 백 씨의 갈등은 이제 백 씨와 유림과의 갈등으로 이어져 중간에 낀 이 젊은이를 괴롭

했다. 땀을 닦으며 이첨이 말했다.

"그게 좀 석연치가 않아서요. 변고가 났을 당시 저는 아버님 시신을 수습하느라 박 생원(박희) 쪽은 살필 경황이 없어 못 봤지만 사람들 말로는 죽은 박 생원이 하겸이의 귀고리를 쥐고 있었다고 합니다. 하여 제가 현감한테 물었더니 전혀 사실이 아니라는 겁니다. 글 읽는 선비로서 일단은 관아의 말을 믿어야겠지만 민하겸이가 불량한 건 누구나 다 아는 사실이고, 앙심을 품으면 무슨 짓을 저지를지 모르는 자이니…."

선비 체면에 모함하는 말을 입에 담는 게 켕기는지 이첨이 말끝을 흐렸다. 칠층석탑 아래서는 고채가 마흔 안쪽으로 보이는 여인네와 이야기를 나누고 있었다. 오방색실로 머리타래를 틀어 올린 데다 어딘지 야릇한 기운을 내뿜는 여인이었다.

"고씨 댁 아가씨가 저 무당과 친한가 보네요."

"친하다기보다 아가씨가 을그미에게 인정을 베푸는 거지요. 고씨 댁은 근본이 철저한 유가 집안이라 굿이나 점사와는 거리가 멉니다. 을그미가 무당 노릇을 못 하게 된 다음부터 약초를 캐서 먹고사는데 아가씨가 값을 따지지 않고 전부 사주고 있답니다. 오갈 데 없는 을그미를 여기 절에서 살게 손도 써주었죠."

"무당 노릇을 못 하게 돼요?"

자기 얘기하는 걸 들었는지 무당이 이쪽을 쏘아보았다. 헉! 김설은 급히 눈을 내리고는 후룩 국수를 삼켰다.

"누가 굿당에 불을 질렀답니다."

무당의 왼쪽 얼굴은 화상으로 완전히 문드러져 있었다. 시골에 향약이 퍼지면서 무당을 박해한다는 소문을 듣기는 했지만 굿당에 불까지 지를 줄이야.

"유생들은 잘된 일이라 했습니다. 을그미가 부녀자들을 꾀어 요망한 풍속을 퍼뜨린다고 못 마땅해했거든요. 아버님께서도 몇 번인가 을그미네를 부르셔서, 아니, 아닙니다."

"아이고 도련님, 도련님."

이첨을 발견하고 울면서 달려온 이들은 늙은 소작인 부부였다. 부부는 이첨에게 절을 하고는 그대로 주저앉아 곡을 했다.

"아이고 아이고. 우리 고을에 공자님이 나셨건만 이렇게 허망하게 가시다니 부처님도 무심하셔라. 아이고 아이고."

"아까워라. 그렇게 점잖고 반듯하신 분이 또 있을꼬. 아이고 아이고."

노파가 가슴을 치며 울었다. 이첨이 다시 울기 시작했다. 마침 원각이 대웅전에서 나오는 게 보여 김설은 젓가락을 내려놓고 몸을 일으켰다.

아침부터 쉬지 않고 염불을 했음에도 원각의 모습에선 지친 기색이라곤 없었다. 김설은 극락전으로 통하는 중문 앞에서야 원각을 불러세울 수 있었다.

"선사께선 망자들이 사고당하는 걸 제일 가까이서 보셨겠지요?"

잠시 뜸을 들이더니 원각이 입을 열었다.

"그랬을 겁니다."

원각의 음성은 차분했다. 고경이 그린 연회도 밑그림에는 승려의 모습이 그려진 것도 있었다. 유림의 잔치에 중이 어쩐 일이냐고 물으니 고경이 답하길 그날 원각이 이만에게 새로 찍은 《당유선생집》* 열 권을 생일선물로 선사했다고 한다. 원각 입장에서는 이곳 유림과 잘 지내고자 하는 마음에서 나온 자구책이었을 것이다. 고경이 기억하기로 볼일을 마친 원각은 사고가 나기 반 시각 전에 자리를 떴다고 한다.

"오늘 저는 일부러 그날 연회가 있던 정자 쪽에서 길을 잡아 왔습니다. 옆으로 성곡천이 한눈에 내려다보이는 벼랑길이었습니다. 위험해서 가끔 스님들만 다닌다는 그 길 말입니다. 반 시각 걸으니 선바위 부근이 손바닥처럼 잘 보이는 곳에 닿더군요."

"무슨 말씀을 하고 싶은 겁니까?"

"선사께선 물에 빠지는 사람을 보고도 그냥 절에 올라오셨습니까?"

"제가 손을 쓸 수 있는 거리가 아니었습니다."

"냉정하시군요. 이만과 유림이 이 절을 허물고 서원을 세우고 싶어 했다 들었습니다. 이만이 꽤나 미우셨겠습니다."

"저 같은 일개 중이 미워한들 무슨 소용이 있겠습니까. 인간이 미

---

* 당나라 유종원의 시집.

워한다고 몰아치는 폭풍이 잠잠해지지는 않습니다.

"소용이 없어도 증오를 품는 게 사람 마음 아닙니까."

"유생들은 산에 유람을 오면 우리 중들을 불러 가마를 메게 합니다. 밥을 해내라, 떡을 바쳐라 종 부리듯 합니다. 그런 건 아무렇지도 않습니다. 그 또한 수행이 되니까요. 이미 오래전에 사원전도 다 빼앗겼습니다. 이 또한 어쩌면 당연합니다. 오랜 세월 타락해온 승가가 지은 업보라 생각합니다. 한데 작년에," 하며 원각이 정면으로 마주섰다. 원각이 말을 이었다.

"고양지방에서 유생들이 천년 고찰에 불을 질렀다는 소식을 들었습니다. 그 자리에 서원을 짓는다고 하더군요. 저는 삼만 배를 올렸습니다. 부처님 뜻대로 하시라고요."

"이만의 죽음이 부처님의 뜻이라는 말씀이군요. 나무아미타불! 신통하셔라. 부처님은 역시 세셔."

"가시는 길 평안하시라 부처님의 가피를 빌겠나이다. 그럼 소승은 이만."

원각은 합장을 해 보이고 몸을 돌려 극락전 문을 넘었다. 문 안쪽, 극락전 안엔 온통 보리수였다. 보리수 아래를 걸어가는 중의 반듯한 뒷모습을 보며 김설은 피식 웃었다. 원각은 김설에게 당신 어디서 온 누구냐고, 왜 그 일을 궁금해하냐고 묻지도 않았다. 누군가 원각에게 한양에서 내려온 자신에 대해 일러준 게 틀림없다. 누가 그랬을까, 김설은 헤아려보았다. 백씨 부인이나 점쇠, 하겸이,

그도 아니면 고경 남매? 그러다 누군가를 떠올린 김설은 고개를 저었다.
"아무리 그래도 저 중하고 정진허가 속닥이는 건 그려지지가 않는군."

범종각 아래가 화사해 보인다 했더니 분 바른 여인 대여섯 명이 멍석 위에서 국수를 먹고 있다. 김설은 찰랑찰랑 구슬 갓끈을 흔들며 그리로 걸어갔다.
"그 유명한 월향이가 누구시던가?"
기생 한 명이 국수를 집다가 젓가락을 내려놓고는 고개를 틀어 김설을 올려다보았다.
"월향이는 왜 찾으시오?"
"왜 찾긴, 다 알면서."
기생들과 시시덕거리느라 김설은 몰랐다. 대웅전 기둥에 기댄 채 정진허가 자신을 보고 있는 것을.

6

사방에서 자개장이 번쩍거리는 방이었다. 월향이가 기특하게도 급제자 대접을 해준다고 기방에서 제일 근사한 방으로 모셔놓은 것이다. 월향이는 김설의 주머니 사정도 빤히 아는지 기특할 정도로 조촐한 술상을 내왔다. 그렇게 두루두루 기특한 월향이가 나가자 김설은 갑사댕기를 늘어뜨리고 앉아 있는 어린 송주에게 손짓했다. 송주가 가까이에 앉자 김설이 방바닥에 연회도를 펼치고는 한 곳을 짚었다.

"이 그림 속에서 네가 동무들과 향발무를 추고 있구나. 모두 여덟 명이서. 연습 많이 했지?"

송주가 배시시 웃으며 고개를 끄덕였다. 그림 속에 동기童妓들도 지금 이 아이처럼 수줍게 웃는 얼굴이었다.

"자, 이제 형님들이 춤을 추는 그림이야. 너희 동기들은 여기서 얌전히 앉아 있고. 어, 근데 일곱 명이네? 한 명은 어디로 갔을까요?"

"여기 있지요!"

송주가 손가락으로 자기 볼을 찌르며 말했다.

"제가 심부름하느라 왔다 갔다 했거든요."

"옳거니. 원래 제일 똑똑한 애가 심부름하는 거야."

"헤헤. 성님들이 시키는 일도 많고, 샌님들이 시키는 일도 많았어요. 이거 가져와라, 저거 치워라. 앉아 있을 틈이 없었어요."

절에서 내려오는 동안 기생들이 그날 사고에 대해 들려준 얘기는 어제 고경이 한 말과 별반 다르지 않았다. 갑자기 이만이 바람 좀 쐰다며 일어나더니 서둘러 배를 탔다고 한다. 늘 셋이 함께였는데 그날은 웬일인지 전유한은 떼어두고 박희와 둘만 배를 탔다. 바람이

불 때마다 꽃잎이 우수수 강물에 수를 놓아 흥취가 그만인데 갑자기 저 멀리 선바위 쪽에서 비명이 들리고, 허우적거리는 손이 보이는가 싶더니 이쪽에서 사람들이 어어어 하는 사이 상황은 끝나버렸다고.

"그날 말이야. 박희가 배 타기 전에 네가 귓속말을 했다던데."

송주가 얼굴을 찌푸리더니 입을 삐죽였다.

"그런 거 아니거든요! 그 늙은 박 생원을 어디다 갖다 대는 거람."

박희가 나보다 한 살 적던데 벌써 이런 소리나 듣는 건가, 하고 김설이 내심 놀라는데 송주가 말을 이었다.

"풀숲에서 오줌 누고 오는데 처음 보는 초립동이가 절 불러 세우더니 꼭 박 생원께 드리라며 쪽지를 쥐어줬어요. 소식 기다리실 거라고."

쪽지를 전해주자 박희가 펼쳐보고 누가 볼세라 소매에 감추고는 이만에게 뭐라고 속삭였다고 한다. 그 후에 두 사람이 배를 탔다는 건데.

"그 초립동이 어떻게 생겼지?"

"얼굴이 구리처럼 까맸어요. 반벙어리인지 말을 우물우물 삼키고. 근데요, 저 배 색칠했어요."

꽃배로구먼, 하고 김설이 그림 속에 손톱만 하게 그려진 쪽배를 들여다보는데 대나무 발이 휘릭 걷히더니 갈색 철릭*을 입은 사내가 들

---

* 허리에 주름이 잡히고 큰 소매가 달린 옷, 주로 하급 무관, 별감이나 나장 출신들이 입던 옷.

어왔다. 한눈에도 기방에 붙어 수작이나 부리는 기둥서방이었다.

"누군지 모르겠지만 와서 한잔 받으시게."

"역시 삼삼이라도 홍패를 받으신 분은 뭐가 달라도 다르시구면요. 소인 최흥이라고 하옵네다."

사내가 넙죽 절을 올렸다. 유들거리는 말과는 달리 최흥은 평생 햇빛도 못 본 사람처럼 안색이 안 좋았다. 서른 중반의 한창나이, 여름인데도 혼자 겨울을 사는 사람처럼 입술이 파랬다. 따라준 술을 한입에 털어 넣은 최흥이 송주에게 나가 보라고 눈을 찡긋했다. 서울 손님에게 바가지 한번 씌워 보자, 월향 언니에게 어서 교자상을 준비하라고 해, 그런 눈짓이었다. 송주가 영리한 눈동자를 반짝이며 갈잎 굴러가듯 뒷걸음쳐 방을 나갔다.

"저 애가 뭘 알겠소. 괜히 여기저기 찔러보고 다닐 거 없습니다. 기생들이 웃으면서 하는 말 다 믿으면 안 돼요. 궁금한 게 있으면 먼저 내게 왔어야지."

"근데 어쩐다. 내 취미가 여자들한테 속아주는 거거든."

"거 개도 안 웃을 흰소리는 그만하시고."

"자네 간이 안 좋은가 보군. 그렇게 갑자기 팩 하면 분위기 살벌해지잖아."

"김 선생이 말귀를 못 알아들으니 답답해서 말이지. 난 아니야요. 내가 안 죽였어."

"흐음, 두 사람의 죽음이 그냥 사고가 아니란 말이군. 사연이 있다?"

최홍이 당연한 거 아니냐는 듯 한쪽 눈썹을 치켜올렸다.
"이 바닥 생활 이십 년에 그런 일로 앙심을 품고 사람을 죽이겠소."
"자네 말과는 다르게 석혜에게 앙심이 깊구먼."
"석혜네 아들이 기방에 와서 몇 번 놀았지. 쌍륙도 좀 치고. 젊은 애가 그럴 수도 있는 거 아뇨. 그걸 가지고 어찌나 모질게 혼을 내던지 젊은 애가 해골처럼 하고 다닙디다."
그 일로 석혜가 관아에 찾아가 최홍을 발고하는 바람에 최홍은 동원에 몇 번이고 불려가서 골치를 좀 썩었다고 한다.
"난 염가와는 다르단 말이지. 아무리 바보멍청이 돈이라도 아주 탈탈 털어먹지는 않는단 말씀이야."
"그 염가라는 작자는 죽었겠군. 자네가 이 기방 노름판을 차지하고 있는 걸 보니. 사람이 너무 모도리로 굴면 명이 짧아지지."
"맞습네다. 심지어 여긴 입기 땅이 아니요."
"자넨 내게 뭔가를 알려주고 싶어 안달이 났군. 속 시원히 말해보게. 누가 죽였나, 두 사람. 응?"
최홍이 작고 날카로운 이를 드러내며 씩 웃었다. 기분이 썩 괜찮다는 듯.
"두 인간 사이가 틀어진 겁네다. 박희와 석혜가 고씨 댁 아가씨를 두고 말이지. 박희가 고씨녀를 후처로 들이려 했거든. 근데 늙은이가 질투가 나 훼방을 놓으니 박희가 일을 꾸민 거지. 그러다 둘 다 꽥! 황천길 동무가 된 거란 말씀. 참나, 꼴불견 아니요? 두 집안에서도 동네 창피한 줄은 아는지 시시비비도 못 가리고 사고라고 퉁 치고 입 다물고 있는 거요." 하고는 최홍이 그 파란 입술을 혀로 핥았다. 이 퇴폐적인 낯빛이라니! 갈색 옷이 이렇게 잘 어울리는 인간이 또 있을까. 안색이 나빠도 염가처럼 쉽게 죽을 상은 아니라는 생각이 들었다.

남종 둘이 떡 벌어진 교자상을 들여오더니 화사하게 옷을 갈아입은 월향이가 궐어鱖魚가 큼직하게 그려진 술병을 들고 들어왔다. 궐어 즉 쏘가리, '궐' 자가 궁궐의 '궐闕' 자와 발음이 같다고 해서 항간에선 쏘가리를 출세의 상징으로 친다. 아닌 게 아니라 물고기의 똘망한 눈이 김설에게 따라오라고 말하는 것 같았다. 저 물고기 등을 타고 한강을 거슬러 청계천을 헤엄쳐 궁궐 연못 속으로 풍덩 할 것만 같은 이 짜르르한 기분. 한잔 쭉 들이켜자 눈이 환해졌다.

쾌재로다! 살인사건이라니. 좋아, 아주 좋아! 입기현에 내려오니 출세길 한번 제대로 열리는구나. 으하하!

7

기방을 나와 읍성 거리를 걷던 김설은 문득 오른손을 펴보았다.
"이곳은 정녕 아름답지 아니한가."
그의 엄지손가락에선 다섯 돈쭝은 되어 보이는 가락지가 은빛으로 빛났다. 최홍과 쌍륙을 쳐서 따낸 가락지였다. 역시 시골이었는지 노름꾼이라 해도 순진했다. 최홍은 일이삼만 찍혀있는 주사위와 사오륙만 찍혀 있는 주사위를 수시로 바꿔대며 김설을 속였다. 하지만 내가 누구인가! 김설은 그런 속임수에 대비해 처음부터 주사위 숫자를 나오는 대로 다 외웠다. 한판이 끝나고 외운 숫자를 죽 적어 보여주자, 최홍이 낄낄낄 웃으며 반지를 뺐다.

 근데 이게 무슨 문양이지? 가까이 대고 살펴보니 반지에 새겨진 문양은 해태의 안면상이었다. 해태는 물의 신령, 불을 막아주는 벽사 동물인 까닭에 선비 중엔 서재에 불이 나는 것을 예방한다고 해태 반지를 해 끼는 사람이 왕왕 있다. '사족이나 끼는 반지가 왜 노름꾼 손에 있었을꼬.' 부리부리한 해태와 눈을 맞춰보는데 문득 귀에 거슬리는 소리가 들려왔다. 혀를 삼키는 듯 우물거리는 말소리. 반사적으로 돌아보니 뭐라고 떠들며 가게 모퉁이로 사라지는 중늙은이와 초립동이가 보였다. 혹시 송주가 말하던? 서둘러 뒤쫓아 모퉁이를 돌았지만 사내들은 보이지 않았다.

 그곳은 창고가 죽 늘어선 골목이었다. 분명 이 중 한군데로 들어갔을 터, 김설은 잰걸음으로 문틈을 훑으며 다녔다. 짙게 응달이 져서 뺨에 닿는 공기가 축축한 곳에 이르렀을 때였다. 등 뒤에서 익숙한 냄새가 난다 싶어 돌아보려는데 훅 무릎이 꺾였다. 휙 하늘이 돌더니 컥 숨이 막혔다. 끈으로 목이 졸린 채 김설은 뒤로 질질 끌려갔다. 어느새 깜깜한 건물 안이었다. 눈알이 튀어나올 것 같고 불이

번쩍번쩍했다. 몸부림을 쳐도 힘이 터져 나오질 못했다. 김설은 아주 잠깐, 죽는구나 하는 체념과 죽을 수는 없다는 의지가 평행으로 펼쳐지는 선명한 빛을 보았다.

생과 사.

강렬한 무언가가 김설의 복부에서 솟구쳤다. 동시에 김설의 손이 뒤로 뻗쳐나가 놈의 손목을 낚아챘다. 저승에 가도 네놈의 손모가지는 가져가겠다! 김설은 엄지에 낀 해태 반지로 놈의 손목뼈를 눌렀다. 힘을 짜내고 짜내 누르고 또 눌렀다.

"아악!"

비명과 함께 김설의 목이 풀려났다. 놈이 손목을 잡고 데굴데굴 굴렀다. 놈의 옷자락을 잡아채려 김설은 손을 뻗었다. 그러나 곧 치받치는 숨에 컥컥대느라 그대로 몸이 고꾸라졌다.

눈을 떴을 때 김설은 혼자였다. 기절을 했던 것이다. 그곳이 소금창고라는 걸 인지한 순간 좀전의 공포가 떠올라 발작적으로 몸이 움츠러들었다가 우웨엑, 속이 뒤집혀 쏟아내기 시작했다. 토사물과 눈물에 콧물까지 정신이 없었다. 쌓여 있는 소금 가마니를 팔꿈치로 짚으며 김설은 몸을 일으켰다.

"그자가 왜 나를?"

둥둥둥, 술시정(저녁 8시)을 알리는 북소리가 들렸다. 후들거리는 다리를 끌고 김설은 대로 쪽으로 나왔다. 속이 울렁거려 한발 한발이 힘들었다. 밖은 아직도 훤했다. 목이 타는 듯 아파 만져보니 살이 쏠린 곳에서 피가 스며 나왔다. 당장 관아로 갈까 생각도 해봤지만 김설은 관두기로 했다. 소문이 퍼지면 일을 그르치게 된다. 겨우 우물을 찾아 물 긷는 아이에게 물을 달래서 마시고 바가지를 내려놓다가 김설은 움찔했다. 저 멀리 남문으로 이어지는 대로 끝자락에 아까 그 초립동이가! 심장이 쿵쿵 뛰기 시작했다.

커다란 봇짐을 지고도 초립동이의 걸음은 빨랐다. 뒤쫓느라 몇 번이나 미투리가 벗겨져 김설은 수시로 고쳐 신어야 했다. 그때마다 피가 쏠려 부풀어 오른 목덜미가 욱신거렸다. 흐르는 땀에 까진 피부가 미칠 것처럼 쓰라렸다. 향교를 지나 다리를 건너자 민가가 뜸해지면서 무논이 펼쳐졌다. 물이 찰랑이는 논* 풍경이 신기하기는 한데 독한 풀냄새에 숨이 막히고 극성맞은 개구리 소리에 골이 울렸다. 논물에 환하게 뜬 달, 그나마 달이 밝아 다행이라고 생각하는 찰나, 앞서 가던 초립동이가 보이지 않았다. 포구 쪽으로 가는 줄 알았건만 혹시 저 시커먼 소나무 숲으로 들어간 걸까? 저기 뭐가 있기에. 김설은 이번에야말로 조심해야 한다고 생각했다. 날은 어둡고 민가는 보이지 않는다. 막대기나 돌멩이, 손에 쥘 만한 게 없나 김설은 주변을 살폈다. 저게 좋겠군. 주먹만 한 돌이 눈에 띄어 몸을 굽혀 손을 뻗는데 딱! 뒤통수에서 골 터지는 소리가 울렸다.

* 무논이란 물이 차 있는 논, 16세기만 해도 조선에서 수도작(모내기) 농법은 일반적이지 않았다.

따버립세, 어쩔 수 없어. 홍패를 찬 걸 보니 이자 관리야, 잘못 건 드렸다가는 이 짝이 크게 다쳐. 꺼 그냥 먼바다에다 버려버립시다. 아냐 당장 해치우는 게 나워요, 본 사람이 있을지도 모르잖우. 까랑이만이 그 늙다리처럼 자꾸 트집을 잡으면 어찌니. 그치만서두 너무 위험하잖니.

오가는 말 중간중간 어디 사투리인지 분간이 안 되는 소리도 섞여 있었다. 저게 어디 말이지? 들어본 적 있는데 분명 들어본 적 있어. 기진맥진한 와중에도 김설은 기억해내려고 머리를 쥐어짰다. '아, 그래 저거 대국말이야' 하다가 머리털이 쭈뼛 섰다.

날 죽인다는 거잖아!

눈은 가려져 있고 입은 막혀 있다. 손과 발이 한데 묶여 있어 옴짝달싹도 못 하는 상태. 그 상태로 김설은 몸부림을 쳤다. 말 좀 하자고, 내 말 좀 들어보라고.

"저궈이 뭐라는 거이니?"

이보시오, 이보시오, 내 말 좀 들어보시오! 재갈 물린 입으로 김설은 필사적으로 외쳤다. 흙바닥을 울리며 누군가 걸어오는 게 느껴졌다.

"왜 그리니, 시끄럽게써리."

다음 순간 퍽 하고 어마어마한 충격이 복부로 날아왔다.

8

　소년은 고개 한번 돌리지 않고 써 내려갔다. 어딘지 뻔뻔해 보이는 아이였다. 애야, 뭘 그렇게 열심히 쓰느냐, 몇 번을 물어도 소년은 대답하지 않았다. 고얀 놈, 어른이 물으면 대답을 해야지. 김설은 아이의 등 뒤로 가서 무엇을 적는지 보려 했지만 눈에 안개가 낀 듯 가물가물 보이지를 않았다. 소년은 쉬지 않고 줄줄이 써 내려갔다. 쓰는 속도가 점점 빨라졌다. 그에 따라 종이가 옆으로 죽 늘어서며 한줄기 오솔길이 되었다. 신기하다고 생각하는데 어느새 김설 자신이 붓을 쥐고 글자를 적고 있었다. 가만 보자 이거 《맹자》 '만장편'이잖아, 아니 '양혜왕편'*인가? 쓰고 있는 내용이 자꾸 바뀌었다. 어디선가 부르는 소리가 들렸지만 계속 써야 해서 고개를 들 수 없었다. 대답조차 할 수 없었다. 하지만 누군가가 자꾸 불렀다. 윤기, 윤기, 윤기, 윤….

　"…기, 이보게, 정신이 좀 드나."

　조금 움직였을 뿐인데도 날아든 격통에 김설은 눈물이 쑥 솟았다. 필시 배 창자가 파열된 게 틀림없다. 눈물이 번지자 눈가마저 미칠 듯이 쓰라렸다. 그 와중에도 김설은 정진허가 자신의 아명兒名을 알고 있는 게 신기했다. 퉁퉁 부은 눈꺼풀을 겨우 들어 올린 김설은 깜짝 놀랐다. 그렁그렁한 눈으로 정진허가 자신을 보고 있는 게 아

＊《맹자》 만장편에는 포관격탁이 나오고, 양혜왕편에는 혁명이론이 전개된다.

닌가. 전보다 한층 핼쑥한 얼굴로. 동창으로 들어오는 환한 햇빛 속에서 두 사람은 한동안 말이 없었다. 이 어색함의 정체가 무엇인지 김설은 알고 있었다. 그것은 싫어하는 녀석이 우정을 내보일 때의 견디기 어려운 민망함. 그래서 김설은 이 분위기에서 벗어나려고, 짐작은 가고도 남았지만 여기가 어디인지 정진허에게 물으려 했다. 그때 "깨셨군요." 하며 쟁반을 든 고채가 발을 걷고 들어왔다.

"의원이 다녀갔습니다. 장기나 뼈가 상하지는 않았답니다. 다행히 찢어진 곳도 없습니다. 멍만 빠지면 얼굴에 흉 질 일도 없을 거고요."

담담한 어조로 말했지만 김설은 알 수 있었다. 이 여인이 최선을 다해 자신을 돌봤다는 것을.

"제가 어쩌다 여기 있는 겁니까?"

고채가 대답에 뜸을 들이는 사이 정진허가 자리에서 일어났다. 자세한 내막은 알고 싶지 않다는 듯이 헛기침까지 하며 발을 걷고 나갔다.

"김 선생님을 납치한 자들은 포구에 드나드는 밀수꾼들입니다. 오해를 했더군요. 김 선생님이 자기들을 잡으러 온 관리인 줄 알았대요. 뒤늦게야 자기들이 실수했다는 걸 알고 여기로 모셔왔어요."

고씨 댁은 대대로 중국을 오가는 밀수꾼들과 거래를 해왔다고 한다. 밀무역은 나라가 금한, 자칫하다간 참형을 당할 수도 있는 중죄였지만 고씨 댁이 인삼을 취급하는 것도 아니고 들여오는 품목 또한 서책과 희귀 약재가 전부라 입기현 수령들도 대대로 모른 척을 해왔다는 것이다. 수령들 입장에서는 명나라에서 발간된 서책을 가장 빨리, 그것도 공으로 구할 수 있다는 특권도 한몫했을 터다. 김설은 고채의 부축을 받으며 겨우 일어나 앉았다. 허리가 뒤틀어지는 고통에 신음이 새어 나왔다. 온몸이 쑤셔 움직일 때마다 격통이 찾아왔지만 다행히 입안은 멀쩡했고 처음 먹어보는 낙지죽이 맛있어 김설은 기분이 좋아졌다.

"그 밤에 그자들 뒤는 왜 밟으셨나요?"

"수상쩍은 초립동이가 눈에 띄어서요. 그날 연회에서 송주라는 동기 아이가 초립동이에게 쪽지를 받아 박희에게 주었다고 하더군요. 그래서 뒤를 쫓다가 그만."

어이가 없다는 듯 고채가 이마를 짚으며 한숨을 내쉬었다.

"이곳은 포구가 가까워 외지인이 많이 드나드는 곳입니다. 초립을 쓴 사내가 어디 한둘이겠습니까. 궁금하신 게 있으면 저에게 먼저 상의하지 그러셨어요."

여인이 안타까운지 입술을 깨물었다. 김설은 면목이 없어 낙지죽만 입에 떠 넣었다.

"최홍에게서 얻으신 거지요, 그 반지? 밀수꾼들이 반지를 알아봐서 다행이었습니다."

그게 무슨 말이냐고 김설이 눈으로 묻자 고채가 말을 이었다.

"그 반지는 돌아가신 숙부님이 끼시던 반지입니다. 오라버니가 만들어드린 거예요. 어제 절에서 내려가 기방에 가신 거죠?"

"아닙니다. 아니, 그러니까 제 말은 놀러 간 게 아니고. 아야야."

당황해 움찔하는 바람에 뱃가죽이 찢어질 것 같았지만 지금 그게 문제가 아니었다.

"놀러 간 거 아닙니다. 정말 진짭니다. 쌍륙도 치려고 친 게 아닙니다. 나름 다 계획이, 아으윽."

"숙부께서 쌍륙을 치다가 잃으신 걸 최홍이 차지하고 있었나 보네요. 흐음, 제 생각엔 최홍이 일부러 김 선생님께 쌍륙을 져드린 것 같군요. 반지를 돌려주려고요. 그자가 좀 엉뚱한 데가 있어서."

말을 하다가 고채가 신경 쓰인다는 듯 고개를 저었다. 김설은 수저를 놓고 엄지에서 반지를 뺐다.

"돌려드리겠습니다."

"이제 김 선생님 물건입니다. 반지가 주인을 찾아간 듯합니다. 숙부께서 노름으로 반지를 잃으신 후 계속 운이 안 좋으셨어요. 그러고 보니 액운을 막아주는 벽사 반지가 맞는 모양이군요."

틀린 말은 아니었다. 우연인지는 모르겠지만 반지 덕에 죽을 고비를 두 번이나 넘겼으니까.

"어제 최홍에게서 묘한 소리를 들었습니다. 이만과 박희가 단순한 사고로 물에 빠진 게 아니라… 죄송합니다. 확인을 안 할 수가 없어서요."

김설은 어제 들은 그 이야기, 이만과 박희가 고채를 두고 싸우다 사고가 났다는, 최홍이 추리한 그 추잡한 치정난투에 대해 말했다. 말을 전하는 것 자체가 고역이었는지 인중에 땀까지 맺혔다.

"그건 최홍 그자의 바람인 것 같군요. 인간은 원래 자기식대로 세상을 보지 않습니까. 보고 싶은 것만 보이니 아주 쉽게 망념을 지어내지요. 박 생원이 상처를 하자 선생님은 박 생원과 제가 맺어지길 바랐습니다. 제가 혼삿길이 막힌 처지이다 보니 재취 자리라도 어떨까 하고요. 박 생원이 경서에 해박하고 문장에도 능하니 저와 잘 맞을 거라고 생각하셨던 거지요. 그런 선생님께서 저를 두고 박 생원과 다투시다니요."

"아가씨도 박희와의 혼사에 마음이 있었습니까?"

"그랬을까요?" 하며 웃고는 고채가 말을 이었다.

"나중에야 석혜 선생님께서도 알게 되셨지요. 박 생원이 재산을 노리고 저와의 중매를 부탁드렸다는 것을요. 선생님은 굉장히 언짢아하셨습니다. 처가의 재물을 탐내는 것은 선비가 할 짓이 아니라고요. 하지만 그 또한 오래전의 일, 다 지난 일이라 두 분 사이에 그 일로 앙금 같은 게 남아 있을 리 없습니다. 두 분의 죽음을 두고 최홍 같은 자가 그런 식으로 말을 꾸며내다니 놀랍군요. 최홍은 저에 대해서도 오해를 하고 있습니다. 저에게 빚을 졌다고 생각해요. 그래서 저를 위해 뭔가를 하려고 합니다. 가령."

고채가 김설의 손에 낀 반지를 쳐다보며 말했다.

"이런 식으로 말입니다. 자기가 김 선생님 목숨을 살려드린 거라고."

그게 무슨 뜻이냐고 물으려던 김설은 입을 닫았다. 발 뒤에서 정진허가 엿듣는 느낌이 들어서였다. 문득 어제 낮에 월향이가 했던 말이 생각났다. 하룻밤 시중을 든 적이 있다고 해서 네 보기에 진허는 어떤 사내 같더냐, 하고 묻자 잔을 빼앗아 홀짝 마시고는 월향이가 귀에 대고 속삭였다.

"자고로 배신자가 더 비참한 법이지요."

9

뒷골의 혹은 그대로 피멍이 되어 물렁거렸고 배와 등에는 온통 검붉은 멍으로 가관이었다. 눈에도 멍이 들어 깜빡일 때마다 눈꺼풀 안쪽으로 통증이 왔다. 목이 졸려 몸부림칠 때 창고 바닥을 하도 긁어서 성한 손톱이 하나 없었다. 김설은 손끝으로 파고드는 통증 때문에 몇 번이고 붓을 놓칠 뻔했다.

전략.

소생이 알아본 바, 백씨 부인과 아들 이첨이 장례를 치른 후 선생이 기르던 난초를 전부 지인과 친인척에게 선물했다고 합니다. 천란은 그때 유출된 듯합니다. 판단컨대 딱히 흑막이랄 게 없어 보입니다. 다만 백여 촉이 넘는 난초를 삼남*의

---

* 충청, 전라, 경상도를 일컫는다.

선비들까지 받아 간 터라 천란이 누구의 손을 거쳐 한양에 가 있는 건지 알아내려면 예상보다 시일이 더 걸릴듯합니다. 게다가 제가 밤길에 실족하여 몸이 상해 부득이하게도 십여 일 요양을 해야 합니다. 다행히 비단상을 하는 고씨 댁에서 저를 돌봐주고 있습니다. 이 몸으로는 걸어서 한양에 올라가기 힘들 것 같습니다. 말을 빌려야 하니 은 석 냥을 융통해 주시기를 간곡히 부탁드립니다. 삼가 글을 올리니 소생의 사정을 살펴주시기 바랍니다.

설이 절하며 소식 전해 올립니다.

소금 창고에서 죽을 뻔할 때 김설은 깨달았다. 신중록이 자신을 속였다는 것을. 신중록은 이번 일이 얼마나 위험한지 알고 있었던 것이다.

김설은 과거급제를 하고도 관직 제수를 못 받을 정도로 한미한 집안 출신이었다. 참봉이던 조부가 상관에게 대들다 쫓겨난 이후 집안은 늘 구설수에 올랐고 살림은 쭉 내리막이었다. 지망소경地望素輕, 지체와 명망이 가볍다. 김설의 이마에는 그런 낙인이 찍혀 있었다. 사간원에서는 새 관원을 임명할 때 문벌이나 이력 등을 조사해 주상께 보고서를 올린다. 대간들은 그 보고서에 실린 김설의 이름 아래에 늘 이 네 글자 지망소경을 써넣곤 했다. 김설은 후보 세 명 중에서 제일 먼저 탈락했다. 그런 집 자식이니 객지에서 변을 당한들 뒤탈이 없을 거라고 신중록은 생각했을 것이다. 김설은 줄곧 학비가 무료인 관학교만 다닌 탓에 딱히 누구의 문하생이라 말할 수 있는 처지도 아니었다. 급제자들의 신원을 누구보다 잘 파악하고 있는 사간원 나리 눈에 자신은 이래저래 미끼로 써먹기에 편리한 젊은 애였다. 신중록은 그런 계산하에 자신을 입기현으로 보냈으리라.

"하지만 계산은 당신만 하는 게 아니라는 말씀."

김설은 북촌 신중록네 그 집이 마음에 들었다. 비싼 나무들이 많은 정원이 특히 마음에 들었다. 무엇보다 관리가 되면 입퇴궐하기에 아주 그만인 위치가 아닌가. 처음부터 청요직*까지는 안 바라지만 신중록이라면 결국 사위를 청요직에 집어넣어줄 것이다.

"대간 나리를 아주 깜짝 놀라게 해드릴 선물을 들고 가겠습니다."

회심의 미소를 지으며 김설은 편지 봉투를 봉했다. 김설은 자기가 숙사로 있는 남촌 부사 댁에도 편지를 썼다. 자세한 사연은 말할 수 없고 며칠 더 걸릴 것 같다며 거들먹거리는 투로 짧게 적었다. 그리고 성균관 반촌**에서 장물을 취급하는 심 서방 앞으로도 몇 자 적었다.

김설이 고씨 댁 사랑채에서 요양하게 되자 접쇠가 시중을 들러 왔다.

---

* 청요직이란 3사 즉, 홍문관, 사간원, 사헌부를 말한다. 정승판서가 되려면 반드시 거쳐야 하는 선망의 관직이었다.
** 성균관 인근 명륜동 일대로 성균관과 문묘에 사역하는 천민들, 즉 반인들이 살았다고 하여 반촌이라고 불렸다.

"넌 네 주인 옆에 있어야지, 어쩌자고 내게 붙어 있느냐."

어혈을 풀어줄 양으로 멍든 김설의 허리에 노란 치자떡*을 붙이며 점쇠가 말했다.

"우리 진사 나리는 요즈음 이 댁 서각에서 아주 사세요."

그럼 그렇지, 하는 생각이 들었다. 웬일로 내 걱정을 하나 했더니 정진허는 고씨 댁에 드나들 명분이 필요했던 것이다.

"근데 여기 사랑채에 있는 서실 말고 서각이 따로 있어?"

"고씨서각이라고, 기호지방에서 글깨나 읽는 선비들 사이에서는 아주 유명하다던데요. 멀리 삼남에서도 책을 구하러 온대요."

치자떡 천을 동여매던 점쇠가 힐끗 김설을 쳐다보았다. 급제자가 어째서 그런 것도 모르냐는 듯.

"이놈아, 내 비록 삼삼이지만 그 어려운 대과 급제를 하신 몸이다. 뭘 보고만 있어. 어서 부축이나 해."

고씨 댁은 읍성 남문 시장터에서 오십여 보 떨어진 곳에 자리한 대저택이었다. 대저택이라고는 하지만 규모가 그렇다는 것이고 대지의 대부분은 잠업장과 직조장, 염색터와 각종 창고, 타작마당에 방앗간, 목공방, 글방, 그릇가마, 숯가마 등이 자리를 차지하고 있었다. 사랑채와 안채가 속한 본채와 살림채를 제외하고는 저택 곳곳이 일

---

* 뼈거나 멍이 든 자리에 치자 열매를 갈아 반죽을 만들어 붙이면 소염 효과가 있다고 알려져 있다.

터라 늘 길쌈하는 소리, 염색하는 소리, 짐 부리는 소리들로 들썩였다. 그뿐만 아니라 바깥채 행랑이 점방인 까닭에 각지에서 거래하러 온 상인과 장부를 보는 산원算員들로 종일 부산스러웠다. 고씨 댁이 이런 식으로 사농공상의 일이 한데 어우러지게끔 구조를 갖춘 것은 고채의 외조부인 성 진사 때부터라고 한다.

"그분 덕에 촌 동네가 현이 되었다네요. 여기가 원래 흉년이면 굶어 죽는 사람이 제일 많이 나오는 빈촌이었는데, 성 진사님 덕에 지금은 손꼽히는 부촌이 되었다지 뭡니까."

점쇠는 마치 고향 자랑이라도 하듯 떠들었다.

"저는요, 한양서 나고 자랐지만 여기 입기현 땅을 딱 밟는데 하나도 낯설지가 않더라니까요."

점쇠의 어미는 소싯적에 작은 마님의 몸종이었는데 작은 마님이 요양차 별서에서 머물 때 따라왔다가 이곳 사내와 눈이 맞았단다. 점쇠의 팔에 기대어 걷다 보니 어느새 서각 앞이었다.

고씨서각은 염색터 앞에 있는 이층 누각이었다. 누각의 일층은 장사와 관련된 장부책 서고였고 이층이 그 유명한 고씨서각이었다. 지체가 있는 집에서는 책을 보관하는 건물 앞에 화재에 대비해 연못을 파는데 이 댁은 염색 저수조가 그 역할을 하고 있었다. 염색터에선 염모들이 나무도랑에 줄지어 서서 작대기로 면포를 눌렀다가 들췄다가 하며 쪽물을 들이고 있었다. 쪽물에서 퀴퀴한 냄새가 나긴 했지만 철썩철썩 물 치는 소리가 흥겨웠다.

이층 창문으로 고채가 보이자 김설은 그만 되었다며 점쇠를 보내고 혼자 누각으로 들어갔다. 이층으로 통하는 계단에 발을 딛는데 인기척이 나 올려다보니 정진허였다. 어쩐지 흠칫 놀라는 눈치였다. 설이 비켜서자, 서둘러 계단을 내려온 정진허가 왔나? 한마디 던지고 서각을 빠져나갔다.
　"너무 제멋대로군. 이 댁과 혼사를 치를 생각도 없으면서."
　그렇게 정진허의 뒤꼭지에 쏘아대고 힘겹게 계단을 오르던 김설은 자신 또한 정진허와 다르지 않다는 것을 인정해야만 했다. 고채는 비할 데 없이 아름다운 여인이지만 배필감은 아닌 것이다.
　열심히 공부해 급제하면 다 되는 줄 알았다. 더 큰 장해는 급제 후에 찾아왔다. 그것은 공부 노력만으로는 도저히 넘어설 수 없는 장벽이었다. 개천에서 용이 난다고? 그런 건 아주 고릿적 삼국지에나 나오는 얘기이다. 조정에 비빌 언덕이 없다는 게 얼마나 딱한 노릇인지 김설은 겪을 만큼 겪었다. 관운이 트려면 결혼이라도 잘해서 문벌에 편입돼야 한다. 김설에게는 그게 유일하고도 마지막 남은 방편이었다. 여태 혼사를 미룬 것도 그 때문이었다. 갈비뼈 아래가 욱신거려 김설은 나무 난간을 짚고 잠시 서 있어야 했다.
　계단을 다 오르자 김설을 맞이한 것은 줄지어 선 오동나무 책장에 가득 찬 수천 권의 책. 사가에서 이렇게 많은 책을 소장하다니 이게 가능한 일인가, 하면서 또 한편 이걸 팔면 얼마나 많은 전답을 살 수 있을까, 그런 계산을 빠르게 해보는데 서가 끝에서 고채가 얼굴을 내밀었다.

"그 몸으로 거동을 하셨습니까. 며칠 더 누워계시지요."

둘러보니 여종도 없이 고채 혼자였다.

"여태 진허와 단둘이 있었습니까? 보는 눈도 있는데."

"보는 눈이라면 김 선생님의 눈을 말하는 건가요?"

고채가 생긋 웃으며 서가에서 꺼내 온 책을 탁자에 내려놓았다. 김설은 겸연쩍어 얼른 책으로 눈을 돌렸다. 겉표지가 얇고 자그마하게 한눈에도 중국에서 온 책이었다. 《육십가소설》*이라. 이 또한 밀수한 책이려나.

"사모님께 드릴 책을 골랐습니다. 석혜 선생님은 음설망탄淫褻妄誕하다고 싫어하셨지만 여자라고 <내훈>만 읽을 수 있나요? 사모님께선 이런 걸 굉장히 좋아하신답니다. 오신 김에 천천히 둘러보세요. 대국에서 최근에 간행한 책도 여럿 있답니다."

말이 끝나기도 전에 아래층에서 하인이 올라와 이첨이 왔다고 알렸다. 오늘쯤에나 보겠거니 했는데 예상대로였다. 계단을 올라온 이첨이 두 사람을 보고는 허리 숙여 절을 했다. 늘 그렇듯 예를 갖춘 기품 있는 몸가짐이었다. 이첨은 선친의 백일재에 참석해주셔서 감사하다고 유과를 돌리며 인사를 다니는 중이었다. 과연 대나무 함을 열어보니 잘 튀겨 노르스름한 유과가 한가득. 백일재를 치르고

---

* 명나라 때 발행된 송대 소설집.

도 돈이 남아 이 비싼 유과를 돌린다오, 스님들이 튀긴 거라 맛이 일품이라오, 이런 게 사는 거지요, 나는 이제 내식대로 살 테야, 하는 백씨 부인의 목소리가 고소한 냄새에 실려 들리는 듯했다. 김설은 고채가 권한 유과를 받아들었다. 꽃모양으로 붙어 있는 잣에 흐르는 윤기, 어떤 것은 흑임자와 호두로 모양을 냈다. 먹기 아까울 정도로 호사스러운 과자였다. 유과를 입에 넣으려던 김설이 문득 멈추고 이첨에게 말했다.

"설마 독은 안 들었겠지?"

이첨의 눈동자가 심하게 흔들렸다. 다음 순간 슥 나간 김설의 손이 이첨의 손목을 낚아챘다.

"아악!"

소매 아래 드러난 이첨의 손목뼈는 검붉은색으로 크게 부풀어 있었다.

"넘어져서 다친 겁니다. 그, 그러니까 어제요."

잡힌 손을 빼며 이첨이 말했다.

"쯧쯧, 이 선비는 거짓말도 참 못하시지."

유과를 씹으며 김설이 말을 이었다.

"절에 있던 누군가라고 생각했지. 향냄새가 났거든. 그날 절에서 향을 오죽 피웠어야지. 경인사 중들은 각수승에 종이 장인들이라 손이 거칠지. 하지만 내 목을 조른 손은 젊고 매끄러웠어. 점쇠에게 마을에 소문을 내라고 했다. 내가 괴한의 습격을 받아 사경을 헤맨다고. 그리고 기다렸지. 네놈이 나타나기를. 내가 멀쩡해서 놀랐지?"

"사실입니까?"

불꽃이 튀어나와 태워버릴 듯 고채가 이첨을 노려보았다.

"무례하군요. 이렇게 사람을 모함해도 됩니까?"

불쾌하다는 듯 이첨이 소매를 거칠게 내렸다.

"네 녀석이 을그미와 민하겸을 모함한 것은 어떻고. 그날 네 놈은 과거지사를 들먹이며 두 사람이 망자들에게 원한이라도 있는 양 내게 슬쩍 말을 흘렸지. 두 사람 다 누명 씌우기 쉬운 상대잖아? 하지만 내가 별 반응을 보이지 않자 다급해졌겠지. 내가 추리와 밀탐에 특출난 어사라는 소문을 들었을 테니까. 결국 석혜 선생과 박희를 죽인 범인, 바로 너를 내가 찾아내는 건 시간문제일 테니."

"지금 무슨 말씀을 하시는 겁니까." 하다가 그제야 말뜻을 이해했는지 이첨이 털썩 바닥에 주저앉았다.

"마, 말도 안 돼. 아니에요, 아니야. 난 아무도 죽이지 않았어요. 난 그저 김 선생을 죽이려고, 정말 살인은 이번이 처음, 아니 잘, 잘못했습니다. 죽을죄를 지었습니다. 하지만 전 아버님 일은 몰라요. 정말입니다."

"그럼 왜 날 죽이려 한 거야?"

이첨의 멱살을 잡으려던 김설은 뱃가죽이 끊어질 것 같은 격통에 도로 앉아야 했다. 저것이 좋겠군, 김설은 묵직해 보이는 황동 문진을 집었다. 이첨이 다급히 외쳤다.

"전유한, 전유한이 김 선생을 없애라고."

"전유한? 그 점잖게 생긴 사람이? 그 사람이 나를 왜?"

이첨이 머뭇대자, 쿵! 김설이 탁자에 문진을 내려쳤다. 이첨이 자지러지며 말을 뱉었다.

"난초 팔아넘긴 걸 말해버린다고 해서."

"뭐?"

난초 도둑이 이만의 아들이었다니. 세상에 이런 한심한 경우가 다 있나. 기가 막혀 헛웃음밖에 나오지 않았다. 최홍의 말과는 달리 이첨의 도박 빚은 상당했던 것이다. 이만과 박희가 죽은 바로 그날, 빚 독촉에 시달리던 이첨은 난리가 난 틈을 타 부친의 난실에서 천란을 빼돌렸다. 그렇게 난초는 전유한의 손을 거쳐 한양에서 내려온 누군가에게 넘겨졌다고 한다.

"상중에 난초에 손을 댄 게 소문이 나면, 전 이 동네에서 못 삽니다. 불효자가 되니까. 불효자라고 손가락질받느니 그냥 죽는 게 나아요. 제발 부탁합니다. 제발 발고만은 하지 말아주세요. 어머니께서 아시면 전 진짜 죽어요. 이렇게 빕니다."

"근데 전유한 그자는 왜 나를 죽이라고 한 거지?"

"꼬투리를 남겨서는 안 된다고요. 전유한이 그랬습니다. 한양에서 아시면 큰일 난다고요. 자세한 건 저도 모릅니다. 정말 몰라요."

"잘 알지도 못하면서 사람을 해하려 했단 말입니까? 어찌 이토록 살생을 가벼이 여깁니까!"

고채의 뺨이 날이 선 듯 빳빳해져 파르르 떨렸다.

"그분 귀에 들어가기 전에 끝내야 한다고, 절 협박했습니다. 정말 무서웠습니다."

"그분? 그게 대체 누굽니까?"

이첨이 상복 자락으로 얼굴을 가리며 도리질을 쳤다.

"모릅니다. 전 몰라요."

"누굽니까?"

고채가 상복 자락을 잡아채며 다그쳤다. 한숨과 함께 뺨을 쓸어내리며 김설이 말했다.

"김안로 대감일 겁니다. 전유한 그자 아무래도 포섭된 것 같습니다. 김안로에게 관직을 약속받았거나 약점을 잡혔거나 둘 중 하나겠지요. 난초도 난초지만 자신이 김안로의 끄나풀인 게 발각될까 봐 날 없애려 한 것 같군요. 김안로는 권력을 유지하기 위해 궁궐 안팎에 한 번씩 피바람을 일으킵니다. 김안로라면 분명 이 지역을 눈여겨봤을 겁니다. 석혜 선생이 서원을 준비하는 것을 알고 서원을 중심으로 붕당을 짓는다고 모함을 하려 한 게지요. 그러면 석혜 선생과 연줄이 닿는 조정의 관리들을 찍어낼 수 있으니까요."

김안로가 석혜를 노린다는 말은 곧 석혜와 막역한 신중록까지 노린다는 뜻이리라. 신중록은 그 낌새를 눈치챈 것이다. 김안로는 처음엔 양사(사간원, 사헌부)의 대간들과 죽이 잘 맞았다. 그러나 대간들이란 본시 길들이기 어려운 매 같아서 주인이 조금이라도 마음에 안 들면 바로 날아올라 정수리를 쪼아버린다. 김안로와 대간들 사이가 예전 같지 않은 건 한양에서는 누구나 다 아는 사실. 대간들 중에는 신중록을 포함한 사림파가 상당수 포진해 있다. 이 정도면 김안로가 그들을 노리고 사화를 안 일으키는 게 이상할 지경이다. 그때 김설의 뇌리에서 그럴듯해서 더욱 고약한 생각 하나가 고개를 쳐들었다. 만약에 김안로가, 신중록이 어찌 움직이나 보기 위해 일부러 천란을 보여준 거라면? 그렇다면 나까지 연루되는 거잖아! 한순간에 소름이 돋아 목덜미가 따가웠다. 그러나 김설은 곧 고개를 저었다. 아니다, 아니야. 뭔가가 맞지 않아. 조각이 남아. 아무리 합을 맞추려 해도 조각이 하나 남는다. 그 조각에는 이렇게 씌어 있었다.

'하필 왜 그 시점에 이만이 죽어야만 했는가.'

올봄은 김안로가 원하는 때가 아닌 것이다. 김안로 쪽에서 손을 쓴 게 아니라면, 석혜를 죽인 자는 누구란 말인가.

"말해봐. 넌 알고 있지? 네 아버지를 죽인 자가 누구야. 분명 너도 관여한 거야, 그렇지?"

"아니 아니에요. 나하고는 상관없어요. 아버님은 전적으로 박희 때문에 돌아가신 거라고요. 박희가 술에 약을 탔대요. 정말입니다. 박희예요, 박희."

하던 이첨이 갑자기 숨을 훅훅 몰아쉬었다. 이첨이 벌떡 일어났다.

"사람을 뭘로 보고. 당신이 뭘 알아, 뭘 아냐고! 대과에 급제하니까 사람이 우습게 보여? 나도 하느라고 했단 말이야. 근데 안 되는 걸 어떻게 해! 초시도 번번이 떨어지는 걸 어떻게 하냐고. 오죽하면 내가 노름에 손을 댔겠어. 아버지는 날 벌레 보듯 하셨지. 집안 망신이라고, 내 아들이라면 이럴 수 없다고, 네 녀석 입에 들어가는 쌀이 아깝다고, 시도 때도 없이 면박을 주셨지."

이첨의 흰자위가 울분으로 번들거렸다. 상복이 부르르 떨렸다.

"하지만 아니야. 아무리 그래도 사람으로 태어나 어떻게 제 부모를 죽일 수 있겠어. 박희야. 박희가 하겁이 때문에 아버님께 혼났거든. 아버님은 혼을 낼 때는 뼈를 발라내듯 잘못을 들춰내는 분이야. 그 고문을 버텨낼 사람은 없어. 골수에 한이 사무치지. 그래서야. 박희는 오래전부터 앙심을 품었던 거야. 전유한도 그랬어. 아무리 생각해도 박희가 수상하다고. 아버님께 배를 타자고 한 것도 박희였어. 뜬금없이 말이야. 그뿐만이 아니야. 박희가 배 타기 전에 아버님께 계속 술을 권했어. 왜 그랬겠어, 왜? 맞잖아. 박희가 그런 거잖아."

"망자에게도 명예가 있습니다. 박희가 흠결이 없는 사람은 아니지만 그런 일로 스승을 해할 사람은 아닙니다. 선생님께서도 박희를 아끼시니 혼을 내신 거지요."

고채의 말을 듣던 이첨이 눈에 핏발을 세웠다.

"아가씨가 나보다 아버님을 잘 안다는 겁니까?"

"들어줄 수가 없군. 얼마나 머리가 나쁘면 자신의 악행을 이토록 빨리 잊을 수 있지? 내 목의 상처가 보이지도 않아? 너는 노름빚으로 난초를 훔치고 살인까지 하려 했던 자다. 그래 놓고 아버지 탓을 해? 네 부친은 선비들에게 존경받는 유학자셨다. 워낙 대쪽 같은 분이었으니 더러 원망도 받았겠지. 하지만 선비들이 괜히 존경하지는 않아. 불효자라 손가락질당하는 게 무섭다고? 하지만 넌 이미 불효자에 패륜아야."

그 말에 허물어지듯 쓰러진 이첨이 돌연 김설의 다리를 붙잡았다.

"살려주세요. 제발 살려주세요. 제발, 제발."

하라는 대로 다 하겠다며 이첨이 울기 시작했다. 답답할 정도로 예법을 따르던 자가 이런 꼴을 보이다니. 그것도 여인 앞에서.

잠시 후, 김설이 말했다.

"좋다. 네가 내게 저지른 짓은 없던 일로 하겠다."

"이대로 용서하시는 겁니까? 김 선생님을 죽이려 했던 자입니다."

"지금은 용서를 하느냐 마느냐가 중요한 문제가 아닙니다. 이 사태를 봉합하는 게 우선입니다. 일이 커지면 김안로가 가만히 있겠습니까. 석혜 선생은 김안로를 탄핵하는 상소를 주기적으로 올렸다고 하더군요. 김안로는 지독한 복수심의 소유자입니다. 분명 전유한을 시켜 뒤를 캤을 겁니다. 빌미를 잡아 석혜 선생을 고변하려고요. 석혜 선생이 돌아가신 바람에 김안로의 계획이 틀어진 것 같긴 하지만, 여전히 조심해야 합니다. 돌아가는 상황을 보니 선생의 때 이른 죽음이 조정과 입기현의 여러 목숨을 구한 게 아닐까 하는 생각마저 듭니다."

"전 정말 몰랐습니다. 전유한이 김안로 대감 수하인지 정말 몰랐습니다. 그냥 한양에 높으신 분이라고만 해서. 정말입니다. 믿어주세요. 정말입니다."

"이제 위험해진 건 너야. 전유한이 너에게 모든 걸 뒤집어씌우려 할 테니."

이첨의 얼굴에서 핏기가 가셨다.

"그러니 가서 전유한에게 말해. 내가 아무것도 눈치채지 못하고 있다고. 제대로 속여야 해. 그래야 모두 살 수 있어. 김안로 귀에 들어가면 너는 물론이고 나와 심지어 여기 채 아가씨마저 안위를 보장할 수 없어. 이 자리에서 네가 한 말을 들었다는 것만으로도 죄인이 되지. 아무리 결백해도 의금부에 잡혀가 고문을 당하면 누구라도 거짓 자백을 하게 되어 있다. 직直을 곡曲으로 만드는 건 김안로에게는 일도 아니야. 김안로의 며느리가 세자 저하*의 친누이다. 유일한 친누이. 앞으로도 몇십 년은 쭉 김안로의 천하란 말이다."

오 년 전 동궁 남쪽 울타리에서 해괴한 목각인형이 발견됐다. 목각인형에는 이런 저주가 새겨져 있었다.

세자를 능지하고
임금을 교살하고
중전을 참수할 것

---

* 후일 조선 12대 임금인 인종이 되는 인물, 중종의 적장자.

'목각인형 옥사*'는 그렇게 시작되었다. 그 목각인형을 만들었다고 추정되는 자들을 잡아다 문초하니 그들의 입에서 주모자가 홍려라는 말이 나온다. 홍려가 누구인가. 홍려는 경빈 박씨 소생인 혜정옹주의 남편으로 임금이 아끼던 부마였다. 홍려는 의금부로 잡혀가 수십 차례 끔찍한 고문을 받으면서도 죄를 부인했지만 열흘 만에 옥사하고 만다. 신료들은 세자 저하께 위협이 된다며 경빈과 복성군 모자를 죽이라 수십 차례 주청을 올린다. 결국 주상께선 눈물을 머금고 경빈 모자를 사사하라는 명을 내리신다. 이 모든 게 정적을 제거하기 위한 김안로의 계략이었다.

흑흑거리며 내려가는 이첨의 울음소리가 계단을 통해 올라왔다. 듣는 이까지 비루하게 만드는 소리, 너무도 익숙한 그 소리가 듣기 싫어 김설은 소리 나게 유과를 씹었다.

난초를 누가 훔쳤고 김안로의 끄나풀이 누구인지도 알아냈다. 신중록의 속셈도 눈치챘다. 자신의 일은 여기까지다. 이만의 죽음이 운 나쁜 사고인지, 박희 짓인지, 그도 아니면 밀수꾼들 짓인지, 내 알 바 아니다. 이 일은 불길하다. 파고들수록 김안로와 연결이 된다. 겁도 없이 복마전 한가운데 뛰어들어 살인사건을 해결하려 하다니, 김설은 자신의 무모함에 혀를 찼다. 김설은 여기까지 하기로 했다. 정진허에 대해서도 관심을 접기로 했다. 정진허가 전유한과 내통하

* 1533년(중종 28년)에 있었던 목패의 변, 가작인두의 변으로 불린다. 세자는 인종을, 주상은 중종을, 중전은 문정왕후를 지칭한 것이다.

고 있는지 내 알 바 아니다. 그가 무슨 음모를 꾸미든 신경 쓰지 않겠다.

어쩌면, 하고 김설은 생각했다. 어쩌면 진허는 보고만 있어도 사람을 심란하게 만드는 저 여인 때문에 입기에 남은 건지도 모른다. 고채는 혼자만의 생각에 잠겨 정물인 양 앉아 있었다. 새앙머리에 옥색 댕기를 드리웠을 뿐인데도 고채는 눈부셨다. 그러나 잠시라도 시선을 두면 안 되는 여인이다. 아무도 가질 수 없는 여인이다. 천상에서 내려온 선녀 같은 저 여인을 어찌 일개 필부가 차지하리오. 이곳 사내들은 암묵적으로 그런 약속을 한 건지도 모른다. 한양에서 용자만 보내주면 내일이라도 당장 입기를 떠나자. 그렇게 결심을 하며 크게 숨을 내쉬려던 김설은 도로 숨을 삼켰다.

"정녕 그런 거라면," 하고 고채가 입을 뗐기 때문에.

"사고가 아니라 누군가가 고의로 석혜 선생님을 해한 거라면,"

고채가 일어나 김설에게 다가왔다. 김설도 반사적으로 몸을 일으켰다. 정면으로 마주 선 채 고채가 입을 열었다.

"그게 사실이라면, 김 선생께서 진상을 밝혀주시겠습니까? 누가, 왜, 그런 짓을 저질렀는지. 진상을 밝혀주실 분은 김 선생님밖에 없습니다. 김 선생님은 남다른 분별력을 갖고 계세요. 바쁘신 분께 실례인 줄은 압니다만, 사례는 충분히 하겠습니다. 부탁드립니다."

"아니 저는 방금 결심을, 그러니까 제 입장에서는 더 이상은…"

김설은 말을 맺을 수가 없었다. 숱 많은 눈썹 아래 크고 검은 눈동자가 뚫어질 듯 자신을 보고 있었다. 그 눈동자에는 갈망과도 같은, 이 여인이 가지고 있는 전부를 건 뭐라 표현하기 힘든 숭고한 것이 스며 있었다. 그 눈동자에 어떤 형상이 비쳐 보였다. 낯익은 듯 낯선 형상, 갇힌 듯 꼼짝 못 하는 김설 자신의 형상이었다. 요의를 느낄 만큼 초조해진 김설은 신중록과 신중록의 딸들을 떠올리려 애썼다. 신중록의 집과 정원을 생각하려 애썼다. 무시무시한 김안로를 생각하려 애썼다. 애쓰고 애를 써보았지만 발 아래에서 넝쿨 같은 게 뻗어 나와 자신을 칭칭 감아대는 이상한 착각에 몸이 굳었다. 그것은 두려움, 그랬다. 김설은 두려웠다. 이 빛나는 눈이 두렵고 탐스러운 육체가 두려웠다. 무엇보다 여인이 자신을 믿어줘서 두려웠다. 그래서 겨우 입을 열어, '죄송합니다, 저는 한양에 올라가봐야 합니다' 하고 말하려는데 여자 악쓰는 소리가 고막을 때렸다.

"어서 솔직히 털어놔! 다 봤지? 네년은 물에 빠져 죽는 걸 보고만 있었어. 맞지, 맞지?"

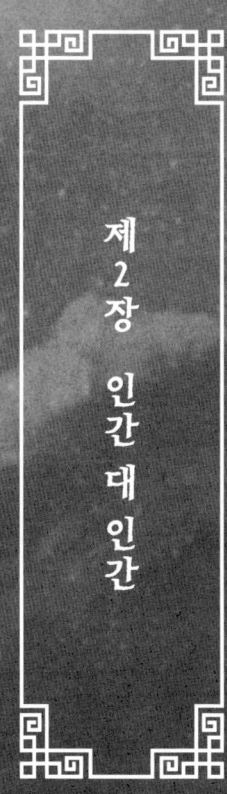

제2장 인간 대 인간

10

말리는 여인의 음성도 들렸다.

"이보게. 왜 또 이러나."

"놔요, 놔! 오늘은 내가 꼭 밝히고 말겠어. 놓으라고, 놔!"

"뭣들하고 있니? 어서 안채로 모셔!"

하인들을 부리는 고경 처의 앙칼진 소리도 들렸다. 분명 저 소리들을 다 들었을 텐데도 고채는 김설을 응시한 채 꼼짝하지 않았다.

"독한 년, 넌 숙부가 물에 빠져 죽는 걸 보고도 구하지 않았어. 그 큰 눈으로 다 봤으면서. 이 악독한 년!"

그쯤 되자 김설은 창밖을 내다보지 않을 수 없었다. 소동이 난 곳은 저수조 앞이었다. 이 집 사람들에 둘러싸인 어떤 뚱뚱한 여인이 종주먹질을 하며 소리를 지르고 있었다. 그녀가 쏟아내는 험한 말들은 아무래도 이쪽을, 그러니까 고채를 겨냥한 듯싶었다. 고채의 계모와 고경의 처, 여종 둘이 달라붙어 끌어내려 했지만 다들 몸집이 작아서인지 뚱뚱한 여자는 꿈쩍도 하지 않았다. 염모들은 이 소동을 익히 보아온 듯 작대기로 염색도랑을 휘저으며 웃기까지 했다. 그때 중문으로 고채의 이모 성씨가 잰걸음으로 들어섰다. 어찌나 위엄이 서렸는지 송곳이 걸어오는 것 같았다. 성씨 부인이 '이런 망측한!' 하며 뚱뚱한 여자의 등을 힘껏 떠밀었다. 그 위세에 힘입어 고경의 처와 여종들도 달라붙어 뚱뚱한 여인을 잡아끌었지만 역부족. 뚱뚱한 여자가 팔을 한번 휘젓자 다들 나가떨어졌다. 어이쿠, 아야야 하는 사이 뚱뚱한 여인은 나도 죽으련다! 하며 수조로 뛰어가 몸을 던졌다. 첨벙! 소리는 요란했지만 물이 깊지는 않았는지 여자는 금세 얼굴을 내놓았다. 머리카락을 미역 줄기처럼 얼굴에 붙인 채 여자가 다시 꿱꿱 댔다.

"내 오늘 예서 죽을 것이야. 내 죽어 원혼이 되어 너를 그냥 두지 않을 것이야. 이 독한 년, 쳐 죽일 년, 오살五殺*할 년. 이, 이, 이 남자 잡아먹는 년아!"

일순간 모든 움직임이 얼어붙었다. 이 자유분방한 집에서 금기어가 있다면 바로 저 말이 아닐까. 김설은 자기도 모르게 고채 쪽으로 눈을 돌리고 말았다. 곧 자신의 행동이 얼마나 무례한지 깨닫고 급히 시선을 내렸다. 거의 동시에 고채가 입을 열었다.

* 다섯 토막을 내어 죽임.

"숙모님이세요. 저분도 한때는 이 집의 마님이었답니다. 채 이 년도 안 되는 짧은 시절이었지만요. 숙부께서 바로 저기 저수조에 빠져 돌아가시는 바람에."

숙부인 고성리가 저수조에 빠져 허우적거리던 그 시간, 그러니까 칠 년 전 그 새벽, 고채는 바로 이곳에서 책을 읽고 있었다고 한다. 고채는 여름이면 조반을 들기 전 서각에 올라와 책을 읽곤 했는데 가끔 하겸이가 책을 고르러 올 때를 빼면 그 시간에는 늘 그녀 혼자였다고 한다.

"넌 숙부가 물에 빠져 죽는대도 그냥 보기만 한 거야. 하늘을 속여라. 이 모진 년! 돈이 그렇게 좋더냐!"

고채의 숙모는 이젠 물까지 쳐대며 뒤떠들었다. 무슨 책을 읽고 있었기에 저 정도 거리에서 첨벙거리는 소리를 못 들었을까, 정말 못 들었을까? 김설의 표정을 읽었는지 고채가 말했다.

"그날 제가 보고 있었던 책은 《삼강행실도》였습니다. 생전에 어머니께서 못 보게 감춰두신 걸 마침 찾아냈거든요."

"《삼강행실도》를요?"

《삼강행실도》는 조선에서 천자문 다음으로 흔한 책이다. 세종부터 성종, 그리고 지금의 주상에 이르기까지 몇 차례나 대규모로 간행해 전국에 보급한 책이 《삼강행실도》다. 온갖 미담으로 가득한 그런 책을 못 보게 하다니 의외였다. 그림까지 실려 있어 어린애도 볼 수 있는 그런 책을?

"전 그 책에 빠져들었답니다."

"빠져들어요?"

그 고리타분한 책이 빠져들 만한 내용인가, 김설은 다시 한번 의아했다.

"기괴하잖아요."

장난스럽게 입을 실긋하더니 고채가 사뿐한 걸음으로 계단을 내려갔다. 잠시 후 창밖으로 고채가 성큼성큼 저수조로 걸어가는 게 보였다. 고채를 보자 숙모의 폭언은 절정으로 치달았다. 오살할 년, 남자 잡아먹는 년, 집안 말아먹을 년 온갖 저주가 불화살처럼 쏟아져 나왔다. 뒤떠드는 여인 앞에 고채가 섰다.

"구걸에도 경우가 있는 법. 응석을 부리실 나이는 지났습니다. 이렇게 행패를 부리셔도 소용없습니다. 돈이 필요하면 몸을 놀려 일하시면 됩니다."

순간 김설의 시야가 흔들렸다. 뜨거운 물을 뒤집어쓴 것처럼 얼굴이 화끈거렸다. 저 소리는 자신의 부모가 친척들에게 듣고 다니는 소리가 아닌가. 형님이 친구들에게 듣고 다니는 소리가 아닌가.

"숙모님 논리대로라면 정작 남자 잡아먹은 여자는 숙모가 아니신가요? 온갖 사치로 집안을 망치고 계신 분도 숙모 아니신가요? 오살오살 하시는데 오살이 그렇게 마음에 드십니까. 저주는 뱉은 입으로 다시 들어간다고 합니다. 저에게 퍼부은 저주, 한치도 남김없이 돌려드리겠습니다. 예까지 걸음 하셨으니 그거라도 챙겨가셔야 하지 않겠습니까. 더 이상 전답은 못 떼어드립니다."

"얘야, 그렇게 독한 말은 하지 말거라. 상대가 아무리 두억시니* 같아도 그러는 거 아니다."

말리고 나서는 이는 아담한 체구에 얌전한 표정밖에 지을 줄 모르는 고채의 계모 한 씨였다.

"뭐 합니까, 사돈. 어서 나오지 않고!"

벼락 치듯 한 말씀 하시는 이는 이모 성씨 부인. 고경의 처도 뭐라 한마디 했지만 저수조에서 떠들어대는 뚱뚱한 여인의 꽥꽥 소리에 묻혀버렸다. 그러나 기세는 오래 가지 못했다. 돈이 나오지 않는다는 게 확실해져서였을까, 뚱뚱한 여인은 이번엔 신세 한탄을 늘어놓기 시작했다. 막판에 몰리면 불쌍한 척하는 것까지 자신의 부모와 똑같았다. 눈살 찌푸린 사람들에 둘러싸여 일상의 궁상을 낱낱이 전개하는 것이다. 너희가 베풀지 않겠다면 내 하소연 정도는 들어줘야 마땅하다고 목청껏 창을 내지르는 것이다.

김설은 당장 뛰어 내려가 여자의 입을 틀어막고 싶었다. 제발 그만하시라고, 제발 그만 좀 하시라고. 여인은 멈추지 않았다. 김설은 여자의 목덜미를 잡아 물속에 처박고 싶었다. 조용히 하라고, 제발 그 입 좀 다물라고, 제발 염치 있게 살자고, 부끄러운 줄 알자고. 제발, 제발이지 그만 좀 하라고, 나 좀 내버려두라고. 여자는 거대한

* 모질고 악한 귀신, 야차.

제2장 인간 대 인간

박처럼 도로 튀어 올라왔다. 김설은 있는 힘껏 눌렀다. 두 팔과 온 가슴으로 내리눌렀다. 수면이 주는 압력을 뚫으려 김설은 전력을 다해 누르고 눌렀다. 증기 같은 땀이 목에서 얼굴에서 뿜어져 나왔다.

"참으로 해괴한 논리가 아닙니까."

화들짝 놀라 돌아보니 어느새 올라온 고채가 백씨 부인에게 가져갈 책을 보자기에 싸고 있었다.

"정혼자들이 몸이 약해 죽은 걸 왜 내 탓을 하는지."

씩씩하지만은 않은 목소리였다. 무슨 말이든 해야 하건만 김설은 입이 떨어지지 않았다. 그 대신 손에 쥐고 있던, 반으로 조각나버린 유과 한쪽을 고채에게 건넸다. 유과 조각을 받아 든 고채가 몸을 돌렸다. 두 사람은 다른 쪽을 보고 선 채, 유과를 입에 넣고 조용히 바스러뜨렸다.

11

김설을 찬찬히 뜯어보던 최홍이 입을 열었다.

"내가 관상을 본다고 했던가요?"

"관상은 나도 좀 본다네. 자네는 요절할 상은 아니야. 월향이는 딸 둘에 아들 둘은 낳을 상이고."

"내 보기에 말이요, 김 선생은 타고나길 등이 시린 팔자야. 무조

건 여자를 잘 만나야 한다는 말씀이지."

"그건 조선 남자한테 다 통하는 말이야. 여자 못 만나도 되는 팔자가 어디 있나. 자 이제 말해보게. 고성리가 어찌 죽었는지 묻는데 무슨 사설이 이리 길어."

"내 말은, 김 선생같이 생긴 골상은 여자한테 기를 받지 않으면 관운은 물 건너간다는 말이지요."

"옳거니, 관상을 좀 보긴 보는구먼. 내가 그래서 여기까지 내려온 거 아닌가."

어련하실까, 하며 최홍이 웃었다. 눈가에 굵은 주름이 잡히며 애써 숨겨두었던 착한 미소가 나타났다.

"말이요, 내가 처음 본 건 말이요. 그 여자가 열아홉 살 때였소. 염가 심부름으로 성 진사댁에 갔지. 그때만 해도 다들 그 집을 성 진사댁이라고 불렀어요. 성 진사는 그 여자 외할아버지야. 그러니까 고채 아버지 고한리가 처가살이*하다 친가로 가지 않고 그냥 눌러 살다가 아들 대신으로 장인인 성 진사가 일으킨 직잠업과 장사일을 물려받은 거야요. 성 진사 아들은 무관이라 회령으로 혜산으로, 거지반은 오랑캐들이랑 산다나 뭐 그럽디다."

선비가 대대적으로 공상을 일으킨 것도 드문 일인데 삼대에 걸쳐 사업을 이어가다니, 다시 들어도 신기한 얘기였다.

---

* 조선 중기까지 남성은 결혼 후 몇 년간 처가살이를 하는 게 일반적이었다.

"무슨 조화인지 성 진사가 죽고 칠 년 만에 고한리도 죽었대요. 고한리가 죽은 다음에는 그 동생 고성리가 가업을 물려받았지. 김 선생이 낮에 봤다던 그 뚱뚱한 마님 남편 말이야요. 고경은 신혼이라 아산에 처가살이할 때였어요. 물론 고경이 집안일을 물려받아 할 위인은 아니지만. 고성리가 착실하니 장사 일도 잘 알았다고 하더군요. 근데 한 일 년 지나면서부터 고성리가 말아먹기 시작했단 말이지. 내가 여기 기생집 밥을 먹은 게 그즈음부터인데, 고성리가 아주 기방서 살더만요. 쌍륙을 치다 골패를 치다, 잃기 위해 노름을 하는 것처럼 집안 망쳐먹으려고 작정한 사람 같았지. 결국 그 새벽에 술이 떡이 돼 집안에서 도랑에 빠졌대요."

"자살한 게 아니고?"

"자살이 꼭 결심을 해야만 자살은 아니잖소. 사람은 말이요, 아주 웃긴 생물이라서 마음 붙일 데가 없으면 한 끗에 가는 거지요. 그렇게 속에서부터 죽고 싶어 하는 사람은 아무도 못 말려요."

그런 이유로 고채는 숙부를 구하지 않았던 걸까? 그런 생각이 스쳤지만 김설은 고개를 저었다. 사람이 물에 빠졌는데 가만히 보고만 있을 인간은 없다. 그건 인간으로서 생각을 하고 말고 할 문제가 아니지 않은가.

"아무튼 고성리가 죽자 염가는 쾌재를 불렀지. 사십구재가 지나고 어느 날인가 염가가 날 불러요. 가서 전하라는 거야요. 마님께 좀 뵙자고. 고성리가 염가에게 노름빚으로 집문서를 잡혔거든. 근데 그 뚱뚱한 여자가 벌써 금붙이란 금붙이는 다 싸 들고 애들하고 친정으로 내뺐어. 그래 내가 다시 가 청지기 민 씨한테 말했지. 내달까지 집 비우라고, 우리 염가 형님이 그렇게 전하랬다고."

최홍의 그 말에 대청에 쳐놓은 발 안쪽에서 한숨이 터져 나왔다고 한다. 아마도 그 얌전하기만 한 계모가 내쉰 한숨이었을 것이다. 청지기 민 씨가 일단 자기가 염가를 만나보겠다고 상전에게 허락을 구하자, 발이 걷히더니 고채가 나타났다고 한다. 최홍에게 그 일은 어제 겪은 것만큼이나 생생했다. 발이 걷히면서 나던 그 소리며, 그때 맡았던 어떤 향기. 기방에서 수많은 향내를 맡아봤지만 그런 향기는 처음이었다. 그 향기가 최홍의 가슴을 할퀴었다.

"김 선생님, 사람은 왜 한 번만 태어나는 걸까요?"

최홍의 말에 김설은 심란해졌다. 자신이 왜 심란한지도 모른 채 김설은 되는 대로 아랫입술을 잘근거렸다.

"앞장서게."

아가씨의 말에 민 씨가 앞을 가로막으며 자기가 염가를 불러오겠다고 했다. 고채가 말했다.

"그러면 늦어. 일을 풀려면 간절한 쪽이 움직여야지."

최홍은 설마 고채가 기방 문턱을 넘을 줄은 몰랐다고 한다.

"장부를 보세."

고채가 기방 대청 상석에 앉자마자 한 소리가 그랬다.

"아이고 무셔라. 아가씨가 단단히 벼르고 오셨구만요."

그러나 염가가 내놓은 것은 수십 장에 달하는 차용증서가 전부였다.

"집문서를 잡을 정도로 큰 사업을 하는 사람이 장부가 없어?"

"아가씨 여기가 어딘 줄이나 아쇼?"

"할 수 없군. 장부가 없다 하니. 이번 한 번만 내 자네를 믿고 이 차용증대로 변제하지."

"아가씨 이미 기한을 많이 넘겼습니다. 초상이 나서 달포는 참아 드린 거지요. 그건 그렇고 아가씨 정말 선녀님이 따로 없습네다. 이렇게 고우신데 얼른 성례를 올려야 하지 않겠소? 제가 상처를 한 지 십 년인데요. 요즘 부쩍 외롭습네다."

"그런가? 고맙네. 어여삐 봐줘서. 그러니 말해보게. 얼마를 받아내고 싶어 이러는 겐가."

"아가씨 저도 낼모레면 사십인데 그런 널따란 집에서 살고 싶단 말이지요. 제가 나장*으로 시작해서 정말 착실히 살았단 말입니다. 자격이 있지요."

"자격 운운하니 하는 말이네만, 자네가 나와 혼인하면 그 널따란 집도 물려받을 수 있네."

그 대목에서는 아무리 각다귀처럼 굴러먹던 염가라도 입이 딱 벌어져 다물지를 못했다. 염가가 꿀꺽 침을 삼키는 소리에 최홍은 정

---

* 의금부에서 죄인을 매질하는 일이나 죄인을 압송하는 일을 하던 하급 관리. 또는 군에 속한 사령 등을 말한다.

신이 들었다고 한다. 그 옛날 일을 전하는 최홍은 여전히 그날 일이 기막힌지 잠시 말을 멈췄다. 김설은 몇 번이나 피식거렸다. 웃겨서가 아니었다. 긴장을 견딜 수 없어 허파에서 바람이 새서 그랬다.

고채가 말을 이었다.

"자네가 너무 놀라니 내가 무안해지는구먼. 그럼 농담으로 치세. 그런데 이보게, 자네도 잘 알겠지만 거긴 그냥 여염집이 아니라 직녀들의 일터일세. 수십 아니, 수백 명의 생활 밑천이 거기서 나와. 내 숙부님의 빚을 두 배로 갚을 터이니 자네가 이번엔 양보해주게. 부탁하네."

최홍은 저런 여인이 부탁하는 건 별로 좋은 징조가 아니라는 걸 직감했다. 그러나 인간이란 살아온 습관대로 계속해나가는 생물인 바 상대가 불리하고 내가 유리하면 일단 신이 나는 것이다. 염가가 입을 열었다.

"아가씨 여기가 기방이란 말입죠. 여기 있다 보면 아주 재미있는 사실도 많이 안답니다. 돌아가신 그분, 아가씨 숙부님께서 술만 마시면 할 소리 못할 소리 떠드셨단 말이죠."

"이런, 숙부께서 주사를 부리셨구먼."

"방납꾼들이 통 기방에 놀러 오지 않는다 했더니 그 작자들이 입기현은 뺑 돌아간다지요? 성 진사께서는 어찌나 훌륭한 일을 많이 하셨는지. 아가씨 아버님께서도 그렇고. 아가씨, 입기현은 참 좋은 곳이 맞지요?"

"장부로세. 그대는 큰물에서 놀 위인이야. 배포가 남달라. 오늘 이렇게 만난 것도 인연인데 내 얼굴을 봐서 잠시 시간을 좀 주게나."

하고는 고채가 몸을 일으켰다.

"그날이 다 가기 전에 염가 형님은 죽었소."

"동헌에서 심문을 받다가 말이지?"

"어찌 알았소?"

"장물이잖아, 그 집문서. 고성리가 그걸 맘대로 노름빚으로 넘겼다? 고한리가 그 집을 통째로 동생에게 줬을 리가. 그 집에서 나오는 수익으로 몫을 나눠야 하는 고씨와 성씨가 한둘이 아닐 텐데. 그런 경우엔 문서의 부록을 살펴야 하네. 집문서에는 자세히 쓰여 있지 않았을 테니. 아무리 뒷골목에서 협잡을 부려봤자 협잡은 협잡일 뿐 얼렁뚱땅 넘어갈 일이 아니지. 이 나라에는 지엄한 《경국대전》이라는 것이 있다네. 그런데 그 정도도 몰랐다니 이상하군. 염가 그자 눈에 뭐가 씌었나."

고채가 기방을 나간 지 한 시간도 안 돼 나졸들이 들이닥쳤다. 염가는 물론 최홍까지 오랏줄에 묶여 동헌 마당으로 끌려 들어갔더니 그동안 노름빚으로 가산을 탕진하고 망신당한 선비와 포구의 상인들이 팔짱을 끼고 염가를 기다리고 있더란다. 고씨 댁 하인들이 동리를 돌며 불러 모았다고는 하지만 최홍의 눈에는 한참 전부터 계획된 일로 보였다.

사또와 유향소의 임원들이 고채가 낸 소지(고소장)를 한차례 돌려보았다. 그 시절 입기현 사또는 노름이라면 치를 떨던 양반이었다. 형방이 소지를 큰 소리로 읊고 나자 사또가 눈짓을 했다. 형방이 외쳤다.

"염상열은 고하라. 이 소지 내용이 사실이렸다아!"

염상열은 그게 어찌 장물일 수 있느냐고 따져봤지만 사또가 아무 말도 않고 노려보자, 당연히 자기는 모르는 일이다, 자신은 죽은 고성리에게 속은 것이다, 하며 너스레를 떨었다. 염가 입장에서는 너스레를 떠는 방법밖에 없었을 것이다. 고채가 자신의 숙부를 도둑으로 몰면서까지 집문서를 장물이라고 주장할 줄 누가 상상이나 했을까. 사또는 말하기도 귀찮다는 듯 형방에게 고개를 까딱해 보였다.

"염상열을 심문하라신다아!"

형방의 외침 소리에 나졸들이 염가의 사지를 형틀에 묶자 비로소 염가의 눈에서 불꽃이 튀었다. 염가가 고채를 보며 이를 갈았다.

"내가 언젠가는 네년의 살을 씹고 골수를 빨 것이야."

퍽! 나졸들이 넓적한 몽둥이로 염가의 허벅지를 내려치기 시작해 열대가 넘어가자 살이 터져 피가 배어났다. 염가가 고래고래 소리를 질렀다. 일개 사또가 이렇게 형신刑訊(고문)을 해도 되냐고, 그냥 안 넘어가겠다고, 경기감영에 가서 다 고해바칠 거라고. 최홍은 염가가 왜 저렇게 미련을 떠는지 속이 타들어갔다. 매를 맞을수록 염가는 배신당한 사내처럼 네년이 날 속였구나, 날 속였어, 하며 광분했다고 한다.

"언감생심. 사내란 건 참 단순해."

김설이 말했다.

"내 말이 그 말이요. 형님으로 모시고 있었지만 그렇게 등신인 줄 몰랐습네다. 아무튼 염가가 바락바락 대드니 사또 나리가 자존심이 상했단 말이지요. 마을 사족들이 다 보는데 영 령$_슈$이 안 선단 말씀이야."

사또가 형방에게 의미심장한 눈짓을 했다. 형방이 외쳤다.

"원장을 쓰라신다아!"

나졸들이 길고 둥근 박달나무 몽둥이를 들었다. 염가가 파랗게 질려 어버버하는데 몽둥이가 염가의 옆구리를 푹 찔렀다. 헉, 소리 한번 삼키더니 염가는 그 뒤로 비명 한번 내지 못했다. 평소 염가와 막역했던 나졸들이건만 얼마나 세게 찔러대는지 와직 하고 염가의 갈비뼈 부서지는 소리가 최홍의 귀에까지 들렸다고 한다.

"치가 떨립디다. 그 여자가 말이요, 열심히 보고 있지 뭡니까. 어육처럼 다져지는 염가의 몸뚱이를 눈 하나 깜짝 안 하고."

"그러게 희롱을 하지 말았어야지. 꽃봉오리 같은 양가집 규수가 얼마나 분했으면."

"하하하, 김 선생은 역시 한양 샌님이 맞구만요. 근데 정말 치가 떨린 게 뭔 줄 아오. 그다음 날, 그 여자가 날 기다립디다. 태형으로 볼기를 맞아 끙끙대며 포구에서 배를 기다리는데 말입니다. 다시는 이놈의 땅에 발을 딛나 보자, 이를 가는데 고씨녀가 해변가 정자로 나를 불러요. 난 앉지도 못하고 명아주대를 짚고 겨우 서 있었지. 아가씨가 눈짓을 하니 청지기 민 씨가 난간에 보자기를 펼쳐 보여줘요. 메주만 한 은괴가 네 덩이더군. 그게 면포 이천 필 값이야요. 고성리가 염가에게 진 빚만큼이지."

"염가에게 자식이 있으면 그 반을 주게. 나머지는 자네가 알아서 소용하고. 자네가 이 고장을 떠나는 건 자유야. 하지만 말이야, 자네가 떠나면 또 누군가 기방을 끼고 도박판을 벌이겠지. 어차피 누군가 할 일이라면 자네가 설주*를 맡아 하는 게 낫지 않겠어? 이곳은 돈이 많이 도는 곳이라 늘 노름이 필요할 걸세."

"흥, 난 빚지는 건 싫습네다. 말해보쇼. 바라는 게 뭡네까?"

"빚이라니? 내가 자네와 거래를 하자는 소리로 들리나."

"그럼 이 마당에 돈은 왜 주는 거요? 세상에 공짜보다 비싼 건 없수다."

"애초 이 은괴는 염가에게 갚을 돈이었어."

"이젠 아주 날 하수인으로 두고 궂은일을 시켜보시겠다?"

고채가 실망인지 연민인지 알 수 없는 표정으로 최홍을 바라보더니 입을 열었다.

"자네는 궂은일을 할 마음부터 먹는군. 나는 그 누구에게도 궂은일 시킬 마음이 없네. 이보게, 내가 자네 도움이 필요해지면 말이야.

* 설主, 노름판에서 돈을 꾸어주고 담보를 잡는 사람.

그때는 정중히 도움을 청할 걸세. 인간 대 인간으로 말이야."
"인간 대 인간? 세상에 그런 게 어디 있어."
냉소하는 김설에게 최홍이 말했다.
"그때 내가 딱 그런 말을 했지요."

12

 설이 자네가 변고를 당했다는 소식에 애통함을 금할 수가 없네. 봐주시는 분이 계시다니 그나마 위안이 되는구먼. 특별히 내 은 다섯 냥을 보내니 몸조리 잘하고 상경 길엔 좋은 말 타고 올라오게. 자네 조사가 맞다면 참으로 경악스럽구먼. 지아비가 아끼던 난초를 하루아침에 없애버리다니. 대체 무슨 심사로 그런 짓을 하신 겐지. 여하튼 난초에 관해선 일단 안심이야. 그건 그렇고 백씨 부인께 동봉한 편지를 전해주게. 내가 그동안 석혜 형에게 보낸 서찰을 돌려달라는 내용이야. 혹시 없애지 않은 태지*가 있으면 그것까지 빠짐없이 받아오게. 내가 보낸 것 말고도 혹여 석혜가 숨겨놓은 서찰이 있을지도 모르니 자네가 한번 찾아봐주길 바라네. 내가 지금 믿을 사람은 자네밖에 없네. 은을 넣어 보내는 염낭은 우리 큰애가 만든

---

* 서찰에 동봉한 쪽지.

거라네. 박쥐* 문양이 무척 곱지? 자고로 사내는 인물 좋은 여자보다는 지아비를 잘 섬기고 자식 잘 낳는 여자를 만나야 하느니.

"제대로 겁을 먹었군그래. 김안로라는 귀신을 머리에 얹고 사니 그럴 수밖에."

쓴웃음을 지으며 김설은 편지를 접었다. 그때 신중록이 죽은 반딧불을 보며 한 말은 "누군가 난초가 탐이 나서 석혜를 죽인 거라면 차라리 다행인데."였을 것이다.

김설은 전인**을 서울로 보내면서 신중록이 은냥을 주면 한 냥은 반촌 장물아비 심 서방에게 주고 내려오라고 미리 말해두었다. 그런고로 박쥐 염낭에는 네 냥이 남아 있었다. 김설은 전인에게 한 냥을 주었다. 이 사내는 걸음이 빨라 이틀 반 만에 서울을 오간다. 전인의 입꼬리가 올라갔다. 은 한 냥이면 면포가 두 필이니 그럴 수밖에.

부사 댁 안주인은 용봉탕을 해 먹고 기운 내라고 자라를 들려 보냈다. 안주인의 눈에 김설은 이미 사간원 나리인 것이다.

"근데 이게 다야?"

김설은 새끼줄에 묶인 자라를 들고 요리조리 살펴봤다. 혹시 어딘가에 은냥이라도 붙여놨나 해서. 자라가 은구슬이라도 물고 있으면 좋으련만, 자라는 빵 뚫린 콧구멍만 내밀고 있었다.

* 박쥐는 다산과 풍요를 상징한다.
** 편지를 전하는 사람.

심 서방이 전해준 소식은 굉장했다. 정진허의 집에 세자의 외숙부인 윤임이 한번 행차하더니 정진허의 누이가 세자의 후궁으로 봉작될 것 같다는 소문이 돈다고 한다. 뭐, 그러라 하고, 재미있는 건 다음부터다. 정진허의 집에는 의원이 자주 드나드는데 조부인 서령위 정항의 잘린 새끼손가락 부위가 쑤셔서란다. 사고를 당한 게 수십 년 전인데 이제 와 아프다 난리를 친다고.

그리고 왜인지 모르겠지만 말입니다. 정항 대감 그 노인네가 지금 김 선생이 계신 거기 입기현을 자주 언급한다고 합니다. 종들 말로는 거기서 귀신이 따라왔다고 소리를 지르다가 종국엔 손가락이 아프다고 난리를 친다고 합니다. 다급히 의원이 불려오고 손등에 고슴도치처럼 침을 놓아주는데, 그래야 겨우 노인네가 조용해진다고 하네요. 평생 부귀영화를 누리더니 말년에 지랄병이 든 거지요.

듣기로 정진허의 모친은 이른 나이에 세상을 떴다고 한다. 그런 연유로 정항은 손주가 가여워 벌벌 떨었다. 이 노인네는 하루가 멀다 하고 성균관에 찾아왔다. 처음에는 부마답게 대사성의 집무실 대청에서 손자를 면회하더니 점점 눈치가 보이는지 직접 양현재(기숙사)로 오기 시작했다. 노인인데도 여전히 수려한 외모에 서글서글한 인상, 정항은 마치 부마로 간택되려고 태어난 사람 같았다. 정항은 자기 손자가 살기에는 방이 너무 좁다며 이렇게 소라고둥만 한

방에서 자다가 숨이 막히는 거 아니냐고 올 때마다 불만을 내비쳤다. 그렇게 조근조근 내뱉는 불평은 차츰 고조되어 한순간에 신경질 주름이 눈가에 잡히고 곧 폭발할 것처럼 입술을 오물거리면 주변은 정말 숨이 막혀오는데, 돌연 이 노인네가 한없이 선량한 목소리로 이러는 것이다.

"종실들도 여기서 군말 없이 지내는데 네가 참아야지 어쩌겠니. 젊어 고생은 사서도 한다잖아? 할애비도 네 아비도 다 예서 버텼다. 조금만 참자. 조금만 참으면 집으로 갈 수 있다."

정진허의 옆방에 사는 죄로 김설은 정항이 오면 마루에 나가 절을 올리곤 했다. 그러면 이 잘생긴 노인께서 덕담이라고 하는 말이 이랬다.

"옆방에 이런 건장한 친구가 있으니 여간 맘이 놓이는 게 아니야. 자네가 우리 진허를 잘 받들어주게. 궂은일일랑 눈치껏 자네가 대신 해주고."

그러면 정진허는 귀찮다는 듯 미간을 찌푸렸다. 조손이 그렇게 쌍으로 염장을 질렀지만 김설은 늘 시원스레 대꾸했다.

"저도 옆방에 진허가 있어 얼마나 좋은지 모릅니다."

빈말만은 아니었다. 그날 저녁엔 서령위 댁에서 가져온 호사스런 음식을 얻어먹기 때문이었다. 노인인데도 오린 듯이 번듯했던 정항 대감이 치매 망령이라니 상상이 안 됐다. 더욱이 그 준수한 외모에 손가락 결락이라니 더욱 상상이 안 됐다. 노인네가 얼마나 몸가짐에 신경을 썼으면 감쪽같이 숨겼을꼬.

신중록의 서찰을 읽은 백씨 부인은 말이 없었다. 김설은 헛기침을 해 이첨에게 눈치를 줬다.

"어머니, 편지를 보낸 사람이 돌려달라 하니 내어줄 수밖에 없습니다. 허락하시지요."

"사간원에 계신 분이 간이 참 작나 보오. 죽은 사람에게 편지를 돌려보내라 하니. 누가봐서는 안 되는 내용이면 망부께서 어련히 태우셨을 텐데 말입니다. 신 대간께 여기 일은 걱정하지 말라고 전하시오. 사서 걱정할 거 없다고."

백씨 부인은 돌아가는 형편을 다 꿰고 있는 사람처럼 태평한 얼굴이었다. 뭔가 묘한 위화감을 느꼈지만 김설에겐 그것의 정체를 파악할 여유가 없었다. 들고 온 보자기를 풀며 김설이 말했다.

"누가 아니랍니까. 신 대간께선 여우만큼 의심이 많습니다. 가끔 방생이라도 하며 불심을 닦으시면 좋으련만."

보자기에서 나온 자라를 본 백씨 부인 얼굴이 활짝 펴졌다. 백일재를 지낸 후 백씨 부인은 여전히 소복 차림이었지만 나 홀로 탈상이라도 한 사람처럼 홀가분해 보였다. 초하루와 보름은 물론 하루가 멀다 하고 불공을 드리러 경인사에 간다고 한다. 백일재 때 보니 백씨 부인은 원각을 친정 오라비 대하듯 했다. 놀라운 것은 원각의 반응이었다. 백씨 부인이 어리광부리는 투로 뭐라고 하면 그 꼬장꼬장한 중의 얼굴에 한순간 화색이 도는 것이었다.

전유한이 신중록의 편지를 손에 넣지 못한 건 분명해 보였다. 손에 넣었다면 여기 입기현에서 과거 준비나 하고 있진 않을 테니. 그점이 다행이긴 한데 사랑채를 아무리 뒤져도 신중록이 보낸 것은 안부 편지조차 나오지 않았다. 김설은 이첨을 앞세워 석혜서당에 가보았다. 제법 널찍한 서당 안을 김설은 틈새까지 꼼꼼하게 뒤졌다. 나중엔 혹시나 해서 대들보 위까지 훑어보았다. 헛수고였다. 부인 말대로 다 태워 없앤 걸까? 만약 태웠으면 사실을 확인할 길이 없어 신중록은 더욱 안달을 낼 것이다. 종국엔 김설의 불찰이라며 애먼 탓을 할 게 분명하다. 김설로서는 어떻게든 찾아내야 했다. 그걸 찾아내야 발령이든 장가든 앞길이 열린단 말이다.

두 사람은 서재로 돌아와 다시 시작했다. 김설은 벽과 장판을 더듬고 천장의 반자까지 두드려보았다. 시렁 위의 책들을 하나하나 털어보았다. 그러는 와중에 이첨이 먼저 발견하고 빼돌리지는 않나 감시까지 해야 했다. 몇 시간을 뒤지다 보니 진이 빠져 몸이 천근만근 속까지 메슥거렸다. 더 이상은 못 해 먹겠다, 털썩 주저앉던 김설은 경상 모서리에 옆구리를 찔렸다. 끔찍한 통증에 김설은 숨을 쉴 수가 없었다. 하필 멍이 든 자리였다. 경상은 얄미울 정도로 반질반질했다. 한눈에도 최고급 호두나무로 만든 상품질이었다.

"이 경상, 똑같은 것을 봤습니다. 고씨 댁에서."

"둘 다 고 선비 솜씨니까요. 연전에 아버님께 선물한 겁니다. 그 형님, 공부머리 대신 잡재주만 타고 나서요. 처가에 살 때 그 동네에 상의원 출신 소목장이 살았는데 그자한테 목공 일을 배웠다고 합니다."

궁궐 소목장에게서 전수받은 솜씨라고? 문득 반촌 심 서방이 해줬던 얘기가 떠올랐다. 내시가 궁에서 훔쳐 온 기묘한 상자 이야기. 겉으로 보면 그냥 작은 나무 상자인데 구석구석 숨겨진 서랍이 열둘. 겉으로는 보이지도 열리지도 않는 극소의 공간들. 왕실 사람들이 보석이나 편지를 숨기기 위해 쓰는 비밀 상자라 했다. 상의원의 귀신같은 솜씨이기에 가능한 구조였다.

김설은 경상의 서랍을 빼 두드려봤다. 탕탕, 역시 그렇군. 서랍은 이중으로 되어 있었다. 서랍 바닥 판자를 들어내자 한눈에도 오래된 편지 한 통이 나왔다. 편지는 신중록이 보낸 게 아니었다. 아무리 봐도 이만의 필체였다. 이만이 써놓고 보내지 않은 편지였다.

성의 남쪽에는 봄이 와 연둣빛으로 웃는데
산머리에는 아직도 눈이 녹지 않아 희끗희끗합니다.
저는 이대로 늙어가겠지요.
이제 곧 꽃이 피면
내 마음도 잠깐 피어나겠지요.
성의 남쪽에서 피는 꽃은 붉은데

꽃이 져 떨어져도 나는 차마 줍지도 못하고
몰래 줍지도 못하고
피지도 시들지도 못한 채
이대로 늙어가겠지요.

편지를 이첨에게 건네주고 김설은 다른 쪽 서랍의 바닥을 들췄다. 나온 것은 놀랍게도 조광조가 보낸 편지였다. 절대 굴하지 말고 도학에 힘쓰라고, 곧 주상께서 우리를 다시 부르실 거라고, 십팔 년 전 조광조가 유배지인 능주에서 보낸 편지였다. 말로만 듣던 조광조의 친필을 보니 김설은 만감이 교차했다.

　주상께선 여전히 조광조만은 용서하지 않으신다. 너희의 신념을 위해 감히 임금인 나를 도구로 써? 그것은 일종의 배신감이 아니었을까. 조광조는 임금의 마음에 깊은 상처를 냈다. 김설은 가끔 생각한다. 조광조가 임금의 마음을 헤아렸다면 얼마나 좋았을까. 조광조와 사림파의 염원대로 농지법이 개혁되었다면 백성들의 삶은 크게 안정되었을 것이다. 아쉽게도 사림파의 행보는 무모할 정도로 조급했다. 그들은 왜 그래야만 했을까? 그들이 순수하기만 해서? 그들 중 상당수는 서울 명문가 출신이었다. 그들이 현실 정치가 무엇인지 모를 리 없다. 소격서를 없애는, 중요하지도 않은 일로 임금을 압박하다니. 그게 그럴만한 가치가 있는 일인가? 무엇이 그들을 고집스럽게 만들었을까? 사림은 분명 훈구와는 결도 격도 달랐지만 김설은 딱히 그들의 주장에 매력을 느끼지 못했다.

조광조가 죽고 삼 년 만에 소격서는 복구되었다. 훈구파들은 여전히 온갖 특혜를 누리며 탐욕스레 재산을 불려간다. 또다시 그들만을 위한 세상이다. 이래서야 고려말과 무엇이 다른가. 뭐, 내가 걱정할 일은 아니지만.

찾는 편지는 안 나오고 이래저래 김설은 심란해졌다. 이상하다 싶어 돌아보니 이첨이 이만이 쓴 편지를 든 채 흐느끼고 있었다.

"소싯적엔 아버님도 이런 연서를 쓰셨네요. 문장이 어설퍼 더욱 애잔합니다."

훌쩍이는 이첨을 보고 있자니 김설은 기분이 누그러졌고 이첨이 못난 동생처럼 가여워졌다.

"이런 말 하면 좀 웃기지만 나는 당신이 부럽습니다. 나에게는 아무도 춘부장은 어떠신가 하고 묻는 사람이 없습니다. 부친을 언급하는 것 자체가 내게는 실례거든요. 상대가 나를 욕보일 의도가 없는 한 아버지에 대해 묻지 않지요. 뭐, 그냥 그렇다는 겁니다. 복에 겨운 소리 하지 말라는 말은 아닙니다. 저마다 사정은 다르니까."

"정말 죄송했습니다. 죽을죄를 지었습니다. 김 선생님께 제가 그런 짓을 했다니, 정말 뭐에 씌었었나 봅니다."

이첨이 엎드려 울기 시작했다.

"그래요. 뭐에 씌었던 거예요. 이 목의 상처가 다 나으면 난 당신이 내게 한 짓을 잊을 겁니다. 하지만 당신은 잊지 못하겠지요. 그래요, 잊지 않으면 됩니다. 그러면 다시는 뭐에 씌어 악귀가 되는 일은 없을 거예요."

반은 진심이고 반은 진심이 아니었다. 이러는 게 마음이 편해서도 아니었다. 이래야 상대에게 마음의 빚을 더욱 크게 지울 수 있어서였다. 이런 방편은 궁핍한 청년 김설이 생활을 꾸려나가는 데 늘 요긴했다. 아니나 다를까 이첨이 눈물을 닦고는 이제부터 형님으로 모시겠다며 큰절을 했다.

참으로 단순한 청춘일세, 속으로 중얼거리며 서랍을 끼우던 김설은 돌연 경상을 들고 마루로 나갔다. 환한 햇빛 속에서 눈부심을 참아내며 김설은 경상의 서랍 틀을 찬찬히 살폈다. 옻칠을 해서 반투명하게 비치는 나뭇결, 김설은 참을성 있게 조금씩 각도를 달리해보았다. 혹시 혹시 하며. 그러길 몇 차례, 과연 어느 순간 실선이 모습을 드러냈다.

"이렇게 정교할 수가. 그냥 보면 도저히 알아낼 수 없는 구조로군."

김설은 서랍 틀의 옆면 경첩 사이를 동곳(상투 핀)으로 살짝 밀어보았다. 얕은 필통처럼 생긴 길쭉한 서랍이 밀려 나왔다. 서랍 속엔 납작하게 접은 편지들이 있었다. 한눈에도 신중록의 글씨였다. 이첨이 고개를 디밀자 김설은 편지를 재빨리 품에 넣었다.

"알아서 좋을 것 없습니다. 여기서 본 것은 그 누구에게도 말하면 안 됩니다. 위험하기에 당신 아버님도 숨겨놓은 거니까요. 어머님께도 비밀입니다."

겁먹은 얼굴로 이첨이 고개를 끄덕였다. 내일 올라가 이 편지를 신중록에게 주면 나는 드디어 그 집 사위가, 하다가 김설은 눈을 가늘게 떴다. 저기 멀리, 저 멀리에 그것이 보였다.

읍을 돌아 흐르는 강 건너에 보이는 기와집, 서령위 댁의 별서, 정진허가 지내는 곳. 그곳에는 지금 피어 있다, 흘러넘치도록 붉디붉은 꽃들이.

'성의 남쪽에서 피는 꽃은 붉은데'

조금 전 이만의 연서에서 보았던 구절, 성남화단城南花丹.
아! 저기에 여인이 있었구나. 붉은 꽃 같은 여인이.
얼마나 사무치기에 화홍花紅이라 하지 않고 화단花丹이라 했을까. 홍紅은 화사한 꽃의 빛깔, 단丹은 짙붉어 변할 수 없는 마음. 사랑채 정자 마루에 서서 성의 남쪽을 한참 바라보던 김설이 입을 열었다.
"혹시 아버님께서 일기를 쓰셨나요?"
"매일 쓰셨습니다. 선비가 일기를 쓰지 않는 건 거울을 들여다보지 않는 것 같다 하셨지요."
"양이 상당하겠군요."
"아흔 권 정도 됩니다. 성동成童(15세) 즈음부터 쓰셨으니까요. 전부 궤짝에 넣어두었습니다. 나중에 책으로 엮는다고 고씨 댁 아가씨께서 잘 보관하라고 해서요. 다락에 올려두었습니다만 왜 그러시는지요?"

잠시 뜸을 들이던 김설이 나직이 읊조렸다.

"인간 대 인간이라."

아무래도 채 아가씨의 부탁을 들어드려야겠다는 생각이 들었다. 그리고 또 이런 생각도 들었다. 솔직히 그냥 넘어가기에는 정진허 그 자식은 너무 재수 없지 아니한가.

13

정덕 삼년, 무진년. 이만이 스물한 살이 되던 해 삼월 초닷새의 일기. 일기에는 세 줄이 적혀 있었다.

> 서령위 댁 사람들이 종실들과 온양 온천에 왔다가 다들 상경하고 작은 마님만 이곳에 남아 요양을 한다고 한다. 나는 직감했다. 선비의 운명을 하늘이 희롱하고 있다는 것을.

그 후 이만은 한 달 동안 일기를 쓰지 않았다. 일기에도 쓰지 못할 일이 있었던 걸까? 한 달 뒤 이만은 일기에 이렇게 적는다.

> 어제가 마지막이었다. 나는 아무것도 주지 못했다.
> 가야 할 곳이 있는 사람. 제발 다음 생이란 것이 있었으면.

조금 전 정자 마루에 서서 보니 성의 남쪽이 붉었다.
그대 눈에 흐르던 눈물이 왜 내 뺨에서 흐르는가.

정진허의 모친은 이른 나이에 자살로 생을 마감했다. 문득 성균관 시절 정진허의 얼굴이 떠올랐다. 늘 친구들에 둘러싸여 오만한 표정을 짓고 있지만 순간순간 스치는 우울한 기운. 그 우울은 어린 시절에 겪은 어머니의 죽음에서 비롯된 걸까? 그래서 원한을 품을 만큼 이만이 미웠던 걸까? 그러나 아까부터 김설의 신경을 건드린 것은 과거에서부터 시작된 악연도 그 악연 때문에 벌어진 살인사건도 아니었다. 문제는 따로 있었다.
정진허는 왜 아직 입기현에 남아 있는가.

이만의 젊은 시절 일기는 비교적 간결했다. 그날 무엇을 읽었고, 내일은 무엇을 읽을지, 공맹과 주자와 김종직의 가르침, 대부분이 공부에 관한 내용이었다. 그 단조로운 내용에 가끔 자기가 사는 향촌에 관한 이야기가 한두 줄 섞여 있었다. 당시에 이곳은 현도 아니었다. 이 고장의 열악한 사정과 부재지주들의 횡포와 그 때문에 헐벗은 백성들에 대한 연민과 하루빨리 관리가 되어 좋은 정치를 펼치겠다는 포부, 이만의 일기 곳곳에는 약관의 선비가 품음직한 세상에 대한 책임감과 결의가 엿보였다. 참으로 지루하군, 하며 좀 더 전의 일기를 뒤적이던 김설의 눈에 모처럼 아는 이름들이 들어왔다.

정덕 이년, 정묘년, 팔월 말일. 간척한 지 십 년 만에 드디어 간척지에서 미곡이 출하되었다. 오늘 집에도 쌀이 들어왔는데 염분기가 남아서인지 낟알이 참 못생겼다. 그래도 얼마나 기쁜지. 간척할 당시 어린 내 눈에도 이 마을 사람들 고생이 이만저만한 게 아니었다. 손톱 발톱이 빠지도록 흙을 퍼 날랐다. 간척을 마치고 이년 정도 지났을 때, 이제 기다려 소금기만 빼면 농사를 지을 수 있게 된 땅을 훈구척신들이 눈독 들이기 시작했다. 다들 억울해서 동네가 초상집 같았다. 자영군 이교, 청안수 이작, 서령위 정항이 마치 자기 땅이라도 된 듯 간척지를 둘러보고 갔다고 한다. 우매한 농민들을 선동해 간척을 일으킨 진사 성규빈에게 나라 땅을 무단으로 손댄 죄를 내릴 것이다, 호통을 쳤다고 한다. 하지만 성 진사가 누구인가. 그는 날랜 범 같은 사람이다. 성 진사는 하루가 멀다 하고 관아를 찾아다니며 부사를 만나고 목사를 만나고 군수와 현감들을 만나고 다녔다. 한양을 오가며 조리 있게 따지고 사헌부에 탄원을 올렸다. 덕분에 마을 사람들의 보람을 빼앗기지 않았다. 드디어 간척한 지 십 년, 아버님은 못생긴 낟알을 손에 쥐고 우셨다.

이 일기를 쓸 당시, 스무 살의 이만은 몰랐을 것이다. 그가 어렸을 때라면 연산조가 아닌가. 조리 있게 따지고 탄원을 올린다고 굽은 게 바로 펴지는 세상이 아니었다. 아니 연산조가 아니라도 특권층이란 조리 있게 따지고 탄원을 한다고 '아, 그렇습니까' 하며 욕심을 접는 인간들이 아니다. 그들의 탐욕은 집요하고 부지런하다. 그래서 특권을 유지하는 것이다.

"그리고 그 특권이란 놈은 문벌이라는 장벽 안에서만 논단 말이지. 그건 그렇고."

김설은 다시 한번 자문했다. 진허는 왜 여기 있는 거지?

너울대는 그림자가 어지럽더니 각시나방이 촛불에 달려들어 지직, 하고 타죽었다. 불에 탄 흔적도 없이 나방의 육신은 매캐한 냄새로 변해 김설의 비강을 자극했다. 그래서 떠오른 걸까? 오래전 그 소문이.

14

밤늦게까지 일기를 살펴보느라 늦잠을 잔 김설은 서둘러 서각에 가봤지만 고채는 없었다. 눈치 빠른 점쇠가 말했다.

"채 아가씨는 직조장에 계실걸요."

안채와 마찬가지로 직조장은 외간 남자들이 함부로 드나들 수 없는 곳이었다. 직녀 중엔 여염집 부녀자들이 상당수였다. 보통 아침에 와서 밤까지 일을 하다 돌아가지만 집이 멀거나 너무 가난한 경우엔 이곳에서 아예 기숙을 하는 처자들도 있었다. 이곳의 직녀들은 염모와 마찬가지로 고용살이가 아니라 천을 짠 만큼 그 비율대로 삯을 받아 간다고 한다. 밤이 되면 직녀와 염모들을 데리러 오는 아비나 남편들의 등불 행렬을 김설도 본 적이 있다. 조선의 여자들은 반가의 여인부터 천비에 이르기까지 모두 길쌈을 한다. 여름에는 베를 짜고 겨울에는 무명과 명주를 짠다.

"근데 왜 여기 여자들만 돈을 잘 벌지?"

염색통 옆을 지나며 김설이 점쇠에게 하는 말을 들었는지 작대기로 천을 눌러대던 염모 하나가 끼어들었다.

"이 동네 여자들은 굶지 않고 자라서 기운들이 좋아요. 게다가 농사일에 집안일까지 해가며 천을 짜면 얼마 못 짜지만, 여기 와서는 먹여주는 밥 먹고 한눈팔 일 없이 천만 짜면 되니까 한몫이 되는 거지요. 우리도 하루걸러 와서 해도 집에서 물들이는 것보다 갑절은 버는걸요."

"이 성님 말은 조선팔도에 이런 작업장은 여기밖에 없어서 그렇다는 거요. 그러니까 선비님도 그냥 이 동네로 장가오십소."

염모들은 넉살이 좋았다.

"말만 하지 말고 중신 좀 서주게. 내가 이 바둑이 멍만 빠지면 사실 꽤 옥선비거든. 문밖에 나섰다 하면 앞길에 손수건이 어찌나 떨어지는지, 규수들이 서로 제 것 주워가라고 말이지. 말도 말게. 껄껄."

하는데 점쇠가 슬쩍 팔꿈치를 건드렸다.

"그러셔야죠. 메뚜기도 한철인데 급제해서 몸값 올랐을 때 장래를 도모하셔야지 않겠습니까."

얌전한 목소리의 주인은 중문으로 들어오는 고채의 계모 한 씨였다. 잘못을 들킨 아이처럼 김설은 두 손을 모으고 상투가 땅에 닿도록 인사를 올렸다.

"우리 채아를 찾으시나 본데 절 따라오시지요."

직조장 중문을 넘자 타쿵타쿵 베틀 소리로 정신이 없는데 직녀들이 데려온 어린 애들 노는 소리까지 더해져 사방이 시끄러웠다. 고채는 창고에 혼자 있었다. 창고에 들어서자 밖과는 사뭇 다른 호젓한 분위기에 김설은 괜히 쑥스러워졌다. 창고 안에는 베틀이 여러 대 놓여 있었다. 용두머리*와 발틀이 두 개인 거대한 베틀도 있고 쇠꼬리가 긴 것 짧은 것, 등등 평소에 보던 베틀과는 어딘지 모양이 조금씩 다른 것들이었다. 고채가 만지고 있는 베틀 또한 그랬다. 재단한 각목으로 만들어져 틀은 반듯한데 어지러울 정도로 구조가 복잡했다. 점검이라도 하는지 고채가 베틀의 표면을 손끝으로 자근자근 눌러댔다. 김설은 베틀의 용두머리에 조르르 달린 백여 개나 되는 북을 만져보았다. 새끼손가락만 한 조그만 북에는 색색의 명주실이 앙증맞게 감겨 있었다.

"특이한 베틀이네요."

"각사**를 짜는 베틀이랍니다. 비 오던 날 도와주실 때 마차에

---

* 베틀 위쪽에 있는 중심 가로 막대.
** 각사란 베틀 씨실에 밑그림을 그려서 그 문양대로 수를 놓듯 북을 움직여 꽃과 새, 산수화 같은 복잡한 무늬를 넣어 짜는 비단을 말한다.

종이와 이것이 실려 있었어요. 며칠을 말리느라 이제야 조립을 마쳤습니다."

"이 베틀, 그 밀수꾼들에게서 사신 겁니까?"

밀수꾼을 언급하자 면목이 없는지 고채가 입술을 오므리며 고개를 끄덕였다.

"베틀을 들여놓긴 했는데 제가 각사 짜는 법을 배운 적이 없어서 잘 될지는 모르겠어요. 궁궐에는 각사를 짜는 능라장이 있다고 하던데 민가에서는 짤 줄 아는 사람을 찾을 수가 없어요. 나라가 공상을 억압하니 정교한 손재주를 가진 여인들이 사라집니다. 옛날에는 조선 땅에도 각사를 짤 줄 아는 직녀가 많았다던데 말이죠. 사치금지령을 내려 검박함을 장려하니 다들 추포(거친 천)만 짜게 돼요."

재주와 기량을 맘껏 발휘해 아름다운 천을 짜고 싶은 고채의 심정을 이해 못 할 바는 아니지만 김설의 생각은 달랐다. 솜씨 좋은 직녀가 하루 종일 베를 짜면 보통 한 필 정도를 생산하고 명주의 경우에는 예닐곱 자를 짠다. 그에 비해 각사는 하루에 반 뼘밖에 못 짠다고 하니 보통 공력이 드는 게 아니다. 각사 한 필을 다 짜면 처녀도 눈이 멀고 등이 굽을 것이다.

"심히 비인간적이네요. 너무 사치스럽습니다."

"사치스러운 옷감이죠. 사악할 정도로요."

베틀다리 위쪽이 이상한지 고채가 그 부분만 몇 번이고 누르더니 갑자기 저고리 앞섶에 손을 넣었다. 고채가 꺼낸 것은 은장도. 김설은 깜짝 놀랐다. 여인이 자기 앞에서 은장도를 꺼내서가 아니었다. 고채의 은장도는 장신구로 달고 다니는 그런 종류가 아닌 그야말로 진짜 칼.

문득 고씨서각 책장에 놓여 있던 《삼강행실도》가 떠올랐다. 고채가 기괴하다고 해서 무엇이 그렇다는 건지 김설도 그 책을 찾아보았다. 고씨서각 구석에서 발견한 《삼강행실도》는 여백마다 이 집 사람들이 달아놓은 의견들로 빽빽했다.

"신체는 부모가 준 것인데 왜 살점을 베어 병든 남편을 봉양하라는 것인가. 부인이 이러면 그 남편 되는 자인들 마음이 편할까."
"수절을 하겠다고 얼굴을 불태운 여자를 본받으라는 것이냐. 제정신인가. 나의 딸들은 절대 이런 짓 하지 말지어다."
"자식에게만 희생을 강요하니 효가 도리어 부자 사이를 가르는구나. 자식에게 보여주기 부끄러운 책이다."
"여자가 자결하는 장면을 좋은 행실이라고 가르치지 말고 그럴 시간에 딸에게 좋은 칼을 만들어주어라. 욕보이려는 자를 찌르고 벨 수 있게."

그래서 딸내미에게 저런 은장도를 마련해준 거로군, 정말 못 말리는 집안이야. 김설이 속으로 허허 웃는데 고채가 은장도로 베틀다리를 톡톡 쳐댔다. 고채가 말했다.

"하지만 모든 아름다운 천이 각사처럼 공을 많이 들여야만 만들어지는 건 아니에요. 공정에 조금만 신경을 쓰면 작은 차이로도 굉장히 멋진 비단을 짤 수 있거든요. 문제는 멋을 더하는 기술을 죄악시하는 분위기예요. 전 《소학》을 읽다 보면 기분이 나빠져요. 생활의 기쁨을 빼앗기는 기분이 들거든요. 이런 말 했다가 석혜 선생님께 꾸중을 들었답니다."

말을 하며 고채가 웃었다. 김설로서는 한 번도 생각해보지 못한 문제였다. 《소학》으로 말할 것 같으면 성리학 열성파인 조광조와 사림들에겐 경전과도 같은 책. 김설도 《소학》을 읽어보기는 했다. 다 좋은 말이려니 했을 뿐 별다른 감흥은 없었다. 김설에게 독서란 곧 시험공부였다. 무엇을 읽든 시험에 초점을 맞춰 읽어내는 훈련을 해왔다. 김설이 수많은 시험을 통과한 비결이었다.

"그런데 왜 절 찾으신 거지요? 하실 말씀이라도."

고채가 바로 서서 김설을 마주 보았다. 그 순간 김설은 그 향기를 맡았다. 최홍이 맡았다는 그 향기를. 그가 했던 말도 떠올랐다.

인간은 왜 한 번만 태어나는 것일까.

최홍과 마찬가지로 자신도 이미 정해져버린 인생이다. 이 여인을 만나기 전에 이미. 쓰라린 숨을 뱉으며 김설은 감았던 눈을 떴다.

"제게 부탁하신 일, 하겠습니다. 다만, 범인을 알아내도 누구라 밝히지 못할 수 있습니다.

"왜죠?"

고채가 베틀의 도투마리*에 손을 짚었다. 모험을 앞둔 소년처럼 잔뜩 긴장한 그 표정에 김설은 절로 미소가 지어졌다.

"그 경우 사례는 받지 않겠습니다."

"이유가 궁금하군요."

"세상에는 건드려서는 안 되는 족속이 있습니다. 그 사람들 일은 알아도 입을 다무는 게 좋을 때가 있거든요. 잘못 건드렸다가는 도리어 죄를 밝혀낸 사람이 봉변을 당하는 경우도 많습니다."

고채가 성에 안 찬다는 듯 고개를 저으며 칼집에서 칼을 빼 아까 그 부분에 십자 표시를 했다.

"그렇게 한계를 두실 거면 아예 거절하시면 될 것을 왜 굳이 맡으신다는 거죠?"

"그건, 일어날지도 모를 일을 막기 위해서입니다."

그 말에 고채의 손이 멈췄다.

"아직 말씀드릴 수 있는 건 없습니다. 불확실하니까요. 제가 조사를 해야 하는데, 혹시 외조부 되시는 성 진사님 생전의 행적을 알 수 있는 기록을 볼 수 있을까요? 쓰셨던 일기나 하다못해 매매일지라도."

"외조부님 일기를요?"

"뜬금없는 건 압니다만, 제가 이만의 일기를 살펴보던 중에 사십여 년 전쯤 아가씨 외조부님인 성 진사께서 포구 근처 갈대밭을 간

---

* 베를 짤 때 날실을 감는 틀.

척하셨다는 얘기가 나오는데 그게 좀 걸려서요. 몇 가지 확인해볼 게 있습니다."

"사십 년 전이라니, 정말 옛날 이야기군요."

고채가 갸우뚱하고는 연장통에서 끌을 꺼냈다.

"여기 좀 잡아주세요."

김설이 베틀다리를 잡자 고채가 끌로 십자 표시한 곳을 찔렀다. 끌머리가 한 번에 푹 들어갔다. 끌을 빼내자 구멍에서 나무 가루가 먼지처럼 퍼져 나왔다.

"나무좀이에요. 이게 명나라 복주에서 온 베틀이라 나무 자체가 무른 데다가 나무좀에 매우 취약하답니다. 그날 비를 맞히는 바람에 알을 깠네요."

김설이 만져보니 구멍 안이 솜처럼 푸석거렸다.

"이쪽은 기둥을 아예 갈아야겠습니다."

"김 선생님이 보시기에도 그렇죠? 이렇게 좀이 크게 슨 곳은 약칠을 해도 소용없어요. 말씀하신 외조부님 일기 말인데… 그게 그러니까 제 기억으로는 본 적이 없습니다. 저기, 외조부님 행장이 서각에 있을 텐데 그거라도 보시겠어요?"

말을 하며 고채가 시선을 피하듯 눈을 내렸다.

본 적이 없을 리가. 성격은 강해도 거짓말은 서툰 여인이었다. 어쩐 일인지 여인의 그 떳떳지 못한 표정이 김설을 기쁘게 했다.

"아쉽지만 그거라도, 아니 제 말은 그게 큰 도움이 될 거라는, 그럼요, 정말 큰 도움이 될 겁니다. 뭐라 감사를 드려야 할지."

창고 문턱을 넘다가 김설은 하마터면 발이 걸려 넘어질 뻔했다. 술에 취한 듯 몽롱한 게 다리에 힘이 들어가지 않고 괜히 웃음만 났다. "나리!" 하고 부르는 소리에 돌아보니 직조장 중문 앞에서 어서 나와보시라며 점쇠가 손짓을 하고 있다. 점쇠가 흥분해서 말했다.
"글쎄 말입니다요, 전유한 그 어른이."
"그자가 왜?"
"없어졌대요."

15

전유한 처의 얼굴은 말이 아니었다. 남편 뒷바라지하며 홀로 생계를 감당하느라 가뜩이나 삭은 얼굴에 잠을 못 잤는지 입술까지 부르텄다. 나흘 전 다 저녁때 귀갑*을 구하러 포구에 다녀온다며 나간 전유한에게선 아직까지 소식이 없다고 한다. 그렇다면 단순한 행방불명? 김설은 비로소 가슴을 쓸어내렸다. 전유한의 집까지 오는 내내 김설은 엄습하는 불길한 상상에 제정신이 아니었다.

---

* 거북이 등딱지를 말한다. 주로 남성용 고급 장신구 재료로 쓰인다.

"혹시 집에 가만히 계시다 나가셨습니까?"

"아니요. 밖에서 들어와 명주 여러 필을 챙겨 나가셨습니다. 수배하던 상등품 귀갑이 들어왔다고 해서 급하게 나가셨어요."

"근데 그 비싼 귀갑은 어인 일로?"

김설의 말에 자존심이 상했는지 부인의 표정이 쌀쌀해졌다.

"그야 귀갑은 선비들이 애완하는 것이니까요. 풍잠이나 반지를 만들 수도 있고 두루두루 쓰임이 많지 않소이까. 정녕 몰라 물으시는 게요?"

김설은 대문을 나서며 틈새가 벌어진 문설주를 보고는 고개를 가로저었다. 이렇게 궁벽하게 사는 시골 선비가 귀갑으로 풍잠을 만들어 달고 반지를 해 끼려고 그 저녁에 집을 나설까. 상등품 귀갑이면 값이 얼마인데, 하다가 김설은 다시 심장이 덜컥했다. 귀갑을 구한다는 건 핑계고 은밀히 움직이기 위해 부인까지 속인 거라면? 그길로 한양에 올라간 거라면? 그래서 김안로에게 달려가 내 이름자를 들먹이기라도 한다면? 생각만 해도 피가 식어 내리는 것 같았다. 이 첨은 대체 뭘 하고 있는 건지, 전유한을 감시하라고 그토록 당부를 해두었건만.

"사경을 헤매신다고 들었는데 예까지 거동을 하셨습니까?" 하는 소리에 뒤돌아보니 서둘러 다가와 인사를 하는 이는 박희의 아우 박표였다.

"제가 상주이다 보니 경황이 없어 가 뵙지도 못했습니다. 본의 아니게 격조했습니다."

김설은 잠시 어리둥절했다. 백일재가 있던 날, 하겸이에게 시비를 걸던 사람이 맞나 싶게 박표는 점잖았다. 박표는 전유한의 실종 소식에 걱정이 되어 와보는 길이라고 했다. 김설을 바라보는 박표의 눈은 한양에서 내려온 급제자를 향한 선망으로 가득했다. 김설은 오랜 지기인 양 박표의 손을 덥석 잡았다.

"이렇게 반가울 수가. 저야말로 꼭 한번 뵙고 싶었습니다."

이쯤 되면 수면 위로 민하겸의 머리통이 나타나야 하건만 그러고도 열 숨은 더 쉬고 나서야 전혀 예상치 못한 지점에서 다갈색 몸이 쑥 솟았다. 이번에도 하겸이의 작살엔 물고기가 꿰어져 있었다. 이런 식으로 하겸이는 총각 애들이 족대 그물로 잡는 것보다 더 많은 물고기를 잡아 올렸다. 하겸이와 총각 애들은 모두 벌거벗고 개천을 들락거렸다. 모래톱에선 고씨네 고공(머슴)들이 강돌을 괸 화덕에 어탕을 끓이고 물고기를 나뭇가지에 꿰어 굽고 있었다. 지글대는 생선 냄새가 바람을 타고 올라왔다. 넓게 가지를 펼친 팽나무 아래 앉아 구경을 하던 김설이 점쇠에게 물었다.

"넌 왜 가서 안 노느냐?"

"전 그냥 보고만 있어도 좋은걸요. 하겸 총각이 헤엄을 얼마나 잘 치는지 구경만 해도 재미있어요."

솔직히 김설 또한 그랬다. 한참을 헤매다 겨우 정진허를 찾아냈건만 하겸이의 잠수 실력에 그만 넋을 놓고 말았다. 하겸이는 수달같이 몸을 놀리고 물수리처럼 물고기를 낚았다. 이번에도 물보라와 함께 솟구치더니 잡은 고기를 바구니에 던져 넣었다. 숨을 쉬는 등이 들썩일 때마다 물에 젖은 등허리에서 골반으로 햇빛이 반짝였다. 다시 물에 들어가려는지 몸을 틀다가 하겸이가 이쪽을 쳐다봤다. 진허가 입을 열었다.

"저 애 좀 이상하지 않아?"

"이상한 게 아니라 짜증 날 정도로 잘생기지 않았나. 까맣게 타서 그렇지 선골 중에 선골이구먼. 저렇게 조화로운 육신은 처음 보네."

"잘생겨? 난 아무리 봐도 이상한데."

정진허가 못 믿겠다는 듯 고개를 저었다.

"전유한이 나흘 전부터 집에 돌아오지 않는다는군."

"관심 없네. 이 동네일."

"이건 어떤가. 내 생각에는 말이야. 전유한이 석혜와 박희를 죽인 자를 알고 있는 거야. 그래서 그 살인자가 전유한을 꾀어내 없앤 거지."

지겹다는 듯 크게 하품을 하고선 정진허가 말했다.

"박희가 석혜를 죽이려다 같이 빠져 죽은 거라는 소문이 돌더군. 꼴사납긴 하지만 그건 그나마 말이 되긴 해. 하지만 박희가 아닌 제삼자라면 배에 탄 두 사람을 어떻게 물에 빠뜨려 죽이나. 그날 현장에 있던 내가 한마디 하지. 두 사람은 그냥 운이 나빠 익사한 거야."

"그럼 이건 어떤가. 누군가 석혜의 술에 약을 탔다면? 배 위에서 비틀대다가 배가 뒤집혀서 사고가 난 것처럼 꾸민 거라면?"

"꽤 그럴듯하군. 근데 자넨 왜 그 일에 그렇게 관심이 많지? 두 사람이 죽건 세 사람이 죽건 뭐가 중요해? 죽을 만하니 죽었겠지. 죽음이란 그렇게 쉬운 거네. 죽이는 것도 쉽지. 궁금하면 자네도 해보게나."

"이젠 아주 노골적이군. 자네 나흘 전, 그날 밤에 어딜 갔었나? 전유한이 사라진 날 말이야. 왜 새벽에 들어온 거지? 발뺌은 하지 말게. 내가 다 알아봤으니."

탁, 정진허가 부채를 접었다.

"자네 진짜 언제 올라갈 건가?"

"진허, 내가 충고하지. 더 이상은 안 되네. 여기까지만 하게."

"윤기, 나도 충고하지. 지금이라도 당장 한양에 올라가. 제 앞가림이나 하란 말일세." 하며 정진허가 거만하게 비죽 웃었다. 아마도 저 인간은 태중에서도 저렇게 웃었을 것이다. 환한 데서 보니 정진허의 눈가는 기미로 거뭇했고 마른 뺨에는 비틀린 주름까지 잡혀 있다. 진허는 마음에 병이 든 것이다.

누군가 올라온다 싶어 봤더니 하겸이가 잠방이를 걸치고 어탕을 들고 왔다. 부글거리는 질그릇에서 톡 쏘는 산초 향이 풍겼다. 어느 틈에 내려갔다 왔는지 점쇠가 돗자리 위에 커다란 토란잎을 펼쳐

놓고는 물고기 꼬치를 내려놨다. 정진허가 점쇠에게 받은 나무 수저로 탕을 떠 맛을 보았다.

"상당하구나. 이렇게 시원한 맛이라니."

하겸이가 돗자리에 주저앉아 구운 생선을 뜯어 먹기 시작했다. 손은 온통 검댕이가 되고 입술은 기름기로 번들거렸다. 천하의 정진허가 반 벗은 마부와 한자리에서 바닥 음식을 먹다니.

"흉하군!"

김설은 자리를 털고 일어났다.

문득 김설은 자신이 논두렁 위를 걷고 있는 걸 알아차렸다. 전유한 생각에 골몰해 걷다 보니 길을 벗어났던 것이다.

"쯧, 한 바퀴 크게 돌게 생겼군."

하고 발을 내딛는데 쫙 벌린 아가리가 덮쳐왔다. 다음 순간 날아든 쇠꼬챙이. 눈앞에서 꼬챙이에 꿰어진 뱀이 덜렁거렸다. 하마터면 발을 헛디뎌 논에 빠질 뻔했다. 킥킥 불이라도 삼킨 듯 그을린 소리를 내며 을그미가 웃었다.

"새끼를 깔 때가 돼서 독이 오를 대로 올랐답니다. 살모사 앞에선 샌님들도 별수 없지요. 그 좁은 데서 아주 펄쩍 뛰던걸요."

을그미가 꼬챙이를 휘두르자 첨벙, 논물에 빠진 뱀이 빠르게 사라졌다. 얼마나 놀랐는지 명치끝이 마구 쑤셨지만 김설은 얕보이기 싫어 아무렇지 않은 척 대꾸했다.

"근데 말이야. 저놈도 구렁이 앞에선 별수 없지. 살모사 잡아먹는 게 구렁이거든."

"맞씨오. 구렁이는 자기 터에서 누가 알짱대는 꼴을 못 보지요. 어디라고 감히 말입니다요. 구렁이가 괜히 터주신일까."

"아무튼 고맙네. 내가 신세를 졌구먼." 하며 돌아보니 을그미는 이미 없었다. 숨을 데도 없이 툭 터진 곳이건만 어디로 간 걸까. 김설은 서둘러 갓을 벗고 식은땀을 닦았다. 뭐에라도 홀린 것만 같았다. 더욱 기묘한 건 화상자국 하나 없이 온전한 을그미의 얼굴을 본 것 같은 이 기분.

"그 여자 겁 한번 살벌하게 주는군. 내가 외지인이라 이거지."

그날 밤 김설은 몇 번이나 방 안 구석을 훑어보았다. 이불도 들춰보았다. 자꾸 뭔가 꿈틀거리는 것만 같았다.

16

행장의 마지막 줄까지 읽은 김설의 입에서 나온 소리는 이랬다.

"거짓말."

거짓말 같아서가 아니라 믿기에는 너무 놀라워서였다. '진사 성규빈이 졸하였다'로 시작하는 행장은 사위 고한리, 즉 고채의 부친이 작성자로 되어 있었다. 행장에 쓰인 내용은 관리가 아닌 서인(일반인)

이 이룬 업적치고는 굉장한 것이었다. 그는 수탈로 황폐해진 이 고장에 뽕나무를 심어 직잠업을 일으켰다. 소금가마를 운영해 유리걸식하는 자들의 삶을 안정시켰다. 주기적으로 노비를 면천해 노비의 자식이 노비가 되는 대물림을 끊어버렸다. 모내기 농법을 성공시켜 미곡 생산량을 늘리고 보를 만들고 둑을 쌓아 염해를 막았다. 입기현은 산맥 줄기 밑이라 농토가 적었다. 성규빈이 벌인 간척 덕에 내해內海 갈대밭은 미곡 이만 섬이 나오는 옥토가 되었다‥ 행간에 서려 있는 애틋함으로 보건대 고채의 부친 고한리는 장인에 대한 존경이 깊었던 것 같다.

성규빈은 백성에게 밥을 먹이지 못하는 학문을 염오하였다.
성규빈은 경서 한 줄을 읽어도 뜻을 새롭게 새겼다.
이지는 수정 같았고, 인덕은 창해와 같았다.
의를 행함에 주저가 없고, 생각의 융통에 장애가 없었다.
살아 있는 것에 대한 그의 애정은 초목과 짐승에게까지 미쳤다.
그처럼 곧고 그처럼 부드러운 사람이 또 있을까.
그를 잃음에 우리 모두는 고아가 되었다.

의지하고 따르던 장인의 죽음, 어쩌면 이때 이미 고한리는 생의 의욕이 꺾인 게 아닐까. 장인 사망 이후 칠 년 뒤에 고한리는 병사한다. 예상은 했지만 행장만으로는 진사 성규빈과 정항 대감 사이에 무슨 일이 있었는지 알 수가 없다. 정확한 사정을 알려면 성 진사의 일기가 필요했다. 하지만 일기를 보여 달라는 건 예의에 벗어나는 일이다. 고인의 일기라도 말이다. 이첩처럼 마음의 빚이 있으면 모를까, 조상의 일기는 쉽게 보여줄 수 있는 게 아니다. 그렇다고 예서 포기할 수는 없는 일. 김설은 일단 그 사람을 만나보기로 했다.

청지기 민 씨는 집 안팎의 크고 작은 일부터 온갖 출납과 장사 일까지 관여를 하는 탓에 호조의 고참 서리보다 만나기 어려웠다. 김설은 시장과 면해 있는 바깥채 대청 앞에서야 겨우 민 씨를 붙잡고 말을 걸 수 있었다.

"이보게, 정말 고씨 댁을 위해서 내가 묻는 걸세. 자네는 젊을 때부터 성 진사 그분을 모시지 않았나. 그때 일을 아는 사람은 자네밖에 없어 그러네. 기억을 떠올려보라니까. 아무거라도 좋으니 좀 말해주게."

청지기 민 씨는 공손함만으로 빚어진 인간 같았다. 야성적인 하겸이와 다르게 민 씨는 그가 입고 있는 세모시 저고리만큼이나 단정했고 육십을 바라보는 나이에도 눈에는 총기가 여전했다. 그런 민씨가 전혀 생각나는 게 없다며 난처한 표정을 짓고 있다.

"마님께서 찾으셔서 안채에 들어가봐야 합니다. 제가 이만 가봐도 되겠습니까."

난공불락 민 씨는 그렇게 중문 안으로 사라져버렸다. 안채에 든

다 하니 따라갈 수도 없는 노릇. 낭패로세, 이제 어쩐다, 하며 김설은 행랑채 툇마루에 걸터앉았다.

"민 씨가 절대 하지 않는 게 두 가지 있습니다."

등 뒤에서 나는 소리에 깜짝 놀라 돌아보니 비어 있는 줄 알았던 행랑 안에 앉아 있는 이는 고채의 이모 성씨 부인이었다. 들여다보고 있던 회계장부에서 고개를 들며 부인이 말했다.

"하나는 애들을 절대 안 때리는 거고 또 하나는 주인댁에 관한 어떤 이야기도 외부에 흘리지 않는다는 거지요. 김 선생, 내게 물어보시오. 내 아버님에 대해 궁금한 게 뭡니까. 내 다 말해주지."

차가운 인상과 달리 성씨 부인은 화통한 여인이었다.

"혹시 서령위 정항 대감과 선친(성규빈)께서 만난 적이 있는지, 있다면 언제 만났는지 아십니까. 아마도 간척지 일로 시끄러울 때일 겁니다."

"서령위 정항이라, 그 댁 별서가 여기 있긴 하지만 듣기로 서령위 대감이 그곳에 머물다 간 적은 거의 없다고 합디다. 그러니 두 분이 한양에서나 만났으려나. 흐음, 간척지라, 아주 오래전 일이군요. 언젠가 마을 사람들이 떼로 몰려와 울고불고했지. 어머니가 여기 마당에 큰 솥을 몇 개나 걸고 며칠이나 밥을 해 먹이셨어. 확실하게 기억나는 건, 내가 아홉 살 때였어요." 하고는 손가락으로 지간을 짚더니 성씨 부인이 말을 이었다.

"기미년일 겁니다. 그해에 아버님께서 한양엘 자주 가셨지."

기미년이면 이만의 일기 내용과 맞아떨어진다. 김설은 마른침을 삼켰다.

"왜 기억하는고 하니 오실 때마다 갖신(가죽신)을 사오셨거든. 그때는 이 동네 갖바치 솜씨가 영 시원치 않아서 예쁜 신은 한양에서나 사와야 했어요. 언니가 정혼을 한 해라 꾸며주고 싶으셔서 그런지 아버님이 한양에만 가시면 갖신을 사오는 거예요. 사실 서인들은 미투리나 신어야 하지만 그래도 종로 시전에 나와 있는 걸 보면 부인과 딸애들에게 신기고 싶은 거야. 김 선생, 김 선생도 부인한테 갖신을 사다 줄 테요?"

"아 예, 저도 뭐, 녹봉만 받게 되면야."

"난 김 선생을 믿어요."

"네?"

"그렇게 할 거라 믿는다고요."

하며 성씨 부인이 장부로 눈을 돌렸다. 별말도 아닌데 김설은 송곳으로 콕 찔리는 기분이었다.

17

사랑채 대청에 저녁상을 차렸다고 해서 가보니 고경이 화로에 장어를 굽고 있었다. 아산 처가에 직접 구운 막그릇을 갖다주고 왔다는데 그릇 양이 많았는지 배로 다녀왔다고 한다. 그렇지 않아도 확인할 게 있던 참이라 김설은 고경이 이래저래 반가웠다. 고경은 장어를 굽는 족족 김설의 상에 올려주었다. 모이를 받아먹는 새처럼 김설은 장어를 먹어치웠다. 작달막한 고경의 처가 콩콩 걸어와 손질한 장어가 수북이 담긴 놋쟁반을 대청에 내려놓고는 방금 화로에 올린 쇳빛 장어 등에 요령 좋게 탁 하고 소금을 뿌렸다.

"나 원, 시누이는 어디를 간 건지, 옆에 앉아서 좀 챙겨드리지 않고."

이 여인은 많은 식구를 거둬 먹이느라 늘 바빠 보였다. 안주인은 김설에게 쾌차하려면 많이 드셔야 한다고 몇 번이나 당부를 하곤 대청에서 내려갔다.

"제 장모께서 사위가 왔다고 인주로 사람을 보내 잡아온 겁니다. 친구분일랑 신경 쓰지 마시고 많이 드세요. 정 진사께도 갖다드렸습니다."

"안 됩니다!"

김설이 식탐을 부리느라 그런다고 생각했는지 고경이 빙그레 웃었다.

"아니 장어가 아까워서가 아니라, 아무튼 제가 드리고 싶은 말씀은 정진허가 이 댁에 드나들지 못하게 해야 한다는 겁니다. 가급적 멀리하셔야 해요. 자세한 것은 말씀드릴 수 없지만," 하며 김설은 자신이 알아낸 바를 대략 들려주었다.

"아무튼 진허는 위험합니다."

말을 마치고 젓가락으로 장어 석 점을 한 번에 집는데 크게 놀란 고경과 눈이 마주쳤다. 얼음처럼 굳어 있던 고경이 겨우 입을 열었다.
"역시, 정 진사였군요."
한숨과 함께 고경이 대나무 집게를 내려놓았다. 장어 기름이 숯불 위로 떨어져 푸른 연기가 풀풀 피어올랐다. 어찌나 기세가 좋은지 연기 때문에 상대의 얼굴이 안 보일 정도였다.
고경은 간간이 술잔을 비우며 묻는 말에만 대답했다. 전유한이 원래 서울 출신이라는 말 정도가 새로웠을 뿐, 김설은 고경에게서 별다른 말을 듣지 못했다. 고경은 장어 굽는 일에 흥이 떨어졌는지 다 타도록 뒤집지 않았다. 고경 대신 집게를 든 김설은 장어를 불에 올리고 부채질을 해가며 뒤집고 입으로 가져가 삼키며 동시에 질문을 해대느라 바빴다.
"하겸이가 박희네 끌려가 죽도록 맞았다는 이야기를 들었습니다. 그때 민 씨가 가만히 있었나요? 손 한번 안 대고 키운 늦둥이 아들인데 말입니다. 민 씨가 얌전해 보여도 여간내기가 아닐 성싶던데요."
문득 정신이 든 사람처럼 표정을 풀며 고경이 말했다.
"김 선생님, 민 씨는 요만 할 때부터 우리 집에서 일을 배웠다고 합니다. 우리 외조부님 밑에서 말이지요. 말 다했지요."
그게 무슨 뜻이냐고 김설이 고경을 쳐다보았다. 김설이 쥐고 있던 집게를 가져가 장어를 뒤집으며 고경이 말했다.
"민 씨가 설령 박씨댁에 무슨 앙갚음을 했다 한들, 그 사람 속은 누구도 알 도리가 없다는 겁니다."

자신이 묵고 있는 방으로 돌아온 김설은 모든 창의 발을 걷어 젖혔다. 옷에 밴 장어 냄새는 저리 가라였다. 오래된 일기책에서 나는 냄새가 이렇게 퀴퀴했나 싶었다. 상대책상(입식책상) 위는 읽다 만 일기책으로 어지러웠다. 이만의 일기에는 정진허에 관한 건 한 자도 없었다. 정진허가 존재감이 없는 인물이라면 모를까, 인정하기는 싫지만 정진허는 어디에 갖다 놔도 뭐 하나 빠지는 게 없는 사내다. 장염에 걸리는 바람에 갑오년 식년시를 놓쳐서 그렇지 진허가 시험을 치렀으면 급제자 방 맨 앞줄에 적혔을 것이다. 그런 훈구척신 귀공자가 자기 문하가 되겠다고 한양에서 내려왔건만 이만은 일기에 진허에 관해 한 자도 적지 않았다. 어제 박표가 말한 대로였다. 이 정도면 둘 사이를 의심하지 않는 게 이상할 지경이다.

김설은 의자에 걸터앉아 책상에 팔을 괬다. 내일 정진허와 담판을 짓고 서울로 끌고 올라갈 생각을 하니 벌써부터 부담이 이만저만한 게 아니었다. 신중록에게 편지를 건네주면 어쨌든 정구품 관직을 제수받게 된다. 드디어 정식 관리가 되는 것이다. 정구품이라, 막상 현실로 다가오니 설렘보다 스물여덟 해 동안 이룬 게 고작 이건가 하는 초라한 기분이 들었다.

이만은 현량과 출신이었다. 처음으로 실시된 현량과에 이만은 급제한다. 그러나 그해 기묘사화가 일어나 조광조는 사사되고 현량과는 폐지된다. 물론 급제자는 전부 파방(급제 취소)된다.

"애들 장난도 아니고, 나라가 인재들에게 그런 짓을 하다니."

당시 이만은 어떤 심정이었을까. 억울함도 분함도 드러낼 수 없는 시절, 그가 할 수 있는 일은 입기현으로 돌아와 후학을 양성하는 게 전부였을 것이다. 다행히 그의 인생 후반기는 나름 평온했던 것 같다. 성 진사댁이 근방의 학교와 서당에 후원을 아끼지 않은 덕분이었다.

고채는 혼사가 무산된 후 이만을 찾아가 가르침을 받았다. 이만은 일기에 가끔 그녀와의 대화를 적었다.

채아가 물었다.

"흉년에 굶고 있는 부모를 봉양하려 낟알을 도둑질한 자는 죄 주어야 합니까?"

"효가 우선이니 그 때문에 벌을 받았다 한들 억울할 것 없지 않겠느냐?"

채아가 물었다.

"성리학은 인간의 본성을 탐구하는 학문인데 애초 변하지 않는 본성이라는 것이 있습니까. 인간의 본성은 역사에 따라 만들어지고 상황에 따라 변하는 것이 아닌지요?"

"절대 변하지 않으니 본성이라 하는 것이다. 어떤 경우라도 인의 예지가 없다면 인간이라 할 수 있느냐. 네가 불도의 공허한 논리에 빠진 게로구나."

채아가 물었다.
"글을 숭상하는 유가의 나라에서 서책이 부족하여 곤란을 겪는 선비가 한둘이 아닙니다. 나라에서조차 금지하지 않는데 선생님께서는 왜 서점이 생기는 것을 온당치 않다 하십니까?"
"본시 서책이란 사고파는 것이 아니다. 서책이란 인간에 미치는 영향력이 크기에 나라에서 살펴 검사하고 보급에 신중을 기해야 한다. 민간에 서점이 생겨 유통이 활발해지면 이익을 바라고 불온한 서책을 간행하는 무리가 생길 터, 그 해악을 어찌 감당할 수 있겠느냐. 또한 경전을 헤아릴 능력이 없어 가증하게 해석하는 자가 생기면 그 방종을 어찌할 것이냐. 당부하노니 고씨서각에서도 사람을 가려 드나들게 하고 오직 양서만을 나눠야 한다."

채아가 물었다.
"주돈이*가 말하길 사람이 오행 가운데 가장 빼어나기 때문에 만물과 다르다고 합니다. 그 까닭은 만물 가운데 가장 영묘한 것, 즉 마음을 갖고 있기 때문이라고 합니다. 노비도 분명 사람이고 노비도

* 송대 유학자, 유학의 새로운 학풍인 성리학은 주돈이가 창시하고 장재, 소옹, 정호 정이 형제가 기초를 닦고 주희가 집대성하였다.

제2장 인간 대 인간

이 영묘한 마음을 갖고 있는데 어찌 마소처럼 사고팔 수 있습니까?"

"누구나 영묘한 바탕을 갖고 있지만 인간은 그가 갖고 있는 기의 맑음과 탁함, 기의 두터움과 얇음, 기의 균형 잡힘과 치우침에 따라 귀천이 나뉘는 것이다."

"그렇다면 노비는 기가 탁하고 얇고 치우쳐 있다는 뜻입니까?"

"배움이 없으면 그렇지 않겠느냐."

"배움이 없는 자는 사고팔아도 됩니까?"

"주례에서도 죄인을 노비로 삼아 천한 일을 하게 한다고 하였다. 대국의 기자箕子가 이 풍속을 전한 덕분에 그때부터 동방에도 아름다운 풍속이 생겼다.* 노비가 없다면 사대부가의 아녀자들이 노비가 할 일을 해야 한다. 보아라, 네가 쇠담사리를 하겠느냐, 물담사리**를 하겠느냐."

채아가 물었다.

"장재는 기氣를 만물의 본체로 삼고 주자는 리理를 만물의 본체로 삼았습니다. 이렇게 상반된 주장의 근거는 각자가 그렇다고 믿기 때문인 듯싶습니다. 결국 자신의 눈에 그렇게 보이는 것을 본체라고 주장하는 것이 아닌가요? 어떤 책을 찾아봐야 이 문제에 대한 답을 구할 수 있을까요?"

* 사육신 중 한 명인 하위지가 쓴 《대책》 중에 나오는 내용.
** 쇠담사리 – 소 기르는 노비, 물담사리 – 물 긷는 노비.

"그런 책이 있다 한들 그 한 권의 서책으로 설명할 수 있는 내용이 아니다. 깊고 심오한 문제를 그렇게 간단하게 알맹이만 취하려 하는 자세로는 안 된다. 거경궁리*라는 말뜻을 새겨보아라."

"장재도 궁리했을 것이고 주자도 궁리해서 내린 결론이라고 스스로는 생각할 것입니다. 두 현자가 똑같이 거경궁리했는데도 왜 결론이 다른 걸까요?"

"네가 거경궁리하면 답을 알 수 있지 않겠느냐."

채아가 말했다.

"이 책에서 저에게 가장 와닿은 말은 지행병진知行竝進이었습니다. 알아야 실천할 수 있다, 그 뜻이 절실하게 다가왔습니다."

"주자께서, 알면서도 실천하지 못한다면 앎이 아직 얕은 것이라고 하셨다. 알면 절로 실천하게 되지."

"참으로 아름다운 말씀입니다."

"참으로 아름다운 말씀이지."

김설은 일기 중간중간에 고채가 등장하면 눈앞에서 얼굴을 보는 듯 반가웠다. 질문의 내용으로 보건대 고채가 섭렵한 책은 상당했다. 새벽에 읽은 문장을 낮에 천을 짜며 되새겼다고 한다.

---

* 몰입하고 집중하여 만물의 이치를 터득한다.

"정좌를 하고 사색하는 것만이 거경궁리는 아니지요. 이렇게 손을 놀리며 반추하면 생각에 깊숙이 들어갈 수 있습니다."

그러다 막히면 이만에게 질문을 했다고 한다. 이런 제자가 있다면 얼마나 귀여울까. 김설은 한편으론 고채가 부럽고 한편으론 이만이 부러웠다. 어느 날인가 이만은 일기에 이런 말을 적어놨다.

채아는 본 바가 없을 정도로 영특하다. 영특한 자는 편벽하기 쉬운 것인지 하나를 들어 열을 해석하려 든다. 상인 기질에 물들어 다투듯 이해득실을 따진다. 좋은 배필을 만나면 심신에 균형이 잡혀 지혜가 깊어질 텐데 안타까움을 금할 수 없다.

하하하, 김설은 웃음이 났다. 기를 쓰고 따지다가 스승의 대답에 뾰로통한 표정을 짓는 고채의 모습, 쯧쯧 혀를 차는 석혜 이만. 티격태격해도 사이좋은 부녀 같았다. 고채는 혼인이 틀어진 덕에 공부에 푹 빠질 수 있었다고 한다. 마침 가까운 곳에 이만 같은 유학자가 살고 있어 깊이 있는 지도를 받을 수 있었기에 가능한 일이 아니었을까. 흐뭇해하던 김설의 입에서 갑자기 한숨이 새어 나왔다.

사람은 왜 한 번만 태어나는 걸까?
어찌하여, 어쩌자고, 어쩌라고.
정진허 때문에 무겁고 답답했던 가슴이 이번에는 텅 빈 듯 끝 모르게 쓸쓸해졌다.

18

눈을 떴을 때 김설은 참을 수가 없었다. 한양에 올라가기 전에 한 번이라도 더 보고 싶었다. 지금이라면 서각에서 책을 보고 있을 것이다. 김설은 얼굴에 대충 물 칠만 하고 사랑채를 나왔다. 잠시 뒤면 집안 곳곳이 일하는 사람들로 떠들썩하겠지만 지금은 해가 뜨기 전, 고씨 댁의 크고 작은 집채는 푸른 연무에 감싸여 고요했다. 담장 아래는 초록색 포기마다 꽃대를 올린 하얀 옥잠화, 그 여름의 꽃이 뿜어내는 향기가 숨 쉴 때마다 폐에 들어차자 김설은 자신의 육체가 다른 무언가로 변하는 것만 같았다.

김설은 발소리를 죽여 중문을 넘었다. 서각의 이층 창문 틈새로 빛이 새어 나오는 게 보이자 김설의 가슴은 기쁨으로 부대꼈다. 왜인지 현실 같지 않고 꿈이 연장되는 것만 같았다. 계단에 발을 올리며 김설은 생각했다. 이 시간에 불쑥 들어서면 고채가 놀라지 않을까, 그래서 헛기침이라도 하려는데 들리는 소리.

"전 못 기다립니다!"

"목소리를 낮추세요."

뒤이어 들리는 것은 고채의 음성. 눈앞의 계단이 흔들려 김설은 급히 벽을 짚었다.

"그냥 같이 도망가는 게 나아요."

저 울먹이는 목소리의 주인은 분명 정진허, 그때부터 심장이 쿵쾅거려 알아듣기가 힘들었지만 김설은 그들의 대화에서 '시체'라는 말을 포착하고야 말았다.

김설은 천천히 발을 옮겼다. 한 계단 또 한 계단, 그렇게 계단을 다 올랐을 때였다.

"일찍 일어나셨네요."

창문 앞 탁자에 앉아 있던 고채가 책에서 고개를 들며 반가워했다. 그 어디에도 정진허는 보이지 않았다.

"행장은 살펴보셨나요? 도움이 되셨습니까?"

흐린 빛에서 봐도 싱싱한 여인의 얼굴, 갓 피어난 옥잠화 같은 그 얼굴이 김설은 견딜 수 없이 미웠다. 김설이 성큼 다가가 거칠게 책장을 덮었다.

"다 들었습니다!"

웃음기 가신 얼굴로 고채가 말했다.

"엿듣는 버릇은 좋지 않습니다."

"모른 척하게."

말소리와 함께 서가의 어둠에서 정진허가 걸어 나왔다.

"모른 척?"

김설은 온몸의 피가 거꾸로 치솟는 것 같았다. 그동안 수도 없이 무시를 당해왔다. 급기야 저 자식이 벌인 살인마저도 밝히지 않으려고 했다. 왜? 밝히는 과정에서 치러야 할 희생을 감당할 수 없다는 걸 잘 아니까. 서령위 집안과 싸울 자신이 없으니까. 자신이 할 수 있는 일이라곤 더 이상의 악행을 막는 것뿐. 김설은 언제나처럼 현실적인 판단을 해야 했다. 그게 최선이니까. 그런데 뭐, 모른 척을 하라고?

"사람 무시하는 것도 정도껏 해!"

김설은 몸을 날려 정진허의 멱살을 잡고 벽으로 밀쳤다. 팔꿈치에 전해지는 충격이 짜릿했다. 증오의 열기가 정수리까지 치솟았다.

"이게 무슨 짓인가, 상스럽게!"

"잘난 척 그만해!"

오늘 네놈의 죄악을 다 까발려주마. 김설은 더욱 밀어댔다. 빠직! 정진허의 갓테가 김설의 이마에 눌리다 눌리다 찌그러져 터졌다.

쾅! 주먹으로 탁자를 치며 김설이 일갈했다.

"아가씨도 제발 정신 차리세요!"

"김 선생님, 조리 있게 말씀해보세요. 알아들을 수 있게 말입니다."

"말했잖습니까. 저 자식이 이만과 박희를 죽인 겁니다. 그리고 이젠 이 고씨 댁을 노리는 거라구요."

"그렇다고 치세. 그러니 그만 가봐."

애써 태연한 척을 하며 정진허가 말을 받았다. 튕겨나가 다시 덤비려는 김설을 제지하며 고채가 물었다.

"정 진사가 두 분을 어떻게 죽일 수가 있습니까? 배에 타지도 않았는데."

"약가루입니다. 술에 약을 탄 거지요. 그 가루를 제가 진허 방에서 찾아냈습니다."

"왜 함부로 남의 방을 뒤지나! 자네 미쳤어?"

김설은 엊그제 박표와 이야기를 나누고 돌아오는 길에 별서 정진허의 방에서 황지에 싼 약가루를 찾아냈다. 김설은 자신을 치료하러 온 의원에게 그 가루를 보여줬다. 의원이 쯧 하고 혀를 찼다.

"의원 말로는 을그미가 그 가루를 방중술 미약으로 판다더군요. 광대버섯이 들어간 탓에 그걸 먹고 일각 정도 지나면 정신이 풀어져 몸을 못 가눈다고 합니다. 그러니 그런 작은 배에서 균형을 잃는 건 당연하지요."

"들어줄 수가 없군. 난 잠을 못 자서 그 가루를 복용한 거야."

"거짓말, 점쇠는 그런 약 심부름한 적 없다고 했네."

"내가 직접 을그미에게 구했으니까!"

"변명치고는 궁색하군. 결벽이 심한 자네가 그런 흉측한 여자를 직접 상대했다고?"

고채가 고개를 갸웃했다.

"그런데 무슨 수로 두 사람을 배에 타게 하죠?"

"전에 말씀드린 대로 초립동이를 시켜 쪽지를 전한 겁니다. 두 사람이 배를 탈 수밖에 없게 만드는 쪽지를. 그렇게 꾀어낸 거죠. 그 초립동이가 누구인지도 알아냈습니다."

"그게 누구인가요?"

"민하겸입니다. 그렇게 놀라시는 것도 무리는 아니죠. 하겸이는 박희에게 원한이 깊지 않습니까? 정진허와 민하겸, 이 둘은 각자의 복수를 위해 손을 잡았습니다. 마차 바퀴가 빠진 날, 두 사람은 처음 보는 척을 하더군요. 너무도 어색하게."

"그날 처음 봤네!"

"행여나!"

김설이 쏘아보자 켕기는 게 있는지 정진허가 시선을 돌렸다.

"그렇게 석혜와 박희는 많은 사람이 보는 앞에서 물에 빠져 죽었습니다. 누가 알았겠습니까. 약 때문에 그렇게 된 것을. 하지만 가까이에서 본 사람이라면 두 사람 상태가 이상했다는 걸 알았을 겁니다."

"가까이에서요?"

"네, 우연히 그 광경을 본 사람이 있습니다."

그 말에 고채의 눈이 크게 벌어졌다.

"누굽니까?"

"원각입니다. 그날 원각은 절에 돌아갈 때 벼랑에 붙은 산길을 탔습니다. 위험하지만 지름길이니까요. 그 길에선 선바위가 손바닥처럼 내려다보입니다. 원각은 부정하지 않았습니다. 두 사람이 물에 빠져 죽는 장면을 목격했다는 사실을요. 하지만 뭔가 숨기는 게 있더군요. 분명 원각은 그때 뭔가를 본 겁니다. 결정적인 뭔가를 말입니다."

"스님이?"

놀라는 고채에게 김설이 고개를 끄덕였다.

"경인사 중들은 성곡천에서 사람이 죽었다는 소식을 며칠 뒤에나 신도들을 통해 전해 들었다고 하더군요. 두 사람이나 죽는 걸 목격하고도 원각은 절에 가서 아무 말도 하지 않았던 겁니다. 철저하게 모른 척을 한 거지요. 그가 속세에 무심한 승려라서? 아닙니다. 그에겐 아주 사사로운 사정이 있었습니다. 오래된 인과에서 비롯된."

"지루하군. 이젠 내가 늙은 중의 과거지사까지 들어야 하나."

말을 자르며 정진허가 쏘아붙였다.

"과거지사지만 어쩌겠나, 사실인 것을. 원각과 자네 조부님은 이종형제더군."

"뭐라고?"

정진허가 벌떡 일어나는 바람에 의자가 거친 소리를 내며 뒤로 밀렸다. 고채 또한 처음 듣는 얘기인지 꽤 놀라는 눈치였다.

"이곳은 정항 대감의 외가인 의령 남씨 일가가 살던 동네입니다. 물론 더 이상 의령 남씨들이 살지는 않지만요. 그래서 원각은 고향에 돌아올 수 있었던 겁니다. 전도유망한 사족 소년이 승려가 되었으니 문중에선 난리가 났었다고 하더군요. 하지만 원각은 여기가 고향 땅이라서 돌아온 건 아닙니다. 부처 앞에서 불경 간행을 서원했기 때문입니다. 기호지방에서 경인사만큼 불경 간행에 전통이 깊은 사찰도 찾기 힘드니까요."

"사실일 리 없어. 자네 지금 무슨 말을 지껄이는 줄이나 아나? 책임질 수 있어?"

"내가 경인사 늙은 중들에게서 알아낸 명명백백한 사실이네."

정진허가 손을 더듬어 의자를 찾아 주저앉았다.

"일가에 중이 있다니, 그것도 할아버님 이종사촌이라고?"

정항은 손자에게까지 승려가 된 이종사촌의 존재를 비밀에 부쳤던 것이다. 망신스러운 일이기도 했고 조정에 알려지면 좋을 게 하나도 없는 일이니까.

"자네는 몰랐어도 원각은 알고 있었던 거지. 원각은 자네에 대해 많은 걸 알고 있을걸세. 그래서 입을 다문 거야. 자네와 혈연인 게 알려지면, 자네가 벌인 살인사건에 자신도 연루되었다고 오해를 받을까 봐. 그러면 경인사에 누를 끼치게 되니 말이야."

관음전 앞에서 원각은 내내 담담해 보였지만 보리수 아래를 걸어갈 때의 뒷모습은 딱딱하게 굳어 있었다. 김설은 생각했다. 인간의 뒷모습은 의외로 많은 것을 알려준다고.

"한심하군. 내 방에서 약가루가 나오고, 원각과 한집안이라서 내가 범인이라는 건가?"

정진허가 망가진 갓을 김설 쪽으로 던졌다. 갓값이나 내놓으라는 듯.

"진허, 정말 끝까지 뻔뻔하게 구는군. 어차피 난, 발고할 생각이 없어. 자네의 살인 행각에 대해 입 다물겠단 말일세. 하지만 조건이 있네. 나와 지금 서울로 올라가는 거야. 아무리 원한이 있다 해도 이건 아니야."

"헛소리!"

날카롭게 내지르며 정진허가 의자 팔걸이를 꽉 잡았다. 절대 떠나지 않겠다는 듯.

"그래봤자 소용없네. 내가 석혜의 방에서 오래된 연서를 발견했어. 그 편지는 정말 오래전,"

김설은 계속할 수가 없었다. 정씨 가문의 명예가 달린 일이었고 무엇보다 이만과 정진허의 모친, 고인이긴 하지만 그들에게 불명예의 낙인을 찍는 일이었기 때문이다.

"여기까지만 하지. 내가 더 이상 무슨 말을 하겠나. 그냥 나와 올라가세. 난 솔직히 자네가 싫어. 성균관 시절부터 쭉. 하지만 이 모든 일에 대해 입 다물 거야. 약속하지. 그러니 자네도 그만두게."

"말해. 말하라고!"

정진허는 모친의 명예 따위는 안중에도 없는지 얼굴이 벌게져 주먹으로 탁자를 내려쳤다. 상대가 그럴수록 김설은 더 냉정해졌다.

"자네는 원한을 품었지. 어머니가 일찍 돌아가신 게 석혜 때문이라고. 그래서 이곳에 내려와 기회를 엿본 거야. 석혜를 파멸시킬 기회를. 박표가 그러더군. 석혜가 자네를 무척이나 불편해했다고. 자네가 언제쯤 여기를 떠날지 무척 신경 썼다고 했어. 왜 그랬겠어?"

김설이 왜냐고 물으니, 박표가 좌우를 살피고는 낮게 속삭였다.

"그 집안이 대대로 권세가에게는 아부하고 사림들을 미워하는 소인배들이라 그런 것 아닐까요? 대놓고 말씀은 안 하셨지만 선생님께서는 정 진사가 석혜서당에 드나들까 봐 꽤나 경계하시는 것 같았습니다. 뭐랄까, 두 분 사이에 해묵은 앙금이 있는 게 아닌가 싶더군요. 선생님께서는 워낙 진중하셔서 호불호를 잘 드러내지 않는 성품이라 저희 제자들은 그냥 감으로 아는 거지만요."

"석혜가 그랬다 한들, 그게 무슨 증좌라도 되나?"

냉랭한 음성과 달리 정진허의 입가는 심하게 일그러졌다. 소인배라는, 선비가 들을 수 있는 최악의 욕을 들었으니 그럴 만도 했다. 그 꼴을 보니 김설은 입에 침이 고일 정도로 짜릿했다.

"젊은 시절 석혜는 사랑에 빠졌네. 그가 스물한 살 되던 해지. 그해 자네 어머님이 이곳에 요양을 오셨고 석혜와…"

정진허가 튕겨 오르듯 자리에서 일어났다.

"하, 정말 웃기는군. 내 어머니는 워낙 약해서 먼 길은 다니지도 못하셨어. 혼인 후에도 계속 친정에 머무시다 그곳에서 돌아가셨네. 그래서 나도 해주에서 태어났고. 풍광 수려한 해주에 계셨던 분이 왜 굳이 여기까지 요양을 오시겠나. 자네 혹시 그 소문 때문에? 흥, 그런 헛소문 따위!" 하던 정진허의 얼굴에 낭패감과 망설임이 스쳤다. 정진허가 맥없이 주저앉았다.

"아니 아니야. 다 지난 일이니, 못 밝힐 것도 없지. 내 어머님께선 가끔 정신이 온전치 못해… 머무시던 별당에 불을, 그렇게 돌아가셨네. 그래 맞아. 소문대로 사실이네. 하지만 평생을 해주에 머무신 것도 사실이야."

"과연 그럴까? 그해 종실들과 온양 온천을 다녀오다가 자네 어머님만 이곳에 남아 요양을 하시지 않았나. 점쇠 어미가 모셨으니 잘 알아. 확인해보게."

"점쇠 어미가 모셨다고? 하, 점쇠 어미가 내내 시중들던 이는 할아버지 첩실인 옥 씨일세. 굳이 말하자면 내 서조모!"

"그럴 리 없어. 분명 작은 마님이라고 했어."

"집 하인들이 옥 씨를 작은 마님이라고 불렀네. 감히 첩실 따위를 마님이라고 부른다고 아버님이 하인들을 잡아다 경을 치곤 하셨지. 옹주의 아들인 아버님으로선 참을 수가 없었던 거야. 내 말이 거짓인지 점쇠에게 물어보면 될 것 아닌가. 근데 그게 사실이라면 놀랍긴 하군. 옥 씨가 이곳에 샛서방을 뒀다니. 그것도 석혜와? 하지만 신경 쓰지 않겠네. 자네 추측은 엉터리일 게 뻔하니."

마루가 꺼져 혼자만 나락으로 떨어지는 기분이 이럴까. 하아, 김설은 두 손으로 얼굴을 쓸어내렸다. 어찌 이리 빗나갈 수가 있단 말인가. 정황상 다 들어맞았건만. 대체 무엇에 홀린 겐지. 이마는 진땀으로 불이 난 것 같은데 등줄기는 식은땀으로 축축했다. 김설의 머릿속은, 진허에게 대충 사과하고 어서 짐을 싸서 서울로 내빼자, 오직 그 생각뿐이었다. 그래서 일단 자리에서 일어나려 눈치를 보는데 고채가 김설에게 물었다.

"조금 전, 정 진사께서 우리 집안을 노린다고 하셨는데 그건 무슨 말씀이시죠?"

"김 선생, 어디 그 잘난 망상 한번 펼쳐보시게. 흥!"

일진이 사나운 날이었다. 당장 계단을 내달려 도망치고 싶었지만 김설은 꼼짝없이 자리에 앉아 자신이 추리한 내용을 털어놓아야 했다. 서령위 정항과 진사 성규빈이 간척지 문제로 빚었던 갈등, 그래서 성 진사가 정항의 손가락을 자른 게 아닌가 하는.

"맞아."

정진허가 심드렁하게 대꾸했다.

"자네가 추리한 게 맞단 말일세. 작년에 내가 당분간 입기현 별서에서 지내겠다고 하니 할아버님이 갑자기 번쩍 눈을 뜨셨지."

그 남자는 말했다고 한다.
착하게 살아야지.
다음엔 네 아비의 것이야.
그러니 착하게 살아야겠지, 그치?
그다음엔 네 어미의 것이야.
그러니 착하게 살아. 그게 네놈이 살길이야.
그다음엔 네 어린 아들놈.
그러니까 그냥 착하게 살면 되는 거야. 암 그럼 그럼.
난 네가 요즈음 누구를 만나고 다니는지 다 알아.
무슨 밀담을 나눴는지도 다 알아.
난 이 길로 사헌부에 갈 수도 있어.

창덕궁의 그 미친 이융(연산군)이 이 사실을 알면 어떻게 될까?

남은 네 손가락을 잘라 젓갈을 담글까, 철판에 지질까.

아니지, 아니야.

이융이라면 네 머리통을 삶아서 편육틀에 넣고 꾹 누르겠지.

인두편육, 그거 내가 한번 해봤는데 솔직히 번거롭기만 하고 별로 였어.

털이 어찌나 많은지 일일이 뽑느라 공이 많이 들었어.

무엇보다 그러면 네놈은 그냥 죽어버리는 거잖아.

역시 손가락 정도가 좋아. 손가락은 열 개나 있잖아.

머리통은 한 개뿐인데. 아, 이런! 눈알은 두 개구나. 귀도 두 개.

오, 생각해보니 혀도 뽑을 수 있겠다.

구석구석 가지고 놀 게 많잖아!

왜 그 생각을 못 했지?

서령위 정항이 종친들과 망원정에서 시회를 하던 날이었다. 술이 과해져 잠시 바람을 쐬는데 뒤통수가 퍽, 그대로 납치를 당했다고 한다. 정신을 차려보니 눈이 가려지고 재갈이 물린 채였다고. 남자는 깼어? 하더니 말이 끝나기 무섭게 바로 정항의 왼쪽 새끼손가락을 잘랐다. 소리도 지르지 못하고 몸부림을 치는 정항의 귀에 남자는 달콤한 목소리로 반복했다고 한다. 착하게 살라고, 그러면 된다고, 착하게 살라고. 무엇 때문에 이러는지 말도 하지 않았다. 누구인지 감도 잡히지 않았다. 그러니 색출해낼 도리가 없었다. 무엇보다 정항은 부모와 자식의 손가락이 잘릴까 봐 그 누구에게 말도 하지 못했다.

그렇게 수십 년이 지난 어느 날 손자가 입기현에 가 있겠다며 하직 인사를 올리자 망령 난 정항의 뇌리에 갑자기 그 얼굴이 떠올랐다. 입기현에서 보았던 그자의 얼굴이. 시선을 끄는 인상도 아니었다고 한다. 단지 눈매가 부드러워 잘 웃게 생긴 상이었다고.

"그 어떤 정변에도 집안이 무사한 건 그때 조부께서 제대로 혼이 나서야. 몸 사리는 게 체질이 되신 거지. 그 일 이후 위아래 좌우 누구와도 척지는 일은 안 하셨다는군. 욕심도 덜 부리고 참을 줄도 알게 되고, 한마디로 착하게 사시게 된 거지."

이야기를 듣는 내내 김설은 흉막이 부르르 떨렸다. 자신이 추리한 내용인데도 사실이라고 하니 도리어 믿기지가 않았다. 임금을 갈아치우는 반정마저 일어나는 세상이지만 김설의 눈에 성규빈의 의거는 반정보다 더 비현실적이었다. 성규빈의 행적은 정항의 손가락에서 멈추지 않았을 것이다. 이만의 일기에 등장하는 간척지에 눈독을 들이던 특권층은 여럿이었다. 일 개인이 종친과 훈구척신들을 상대로 혈혈단신 그런 일을 벌이려면 얼마나 담이 세야 하는 걸까. 자신뿐만 아니라 식솔들의 목숨까지 걸어야 하는 일이다. 김설은 문득 이 경이로운 인물에 대해 더 이상 알고 싶지 않다는 생각이 들었다. 경이로운 것은 위험한 것이다. 자신과는 숨 쉬는 세계가 다른 것이다. 김설은 마음에 빗장을 걸듯 조심스럽게 숨을 내쉬었다. 그렇게 몇 번 내쉬자 익숙한 안도감이 찾아왔다.

"정식으로 아가씨께 말씀드립니다만 저는 전혀 개의치 않습니다. 따지고 보면 그 일은 우리 정씨 가문에 전화위복이 되었습니다."

"제 생각에도 후손인 우리가 셈할 문제는 아닙니다."

고채 또한 담담히 대꾸했다. 두 사람, 상대의 집안에 왜 이토록 너그러운가. 예상과는 전혀 다른 방향으로 상황이 펼쳐지고 있었다. 김설은 목젖이 간지러울 정도로 약이 올랐다.

"전유한이 귀갑을 사러 나간 그날 밤, 자네 어디 다녀온 거지?"

"그건 알 것 없어. 자네와는 상관없는 일이니까."

"아까 시체 운운하던데, 그 소리는 뭔가?"

"알 것 없다니까!"

자리를 박차고 일어난 정진허가 쿵쾅쿵 계단을 내려갔다.

"정 진사는 전유한의 실종과 무관합니다."

의혹을 일소하듯 고채가 말했다. 마치 정진허에 관한 한 무엇이든 다 알고 있다는 듯 단정적인 말투였다. 둘이 언제 이렇게 가까워졌단 말인가.

"저는 알아야 합니다! 제게 범인을 찾아달라고 하셨지요? 물론 잘못짚어 진허를 의심했습니다. 하지만 아직 안 끝났어요. 그러니 전 알아야겠습니다."

"위험한 일입니다."

"위험하니 더욱 알아야겠습니다!"

위험할수록 자신에게는 개입할 명분이 생긴다. 고채가 정진허하고만 위험을 공유하게 둘 수는 없다. 탁자에 올린 김설의 주먹에 힘이 들어갔는지 촛대가 덩달아 떨렸다. 고채가 자리에서 일어나 촛불의 심지를 눌러 끄고는 창가로 걸어갔다. 고채의 두 손이 여닫이문을 활짝 열어젖혔다. 서각 안으로 아침의 빛이 쏟아져 들어왔다. 고채가 입을 열었다.

"알면 함께 하셔야 합니다."

김설은 놀라 일어났다. 그 위험한 일을 함께 하자고? 나는 당신을 말리기 위해 알려는 것인데. 창을 등지고 김설을 바라보는 고채의 얼굴은 표정을 알아볼 수 없을 정도로 음영이 짙었다. 김설은 대답할 수 없었다. 적어도 그녀가 어떤 표정을 짓고 있는지 알아야만 마음을 정할 수 있을 것 같았다. 김설이 다급히 창에 다가서자 고채가 고개를 돌렸다. 구름이 벗겨지듯 고채의 얼굴이 아침 빛에 드러났다. 그 빛은 여인의 귓바퀴에도 쏟아졌다. 황금빛 솜털이며 셀 수 있을 정도로 비치는 실핏줄. 빛과 떨림과 영광… 어쩌면 김설은 거기까지만 제정신이었다.

아래층 기와에서 쉬고 있던 까마귀 한 마리가 날개를 퍼덕이며 날아갔다. 그것을 시작으로 온갖 소리가 밀려들었다. 저수조에서 새들이 물 터는 소리며 일하러 오는 염녀들이 떠드는 소리, 끼익 끼익 도르래가 돌아가는 소리까지, 이 집의 아침이 내는 소리, 소리, 소리들. 그 분주한 소리들이 김설을 재촉했다. 말하라고, 어서 말하라고, 말해야 한다고. 김설은 말해야 했다. 함께 하겠다고, 위험하니까 함께 하겠다고, 지키겠다고, 내가 지켜드리겠다고. 말을 하며 김설은 느꼈다. 자신의 동공이 서서히 풀려가는 것을. 그리고 또 느꼈다. 이 목구비도 다 풀어져 표정이 바보 같아지는 것을.

귀는 시끄러운데 마음은 한없이 고요했다.

19

이런 멍청이! 함께 하겠다는 말을 함부로 하다니. 내막도 모른 채 맹세부터 하다니. 조금 전으로 돌아가 뱉은 말을 주워 담을 수만 있다면! 오늘 새벽 고씨서각에 발을 들이지 말았어야 했다. 신중록의 편지를 손에 넣었을 때 바로 이곳을 떠났어야 했다. 급기야는 그때 왜 쓸데없이 이만의 연서는 발견해가지고, 하는 후회까지 밀려들었다.

명백하게 국법을 어기는 짓이다. 발각되기라도 하면 출사의 꿈은 물 건너간다. 관노비를 도망시키는 짓은 곤장 백 대를 맞고 유배를 가는 중죄. 발각된다 해도 당사자인 정진허는 빠져나갈 수 있다. 하지만 난, 나는? 문지門地가 없어 발령도 못 받는 주제가 아니냔 말이다. 몸을 사려도 모자랄 판에 그런 위험한 일에 가담을 한다고? 하물며 저 얄미운 정진허를 돕기 위해서? 내가 요즈음 왜 이러는 거지. 김설은 자신이 자신 같지 않아 불안하기까지 했다. 지금이라도 안면몰수하고 당장 입기현을 떠날까? 그렇게 머릿속이 복잡한데 톡 하고 정진허가 부채 끝으로 탁자를 쳤다. 놀라서 보니 정진허가 씩 웃었다.

"고맙네."

입으로는 웃고 있지만 물기 어린 눈이 내뿜는 절박감으로 진허는 표정이 말이 아니었다. 김설은 아무런 대꾸도 할 수 없었다. 사실 김설은 스스로에게 당황하고 있었다. 아주 잠깐이었지만 정진허가 가여워 가슴의 한 곳이 에이듯 쓰렸던 것이다. 저 인간이 불쌍해 보이다니. 있을 수 없는 일들이 연타로 벌어짐에 김설은 대략 자포자기 상태가 되었다. 조반을 들고 다시 마주 앉은 자리에서였다.

진허에겐 정혼자가 있었다. 좌찬성 이쟁의 딸 이영치. 지금은 도내현 관비가 된 여인. 좌찬성은 역모죄로 사사당하고 식솔들은 노비가 되었다. 이쟁이 한창 잘나갔을 때 두 집안은 내외 가리지 않고 돈독했지만 좌찬성댁에 피바람이 몰아치자 언제나 그렇듯 서령위 집안은 등을 돌렸다.

"나는 겁에 질렸지. 이쟁의 여식과 정혼했다는 게 두려웠어. 이쟁이 의금부로 잡혀가자마자 파혼장을 보냈다네. 그렇게까지 할 필요도 없었는데. 어차피 신분이 달라지면 파혼이니까. 어릴 때부터 그렇게 친한 사이였건만."

진허는 서둘러 다른 집안의 딸과 혼례를 올렸다. 혼인하고 과거시험에 전념하면 다 잊을 수 있다고 생각했다. 할아버지처럼 아버지처럼 시류를 거스르지 않으면 만사는 형통, 그렇게 믿었다. 그러나 결혼한 지 이 년도 안 돼 부인이 죽자 진허는 꿈에서 깬 듯 정신이 들었다고 한다. 사랑하는 여인이 노비가 되었는데 두 손 놓고 있었다니! 진허는 부인상이 끝나기도 전에 도내현으로 향했다. 그러나 그의 발은 입기현에서 멈췄다. 영치를 데리고 도망을 칠 생각이었지만 막상 도내현 코앞까지 오자 별별 생각이 다 들기 시작했다. 산 하나를 넘으면 도내건만 하룻길도 안 되는 곳에서 진허는 마음의 장벽을 넘지 못했다. 그렇다고 영치를 버려두고 한양으로 돌아갈 수도 없었다. 그렇게 진허는 입기현에서 일 년 넘게 머뭇거렸다.

백일재가 있던 날이었다. 재를 마치고 가족들과 절에서 돌아오던 고채는, 의원을 부르러 뛰어가는 점쇠를 만난다.

"지금 우리 진사 나리가 말이 아닙니다. 제발 가서 좀 봐주세요."

고채가 별서로 가보니 진허는 허리를 반으로 꺾고 땀범벅이 되어 끙끙대고 있었다. 위경련이었다. 고채는 복부에 뜸을 뜨고 명치와 발을 주무르게 했다. 그렇게 응급처치를 하자 진허는 차츰 진정이 되었다. 뒤에 온 의원이 약방문을 써주고 돌아갔을 때 고채가 진허에게 물었다.

"대체 어느 분 때문에 이리도 마음고생을 하십니까?"

고채의 그 말에 진허는 무너졌다. 몇 년 동안 쌓인 눈물이 터져 나왔다. 혼란과 자기 경멸의 슬픔, 이영치와 불면의 약가루, 악몽과 무기력의 귀신들…. 아무에게도 말하지 못한 사연, 누구에게도 보인 적 없는 눈물. 잠자코 진허의 말을 들어주던 고채가 입을 열었다.

"제가 하지요. 이제 이 일은 제 일입니다."

정진허는 어리둥절했다.

"아가씨가 왜?"

"정 진사님보다 제가 움직이는 게 수월하니까요."

뒤탈이 날 여지를 남기지 않으려면 정진허는 뒤로 빠져야 한다는 게 고채의 판단이었다. 정진허는 기가 막혔다.

"어찌 위험한 일을 자처하십니까."

"위험하지 않게 만들어야지요."

"아니 그런 문제가 아니라, 왜 굳이 이런 일에 관여를 하려는 겁니까?"

"할 수 있으니까요. 할 수 있는데 하지 않는 게 더 이상하지 않습니까."

말로만 그친 게 아니라 고채는 며칠 만에 대안을 내놓았다. 고채의 계획은 간단했다. 영치를 고씨 댁 짐마차에 숨기거나 양갓집 규수처럼 꾸며 도내현 성문을 빠져나오게 한다. 어떤 방법을 쓰든 고채에게 관비 하나를 빼내는 건 문제가 아니었다. 진짜 문제는 사후 처리였다. 영치는 조정에서 주목하고 있는 죄인의 딸인 만큼 나라에서는 절대 그냥 두지 않을 것이다. 죽을 때까지 추노는 계속될 터, 그러니 아예 영치가 자살한 걸로 위장하자는 게 고채의 의견이었다. 사망자로 만들어놓지 않으면 이영치는 영원히 도망자 신세로 숨어 살아야 한다. 궁리 끝에 고채는 시간이 걸리더라도 매골승埋骨僧*을 매수해 적당한 시체를 구하는 게 가장 안전하다는 결론을 내렸다. 영치를 구할 수 있다는 희망이 보이자 정진허는 조급해졌다. 급한 마음에 무작정 도내현으로 갔다. 물론 읍성문이 닫혀 들어가지도 못하고 돌아왔지만. 그게 전유한이 실종되던 날 밤의 일이었다.

어제 고채는 도내현에 가서 이영치를 만나고 돌아왔다. 도내현의 가을 목화솜 작황을 둘러본다는 명목으로 하겸이와 다녀왔다고 한다. 고씨 댁은 대대로 도내현의 아전들과 긴밀한 관계를 유지해왔고 도내현감의 처에게도 비단과 장신구를 선물해왔던 터라 고채가 동헌에 들어가 영치를 만나는 건 어렵지 않았다.

"영민한 아가씨더군요. 준비하고 기다린다고 했습니다."

정진허는 덜컥했다. 바느질하는 침비인 줄 알았는데 다모를 하고 있다니! 정조를 유린당한들 하소연도 할 수 없는 처지가 아닌가. 매골승이 시신을 구해줄 때까지 기다려야 한다는 고채의 말에 진허의 초조감은 극에 달했다. 오늘 새벽 김설이 엿들은 바와 같이.

김설이 물었다.

"나라에 몸값을 내고 면천시키는 방법이 있지 않은가?"

"좌찬성 이쟁의 여식이 아닌가. 주상이 살아계신 한 불가능한 일

---

* 연고자가 없는 뼈나 시체를 매장하는 일을 맡아 하던 승려.

이야."

"자네 집안은 공신가잖아. 구사*로 달라고 힘을 써보지 그랬나."

정진허가 한숨을 쉬며 김설을 쳐다보았다. 애초에 그랬다면 일이 이 지경이 됐겠냐는 듯이. 그 당시 두 집안 사이를 잘 알고 있던 담당관리가 영치를 노비로 데려가겠냐 물었지만 정진허의 집안에서는 단칼에 거절했다고 한다.

"김 선생님이 도와주시기로 했으니 방책이 하나 더 생겼습니다."

도내현과 입기현은 산을 경계로 하고 있었다. 제법 골짜기가 깊어 범이 출몰하는 곳이라고 한다. 관비가 홀로 산으로 도망치는 것은 범의 먹이가 되겠다는 뜻. 그러나 이제 장정이 둘이 되었으니 해볼 만하게 되었다. 맹수라 해도 쉽게 덤비지 못할 것이다. 게다가 이영치가 범에게 잡아먹힌 걸로 꾸미면 일석이조. 여기까지 듣고 김설은 기함을 했다.

"서생 둘이 여인 둘을 데리고 산을 넘는 일을 어찌 그리 쉽게 말씀하십니까? 이건 하책 중의 하책입니다."

"제 한 몸은 지킬 수 있어요. 활도 제법 쏠 줄 압니다."

고채는 당장 활에 화살을 메기기라도 할 것처럼 의욕이 넘쳤다. 감동이라도 한 듯 정진허가 눈을 반짝였다.

"이렇게 순진할 수가! 이건 정신력이 강하다고 되는 일이 아닙니

---

* 丘史. 공신에게 하사하는 노비.

다. 장정이 더 필요합니다. 남자 둘로는 어림도 없어요."

"이제 셋이 되었습니다."

놀라 돌아보니 하겸이가 자두를 먹으며 계단 벽에 기대어 서 있었다. 언제부터 듣고 있었던 걸까. 자신에게 쏠리는 시선이 귀찮은지 하겸이가 퉤, 하고 창밖으로 자두 씨를 뱉었다.

"밑에서 문을 지키고 있으라고 했을 텐데."

고채가 나무라듯 쏘아봤지만 하겸이는 설익은 자두를 입에 넣고 우물거릴 뿐. 보기만 해도 신맛이 나는지 정진허가 진저리를 쳤다.

20

제발 고집부리지 말라는 정진허의 간청에도 이영치는 결연했다.

"고씨녀가 다녀간 뒤 꼬박 며칠을 생각해보았습니다. 그래서 내린 결론입니다. 처음엔 마음이 흔들렸습니다. 드디어 이 지옥에서 벗어난다는 생각에, 누군가 날 구해준다는 생각에 한숨도 못 잘 정도로요. 하지만 난 계속 버티기로 했습니다. 성씨를 버리고 살 수는 없습니다. 내 자식이 과거를 치를 수 없다는 사실을 난 받아들일 수 없습니다. 내가 누군가의 첩실이 되어 면천이 된다면 서자라 해도 무과시험은 볼 수 있으니까요. 언젠가는 아버님이 신원되실 게 분명한데 그렇게 되면 가문도 되찾을 수 있고, 난 사족의 정실이 될 수도 있습니다. 그때까지 버틸 겁니다. 그때까지 참을 겁니다."
 계획대로 일은 잘 진행되고 있었다. 고채가 현감 부인과 담소를 나누는 사이 하겸이가 이영치에게 쪽지를 전한다. 쪽지의 내용은 간단했다. '그 무엇도 챙기지 말고 입은 옷 그대로 산의 초입에 있는 버려진 암자로 사시정(낮 10시)까지 오라'였다. 고채와 하겸이는 관아에서 나와 정진허와 김설이 기다리고 있는 암자로 가서 합류한다. 이영치는 여승으로 변장시킨다. 하겸이가 경인사에서 승복도 훔쳐왔다. 영치가 입던 옷은 범에게 당한 것처럼 돼지 피를 묻혀 머리채와 함께 산짐승이 다니는 길에 버린다. 네 사람은 그런 계획을 짰고, 계획대로 이영치가 사시까지 암자로 오긴 왔다.
 "제정신입니까? 지금 영치 아가씨 처지에서 가문이란 게 그럴 만한 가치가 있나요?"
 정진허는 부들거리며 겨우 말을 이어갔다. 기와가 빠져 얼기설기 속이 보이는 지붕 위에서 까치 떼가 깍깍 짖었다. 허리까지 우거진 잡풀 속에서 두 남녀는 서로에게 차가운 독기를 내뿜었다. 한여름 왕성한 풀냄새마저 눌러버릴 기세였다. 김설과 고채, 민하겸 세 사람은 문짝이 떨어져 나간 대웅전 앞에서 이 모습을 지켜보고 있었다.
 "가문이 전부입니다. 가문이 없으면 그 사람은 아무것도 아니잖습니까. 관비가 되어 절절하게 느낀 건 그것뿐이에요. 가문을 일으킬 수 없으면 내가 하는 이 고생이 무슨 소용 있나요? 내가 당한 이 수모는 어디서 보상받나요?"

"그래요. 좋아요, 좋아. 일단 갑시다. 그런 문제는 나중에 생각하고 일단 갑시다. 저 산 하나만 넘으면 됩니다. 그러면 우리는 예전으로 돌아갈 수 있어요. 왜 이제야 구하러 왔냐고 절 욕하세요. 평생 속죄하겠습니다. 남은 인생 영치 아가씨를 위해 살겠습니다. 제가 지켜드릴게요. 제발 일단 갑시다."

정진허가 울먹이며 영치의 손을 잡았다. 순간 정진허의 뺨이 움찔했다. 영치가 재빨리 손을 뺐다.

"지금 그 선택, 정말 후회하지 않겠습니까?"

두 사람 쪽으로 다가가며 고채가 말했다.

"내가 자결하지 않고 살아남은 이유는 단 하나입니다. 언젠가는 신분을 회복할 수 있다는 희망. 일신의 안락만을 생각하면 여러분을 따라가 숨어 사는 게 최선일지도 몰라요. 하지만 그건 떳떳하지 못한 삶입니다. 아무런 명분도 없이 사는 목숨, 장래를 도모할 수 없는 삶을 어찌 살겠습니까. 난 반가의 여식입니다. 내 성씨를 버리고 살 수는 없습니다."

"너무 희박한 가능성에 인생을 거는 것 아닙니까?"

고채의 음성이 폐사지에 낮게 울렸다.

"누구 한 사람의 의리에 의지하는 것도 마찬가지 아닙니까? 난 사람의 마음이 얼마나 간사한지 이미 너무 많이 봐왔습니다."

영치의 목소리는 가지를 쳐내듯 냉정했다.

"신분이라는 것도 하루아침에 사라질 수 있습니다. 양인이 천민이 되고 반가의 여식도 노비가 되지 않습니까?"

"그러니 다시 찾아야지요."

정진허는 얼이 빠져 겨우 서 있었다. 건드리면 바스러질 것 같이 위태로워 보였다. 잠시 후, 고채가 입을 열었다.

"스스로 내린 결정이 그러하다니 할 수 없지. 자네의 그 뜻 존중하네. 원하는 바를 꼭 이루길 바라네."

관비의 얼굴에 균열이 일었다. 이를 악물더니 이영치가 몸을 바로 폈다.

"구해주시러 오신 은혜는 평생 잊지 않겠습니다. 그럼 이만 살펴 들 가세요."

이영치가 고개 숙여 절을 하고는 풀에 파묻힌 석탑을 돌아 총총히 사라졌다. 툭, 하겸이가 단수숫대를 부러뜨리고는 씹기 시작했다.

"흐흐흐 흐흐흐, 흐흐흐 흐흐흐흐."

바람 새는 소리를 내며 정진허가 웃었다.

"저런 한심한 여인 때문에 마음고생을 했다니. 일말의 가치도 없는 어리석은 여인이 아닌가. 이쟁이 신원이 될 거라고? 기가 막히는군. 제 아비가 김안로 때문에 억울하게 희생되었다고 여기고 있잖아. 네 아비가 전횡을 일삼고 부정을 저지른 것을 정말 모르는 것이냐. 네 아비만큼은 그 누구도 동정하지 않아! 조광조 편에 서서 대사헌을 해먹더니 조광조 세가 기울자 바로 기묘당* 탄핵에 앞장섰잖아.

---

* 기묘사화에 희생당한 사림파 정치세력.

조광조가 옥에 갇히던 그 밤 네 아비는 잔치를 하고 있었다지? 참으로 사특하고 독한 인간이 아닌가. 일말의 인정머리도 없는 자가 아니냔 말이다. 그게 네 아비였다. 아비만큼이나 탐욕스러운 것. 어리석은 것. <u>흐흐흐, 흐흐흐</u>."

김설이 대웅전 기단을 내려온 건 그때였다.

"자네는 몰라. 저 아가씨의 심정을. 이 나라 조선에선 문벌이 없다는 것 자체가 수치네. 선비조차 그러할 진데, 영치 아가씨는 자식이 과거도 못 보는 신세가 된다는 게 뭔지를 너무 잘 아는 거야."

"하, 잘 안다고? 그게 문제야, 자네는. 자네는 집안이 한미해서 불이익을 받는다고 생각하지? 착각하지 마. 집안 때문이 아니야. 자네는 근본적으로 품격이 떨어져. 다들 자네를 싫어했어. 성균관에서도 동갑계에서도 시회에서도. 자네가 얼마나 경박한지 다 알거든. 자네가 요령만 득해서 급제한 걸 모를 줄 알고? 자네는 급제를 하려면 답지에 인용구를 몇 번 넣어야 하는지, 어떻게 돋보이게 하는지 그런 것만 연구했지. 아주 반지르르하게 꾸며 쓰는 연습만 하신 거야. 그래 그것도 재주라면 재주지. 자네는 그 재주로 선비의 기백도 우아함도 꾸며낼 수 있어. 아주 진짜인 양. 한심했어. 역겨울 정도로! 모두 뒤에서 비웃었지. 자네가 도둑을 잡아? 하, 정말 웃기는군. 자네가 반촌의 장물아비와 짜고 성균관 학생들 물건을 찾아줍네 하며 구전을 떼어먹은 걸 모를까 봐? 하하하. 정말 웃겨. 하하하, 하하하. 멍청한 것들이 감히, 감히, 감히! 천하고 천한 것이 어디서 감히.

노비 따위를 구해주겠다고 예까지 왔는데, 목숨 걸고 왔는데 내 손을 뿌리쳐? 그 꼴에 첩실이 될 생각을 하잖아. 멍청한 계집 같으니라고. 다 죽어. 죽어! 다 다 죽어버려. 난 자네처럼 악착같이 노력하는 인간들을 견딜 수가 없어. 왜 그렇게 기어오르려고 애를 써? 왜 살려고 애를 쓰는 거지? 이 구질구질 맞은 생을 연명하느라 발발 기고, 뭐 얻어먹을 것 없나 눈알을 굴리고. 왜, 왜? 왜 그러는 건데? 부끄러움도 모르고 추하게. 추한 것들. 염치도 모르는 추한 것들, 역겹고 추한 것들!"

김설은 뒷걸음질 쳤다. 피가 싸하게 식더니 뺨이 제멋대로 뒤틀렸다. 그 와중에도 김설은 갈등했다. 못 들은 척을 할까. 혼자였다면 그랬을 것이다. 분명 그랬을 것이다. 사실 김설은 간절히 그러고 싶었다. 그러나 있었다, 그의 옆에. 고채가 있었다. 다 듣고 있었다. 저 소리를 다 듣고 있었다.

"과거시험이라고? 그 주제들에. 하하하. 가소롭군. 가소로워. 멍청한 것들이 어디서! 다 죽어버려! 왜 살려고 발버둥을 치는 거야. 왜 극성을 떠는 거야. 버러지 같은 것들이 왜, 왜, 왜!"

정진허는 계속 퍼부어댔다. 활처럼 허리를 구부리고선 남은 기력을 쥐어 짜내며 저주와 악담을 퍼부어댔다. 김설의 눈에 깨진 벽돌이 들어왔다. 단지 저 입을 막자는 생각뿐이었다. 저 입을 멈추게 하자는 생각뿐이었다. 그래서 몸을 굽혀 손을 뻗는데 치맛자락이 펄럭, 시야를 가로막았다.

"왜인지 알려드리지요."

동시에 고채의 손이 올라갔다. 짝! 단번에 선명한 손자국이 진허의 뺨에 새겨졌다.

"이제 아시겠습니까?"

고채의 손이 다시 올라갔다.

"아시겠어요?"

고채는 멈추지 않았다. 양쪽 뺨을 연달아 맞으면서도 진허의 눈은 술에 취한 듯 몽롱했다. 입술에 피가 배어 번졌다. 뺨이 얼룩덜룩 부풀었다. 그래도 고채의 손은 멈추지 않았다.

산길을 타야 할 이유가 없어 일행은 도내현 마을로 내려왔다. 하겸이가 한집안 사람이 하는 소금 가게에서 우차를 빌려왔다. 해변을 따라 돌아가는 길, 정진허는 우차 바닥에 쓰러져 울었다. 김설은 종아리를 내린 채 수레 뒤에 걸터앉아 갔다. 고채는 덜컹거리는 수레에 앉아 가는 게 불편한지 한참 전부터 내려서 걷고 있었다. 고채와 눈이 마주칠 때마다 김설은 시선을 피했다. 고채가 끼어들지 않았으면 자신은 정진허를 죽였을까? 아마도 그랬을 것이다. 벽돌로 내려쳤을 것이다. 한 번이 아니라 여러 번, 치고 치고 또 쳤을 것이다.

김설은 시도 때도 없이 찾아와 손을 벌리는 가족들에게 돈을 쥐어 보내야 했다. 술김에 옆집 장독을 깨서 물어줘야 한다, 한겨울인데 신을 버선이 없구나, 제사 순번이 돌아왔는데 빈손이지 뭐냐. 김설은 돈을 만들어야 했다. 서책을 필사해 품삯을 받고, 소지를 써주고, 시를 지어 팔았다. 성균관 시절 내내 그에겐 염치를 차릴 여유가 없었다.

"전 김 선생님이 훌륭하다고 생각합니다."

우차 한쪽 끝에 손을 얹고 걸으며 고채가 말했다.

"누가 시험을 요령 없이 봅니까? 시험이란 그 요령 부리는 재주까지 전부 시험하는 거라고 생각합니다. 그렇게 당연한 것을 왜 흉을 볼까요? 먹이를 놓친 이리떼는 늘 시끄러운 법이지요. 제 외조부께선 어릴 때부터 수재라고 불리셨대요. 스물이 되기 전에 생원에 진사까지 되셔서 장원은 몰라도 급제는 자신만만했는데 계속 떨어지더랍니다. 또 시험에 떨어져서 터덜터덜 집에 돌아오는데, 이제 강만 건너면 집인데, 도저히 부인과 아이들 볼 면목이 없으셨대요. 그냥 딱 죽고 싶으셨답니다. 근데 저 강 너머에서 어떤 애들이 춤을 추더래요. 가만 보니 자기애들이더래요. 마중을 나왔는데 아버지가 보이니까 아이들이 좋아서 춤을 춘 거지요. 옷도 허름하고 다들 말라서, 그런데도 부인은 활짝 웃으며 손을 흔들고. 그래서 과거시험을 포기하셨대요. 그 정도로 어려운 시험이잖아요. 우리 할아버지도 번번이 떨어진 대과에 김 선생님은 한번에 붙어 소년등과 하신 거잖아요. 그건 정말 굉장하다고 생각해요."

김설은 아무 말도 할 수 없었다. 자기도 정진허처럼 울고만 싶어

졌다. 자신이 강가에 서 있는 성 진사가 된 것만 같았다. 강 건너에는 올망졸망한 아이들이 춤을 추고 그 뒤에서는 고채와 얼굴이 똑같이 생긴 고채의 외조모가, 고채처럼 젊었을 고채의 외조모가 손을 흔든다. 어서 오라고. 집에 잘 돌아왔다고. 무사해서 다행이라고. 고채가 정진허의 뺨을 때려줘서 다행이라고. 그 덕에 서러움도 억울함도 다 사라졌다고. 분노도 증오도 사라졌다고. 다행이라고, 그때 벽돌을 집지 않아서 다행이라고. 정진허가 죽지 않아서 다행이라고.

어디선가 아이들의 노랫소리가 들려왔다. 아이들이 춤을 추며 노래도 부르는구나. 성씨 부인을 닮은 어린애와 고채를 닮은 어린애, 자신을 닮은 애와 하겸이를 닮은 애, 어린 애들이 꼬꼬마*를 달고 단수수를 빨면서 김설에게 손을 흔들었다. 대나무 말을 타고 노래를 불렀다. 작은 활을 들고 춤을 추었다. 눈을 감은 채 김설은 다 보았다. 아니 아니구나. 애들이 노래 부르는 게 아니야. 날벌레들이 붕붕 대는 소리야. 빙그레 웃음이 났다. 괜찮아. 다 괜찮아. 바람에 실려 온 갯내가 달콤했다. 덜컹덜컹 소리가 굴러갔다. 아니지, 아니야. 우차 바퀴가 굴러가는 거지. 그렇게 간지럽히며 눈으로 귀로 졸음이 쏟아져 들어오는데, 그러다가 턱, 하고 돌부리에 바퀴가 크게 튀었다. 고채가 잡아준 덕분에 김설은 앞으로 고꾸라지지 않았다. 고

* 아이들이 실 끝에 새털이나 종이를 매어 바람에 날리는 장난감.

채는 어느새 김설의 옆에 앉아 있었다. 조용하다 싶어 돌아보니 정진허는 하겸이에게 기댄 채 잠들어 있다.

성문 앞 시장터에 이르자 고씨 댁 점방에서 일꾼이 달려 나와 꾸벅 절을 하고는 워워, 우차를 몰고 갔다. 잠결에 우차에서 내려서인지 정진허가 크게 휘청거렸다. 김설이 어깨를 부축하려 하자 하겸이가 나섰다.

"제가 모셔다드리지요."

"아니야. 오늘은 내가 이 친구 곁에 있어야 할 것 같아."

그러나 그런 말 따위는 들리지 않는다는 듯 민하겸은 정진허를 부축하고 벌서 쪽으로 걸음을 옮겼다.

"저 애는 왜 저리 버릇이 없답니까?"

고채가 절레절레 고개를 저었다.

"두 분은 정말 서로를 모르시네요."

제 3 장 붉은 꽃잎 대롱대롱

21

씻지도 못한 채 김설은 허겁지겁 배부터 채웠다. 고경은 새벽부터 네 사람이 어디를 다녀왔는지 묻지 않았다. 이 사람은 모른 척하는 게 몸에 밴 듯했다. 고경은 김설이 비운 찬이 있으면 얼른 더 가져오라고 시켜 김설 앞에 놓아주었다.

"저에게 왜 이렇게 잘해주시는 건지요?"

이런 말이 김설의 입에서 불쑥 나와버렸다. 고경이 당황한 듯 웃었다.

"채아의 손님이니까요. 늘 우리 채아를 도와주시니까. 게다가 채아가 김 선생을…."

고경은 그냥 밥이나 먹자는 듯 국을 입에 떠 넣었다. 그때부터 두 남자는 말 없이 밥을 먹었다.

자리옷을 입고 누웠는데 비 오는 소리가 들렸다. 보름이 지난 지 얼마 안 되어 그런지 비가 오는데도 창밖이 밝았다. 오늘이 열아흐레, 신중록의 집에 간 게 초하루였으니 겨우 이십일 전 일인데 모든 게 전생의 일처럼 멀게 느껴졌다. 죽을 뻔한 일조차 자기가 겪은 일 같지 않았다. 사라진 전유한 때문에 불안한데도 그랬다. 머릿속이 뭔가로 꽉 차 다른 건 전부 자신과 분리된 김설이라는 자의 보잘것없는 일상처럼 느껴졌다. 김설은 뺨을 만져보았다. 고채에게 뺨을 맞은 건 정진허인데 자신의 뺨에 그녀의 손이 닿은 것만 같았다. 그때 정진허를 부러워했었나, 그런 엉뚱한 생각마저 들었다.

그리고 그 말, 고경이 한 말이 생각났다. 게다가 채아가, 채아가 김 선생을, 채아가 김 선생을, 발자국을 따라 걷듯 입으로 따라 하자 빗소리까지 그렇게 들렸다. 채아가 김 선생을, 채아가 김 선생을. 채아가, 채, 채, 채!

"설마, 설마, 설마!"

김설은 그냥 지금 딱 죽어버리면 좋겠다는 생각이 들었다. 어쩌면 좋지? 가슴이 저려 몸을 뒤틀다 김설은 발작하듯 일어나 앉았다. 그러자 낮의 그 말이 떠올랐다.

"저는 김 선생님이 훌륭하다고 생각합니다."

훌륭? 김설은 갑자기 훌륭이란 이 말이 너무 훌륭해서 당황스러웠다. 그래서 훌륭이라는 글자를 요 위에 국문으로 써보았다. 훌륭, 입으로 되뇌어보다가 한자로도 써보았다. 훌륭勿勿, 모자람 없는 완전한 모양을 나타내는 말 훌륭, 훌륭, 훌륭, 호올, 호오오올. 오므린 입술 사이로 바람이 새어나가는 그 순간, 김설은 껍질을 벗고 하나의 완전한 모양이 되고 싶은 갈망에 휩싸였다. 그래서 문을 박차고 나가 되는대로 발에 미투리를 꿰고 마당을 가로질렀다.

그냥 묻고 싶었다. 정말 그렇게 생각합니까? 정말입니까? 정말 제가 훌륭합니까? 빈말이라도 괜찮았다. 농담이라도 거짓말이라도 괜찮다고 생각했고 정말 괜찮았다. 단지 그녀가 있는 별채가 보고 싶었다. 그냥 보기만 해도 된다. 이 작은 소망은 김설이 태어나 처음으로 품어보는 욕망, 자유롭고 사치스럽고 맹목적인 욕망이었다. 김설은 비에 젖은 담장 기와를 훌쩍 뛰어넘었다. 발목이 삐끗했지만 하나도 아프지 않았다.

별채 앞에서 김설은 이층 창으로 비치는 불빛이 고채인 양 하염없이 바라보았다. 처마에서 빗물이 구슬처럼 줄지어 떨어졌다. 빗방울은 그의 어깨에도 떨어져 수정처럼 부서졌다. 상투에 스며든 빗물이 이마로 흘러 따듯하고 자비롭게 얼굴을 감싸며 흘러내렸다. 이렇게 되기로 되어 있던 일이다. 처음부터 이렇게 되기로 되어 있으니까 지금 비가 오는 것이다. 비가 온 날 그녀를 만났으니 당연하잖아. 이 비가 증거야. 이 말도 안 되는 논리가 지금 그에겐 너무도 말이 되었다.

이층에 불이 꺼지자 김설은 달콤한 슬픔에 빠져들었다. 이제 그녀는 잠이 들겠지. 고단한 몸을 뉘고 잠에 빠져들겠지. 새벽부터 산길을 갯길을 많이 걸었으니까. 함께 많이 걸었으니까. 김설은 눈을 감았다. 눈을 감자 고채 곁에 누운 것만 같았다. 온 세상에 빗소리만 울리고 비가 발산하는 향기에 자신이 다 녹아내리는 기분. 어쩌면 눈에서 눈물이 난지도 모르겠다. 이상한 느낌에 김설은 눈을 떴다.

이층에 다시 불빛이 일렁였다. 이런! 김설은 자신이 무슨 짓을 저질렀는지 깨달았다. 안채에 침입한 것이다!

방으로 뛰어든 김설은 이불을 뒤집어썼다. 수십 개 바늘에 찔린 듯 뒷덜미가 따가웠다. 육모방망이가 쫓아와 사정없이 내려칠 것만 같았다. 안채에서 어떻게 도망쳐 나왔는지 기억도 나지 않는다. 흥분한 짐승인 양 심장이 마구 날뛰었다. 그리고 가슴이 반으로 쪼개지는 것처럼 아팠다.

22

한양에 갔던 전인이 심 서방의 답장을 들고 왔다.

심 서방이 살펴본 바, 요 며칠 김안로의 집에 전유한이 오간 기미는 안 보인다고 한다. 한시름 놨다며 타구에 편지를 넣고 부시쇠로 불씨를 일으켜 태우고 있는데 불쑥 마루 난간에 팔꿈치가 올라왔다. 최홍이었다.

"장생*이 되기로 작정을 하셨소? 아주 이 집 사랑채 주인이 다 되셨습네다. 허이고, 내가 못 올 곳을 왔나, 뭘 그렇게 봐요. 월향이가 노리개를 장만한다고 해서 나도 김 선생께 인사라도 드리려고 따라온 겁네다."

"다 좋은데, 이 댁 아가씨께 누를 끼치는 그런 말 좀 하지 말게."

"흥, 떡하니 이 댁 사랑에 머물면서 너무 잡아떼는 거 아니요."

김설은 어젯밤처럼 속이 상했다. 이야기 속 장생은 앵앵에게 끝까지 의리를 지키지만 자신은 고백조차 하면 안 되는 처지다. 애초에 고채와 자신은 맺어질 인연이 아니었다. 현실이라는 건 이토록 가차가 없었다. 최홍이 소리를 낮추고 물었다.

"어제 넷이서 도내현에 다녀온 거 다 알아요. 왜 갔다 온 거요?"

알아본다고 알아봤지만 알아낸 게 없는지 최홍은 잔뜩 약이 오른 얼굴이었다. 노름판에서는 사람 심리를 쥐락펴락 갖고 놀면서 고채가 관계만 되면 성마름을 감추지 못한다.

"자네 그거 아나? 사내가 짝사랑을 길게 하면 말이지, 아주 모양이 빠진단 말이야. 비루먹은 개처럼."

최홍이 히죽 웃더니 입을 열었다.

"난 말이야, 김 선생이 아우 같아요. 근데 아우께서 좀 헛똑똑이야. 이걸 어째?"

---

* 장생은 중국 원대 왕실보가 지은 《서상기》의 남자 주인공이다. 여주인공은 앵앵.

"나도 말이야, 최홍 자네가 형님 같단 말이지. 그래서 묻는데 전유한이는 어디로 사라진 걸까?"

"김 선생이 짐작하는 곳에 있갔지요. 전유한이 사라진 그날 밤 밀수선이 대국으로 떠났습네다. 자색 물을 들인 비단을 다 사 모았거든. 고씨 댁은 올해도 염색한 천을 팔아서 톡톡히 챙겼답디다."

"전유한이 밀수선을 탔다는 얘기야? 대국으로 넘어가려고?"

"거북이 등딱지를 구하러 나갔다니 지금쯤 인당수에서 거북이들이랑 놀겠지요. 근데 어제 도내는 왜 갔다 온 거요, 응?"

전유한이 사라지자 이첨은 겁이 나서 여기저기 수소문을 하고 다녔다. 이첨이 나루에 가서 알아보니, 전유한은 강을 건너지도 않았고 한양 가는 경강선을 얻어 타지도 않았다. 충청도 가는 길에서도 본 사람이 없으니 남은 경우라곤 밀수선밖에 없긴 했다.

"전유한이 본래가 서울 사람이라더군. 여기엔 아무 연고도 없는 외지인이지. 을그미 말이야. 외지인을 꽤나 경계하던데, 자네 혹시 굿당에 불 지른 사람이 누구인지 아나?"

"그거야 모르죠. 오밤중에 불이 났으니. 전유한은 아닐 겁니다. 어린 유생들이 그랬다는 소문이 있긴 했지."

최홍의 말에 의하면 을그미는 이씨가 왕이 된 다음부터 하늘에 제사를 지내지 않아 큰일이라고 떠들었다고 한다. 사실인즉 조선은 건국과 동시에 제천례를 폐했다. 제천례를 지내는 것은 오랑캐나 하는 발칙한 짓인 것이다. 황제국인 명나라가 천제를 지내는데 제후국인 조선에서 감히 천제를 지낼 수는 없도다, 그런 명분에서였다. 나라의 의리 도덕이 그러거나 말거나 을그미는 굿을 할 때마다 하늘이 노해 곧 변란이 닥칠 거라며 공수를 내렸다고 한다. 일개 무당이 공공연히 그런 소리를 하다니, 유생들의 역린을 건드렸단 말이렷다. 대체 정체가 뭐람 그 무당, 하며 김설이 혼잣말을 하는데 최홍이 성화를 냈다.

"자꾸 말 딴 데로 돌리지 말고, 도내현은 왜 다녀온 거냐니까요?"

"자네는 알고 있지? 박희가 이만을 죽이려고 술에 약을 탔다는 그 소문을 누가 냈는지."

"말이란 게 그럴싸하면 제가 그냥 막 퍼져나가는 거지, 소문을 내긴 누가 냅니까."

"쳇, 누가 모를까 봐. 그 소문은 이 댁 청지기 민 씨가 낸 게야. 그날 연회에 소용된 음식과 술은 모두 고씨 댁에서 장만했다는군. 기생들 거마비도 고씨 댁에서 냈고. 이 댁에서 일어나는 모든 일에는 민 씨가 관여하지. 그러니 민 씨가 맘만 먹으면 해치울 수 있는 일이었어. 하지만 말이야. 민 씨가 사람을 해치지는 않았을 거야. 그 사람 신실한 불자라 벌레 하나 안 죽인다더군. 뭐 겉으로만 그런 척하는 건지는 모르겠지만. 아무튼 민 씨 입장에서는 박희에게 오명을 안겨주는 것만으로도 복수가 되지. 무엇보다 이만까지 죽일 이유가 없잖아?"

"죽일 이유가 있는지 없는지 누가 알겠소. 어쩌면 민하겸이를 혼내주라고 눈치를 준 게 이만일지도 모르지. 이만이 눈에 민하겸이는 종년의 자식 아닙니까. 박희가 상전이었는데 둘이 주먹질을 했으니 이만으로선 목불인견 하극상인 거지. 그렇다고 이만이 노비들한테 모질게 굴었단 말은 아니오. 종들한테 잘하는 축이라고 하더만. 오래 데리고 있던 노비가 죽으면 제문을 지어 장례도 치러주고, 흉년이 들면 신공도 반으로 줄여주고."

"좋은 주인이었군그래. 하지만 면천을 해도 한번 종이면 끝까지 종이라 이거지. 전형적인 유학자야."

"근데 왜 그렇게 그 사람 죽음에 관심이 많은 거요. 정말 어사라도 되는 거요? 물론 난 안 믿지만."

"날 안 믿어도 좋아. 믿을 필요도 없지. 근데 말이야. 날 돕는 게 채 아가씨를 돕는 거야. 아가씨가 내게 부탁하셨거든. 스승을 죽인 범인을 잡아달라고. 그러니 내가 놓친 게 있으면 좀 알려주게나."

순간 최흥의 입이 묘하게 비틀렸다. 저자가 질투를 부리는군, 김설은 최흥의 심정을 알 만했다. 자신 또한 고채와 정진허의 밀담을 엿듣고 저러지 않았나. 최흥이 잠자코 김설을 쳐다보더니 입을 열었다.

"김 선생, 지금 그 말은 말이요, 내 손에 당신 목을 맡긴다는 소리야. 그래도 좋아요?"

"거, 무서운 소리 좀 하지 말게. 누가 목숨을 가지고 도박을 하나."

"도박이 아니야. 김 선생. 여긴 입기현이란 말이지." 하며 아랫입술을 빠는데 입속에서 칼날이 노는 것 같았다. 김설은 기에 눌리지 않으려고 씩 웃어 보였지만, 다 관두고 서울로 올라갈까 하는 생각을 아니 할 수 없었다. 가뜩이나 고채 때문에 심란한 데다 풀리는 것 하나 없이 점점 그물에 얽혀 들어가는 기분이었다. 이영치를 못 구해낸 게 괴로우면서도 그 작당 모의에 자신이 휩쓸렸다는 사실이 영 찝찝했다. 가장 끔찍한 건 김안로가 어디선가 자신의 일거수일투족을 지켜보는 것 같은 기분이 들 때였다. 그럴 때면 김설은 산통*을 꺼내 주역 점이라도 쳐서 불안을 달래야 했다.

돌연 최홍이 안색을 바꾸더니 살갑게 속삭였다.

"김 선생은 사실 고지식하고 겁이 많은 사람이지요. 고만 서울로 올라가요. 이곳에서 있었던 일은 그냥 재미있는 추억으로 삼고. 서울 샌님이 갯가에 오래 머물면 건강에도 안 좋아."

최홍이 김설 앞에 주머니를 내밀었다. 이게 뭔가, 하며 열어보니 은이 열 냥.

"마음은 고맙네만 이 돈은 더 고맙구먼." 하며 웃는데 인사도 없이 최홍은 가버렸다. 김설은 대략 최홍을 믿었다. 신뢰를 해서라기보다 그가 미꾸라지이기 때문이었다. 상류에도 하류에도 속하지 않지만 어디에서나 살 수 있는 미꾸라지, 김설은 미꾸라지들의 생리에 익숙했다. 일종의 동질감이랄까. 미꾸라지는 빠르지만 그래봤자 작은 물고기. 그래서 만만하게 봤다. 김설도 생각을 안 해본 것은 아니

---

* 계산용으로 사용하는 나뭇가지를 산가지라고 하는데 산가지를 산통에 넣고 흔들어 주역 점을 치곤 한다.

다. 최홍이야말로 마음만 먹으면 술에 약을 타거나 소문을 내는 건 일도 아니다. 하지만 그에겐 두 사람을 죽여야 할 이유가 없었다.

"여태까지는 그렇게만 여겼는데."

방금 본 최홍의 눈빛에선 아주 좋지 않은 질감이 묻어났다. 미꾸라지는 진흙탕에 사는 미물, 진흙탕은 괜히 진흙탕이 아니다.

급히 쫓아 나왔지만 그 잠깐 사이 최홍은 간데없고 이첨이 중문을 넘어오는 게 보였다. 김설을 보자 이첨이 형님, 하며 잰걸음으로 다가왔다. 이첨의 눈이 불안하게 흔들렸다.

"말씀하신 명주 말입니다. 제가 알아봤는데요."

이첨이 알아낸 바로 전유한이 가지고 나간 명주가 보름새*인데 보름새 중에서도 매우 상품이라고 한다.

"전유한 처가 명주 짜는 솜씨는 알아주거든요. 근데 그걸 최홍이네 노름판에서 땄다는 사람이 있어요. 전유한이 가지고 나간 명주가 어떻게 기방서 돌아다니겠습니까. 아무래도 최홍이 전유한의 생사에 관여한 것 같습니다."

"자네 어머님 지금 댁에 계셔?"

"갑자기 어머니는 왜요?"

"여쭤볼 게 있어 그러네."

"지금 절에 계시는데, 관음재일 지내고 전에 형님께서 드린 자라

---

* 1,200개 올로 짠 고급 비단.

도 방생하신다고요."
 말하다 보니 아차 싶었는지 이첨이 겸연쩍게 웃었다. 뭔가 들킨 사람처럼. 문득 원각을 바라보던 백씨 부인의 눈빛이 떠올랐다. 전부터 느꼈던 위화감의 실체가 이것일까. 이만의 문집 간행 비용을 고채가 부담한다기에 백씨 부인까지 궁색할 거라 여긴 게 불찰이었다. 백일재를 지내고도 돈이 남았을 수 있고, 이만이 모은 수백 권의 책만 팔아도 큰돈이 된다. 남편과 불화했던 백씨 부인. 목격한 것에 대해 침묵하는 원각. 돈을 받고 궂은일을 처리해주는 최흥. 그렇게 돈이 진흙탕으로 흘러 들어갔다면? 청부 살인이라, 너무도 그럴싸하군. 하지만 이 추리는 귀퉁이 한쪽이 크게 빈다. 전유한까지 왜?
 "최흥이 전유한을 없애야 할 이유 같은 게 있나? 둘 사이에 원한이라든가 이권 같은 거, 짐작 가는 거 없어?"
 "전유한 그 사람, 평생 선비입네 하던 사람이라 최흥 같은 자와 엮일 일은 없어요."
 김설의 눈에도 전유한은 본바탕이 나빠 보이지는 않았다. 하지만 선비 중에는 변절을 하는 순간부터 놀라울 정도로 간악해지는 종자들이 있다. 전유한처럼.
 "자네 혹시 최흥에게 전부 털어놓은 거야, 전유한에 대해?"
 "아니에요, 아니에요. 최흥에게는 말하지 않았어요."
 그럼 누구에게 말했다는 거야, 하고 물으려는데 시야 한쪽에서 점쇠가 도슭(도시락) 고리를 들고 대문을 나가는 게 보였다. 종종걸음을 치는 게 왠지 피하는 모양새였다. "얘 점쇠야!" 하고 불러도 못 들은 척을 해 호통을 쳤더니 점쇠가 마지못해 다가왔다.

"저 그러니까, 그게 하겸 총각이 가져오래서요."

"너 이제 하겸이 심부름까지 해?"

"아니 그게 저기, 멱을 감으러 가신다고."

김설은 수상한 기분이 들어 고리짝을 열어보았다. 연잎밥에 장조림, 삶은 달걀에 자두에 밀과까지 온통 달짝지근한 것투성이. 이첨이 알만하다는 듯 고개를 끄덕이곤 먼 데로 눈을 돌렸다. 점쇠도 고개를 푹 숙였다. 왜인지 두 사람 표정이 비슷하다고 생각한 순간, 그제야 김설은 알아챘다.

23

백로가 까맣게 탈 정도로 뜨거운 날이었다. 목덜미의 땀을 닦아내며 김설은 숨을 몰아쉬었다. 정진허와 하겸이가 멱을 감는 곳은 성곡천 상류 선바위가 가까운 넙적바위 옆이었다. 하겸이는 하백인 양 물속에서 자유자재로 움직였다. 전과 다른 점이라면 물고기를 잡는 게 아니라 정진허의 허리를 잡고 물속으로 풍덩 들어갔다가 함께 솟아나는 장난을 친다는 것. 점쇠가 갖고 온 음식을 돗자리에 차리는 것을 봤는지 하겸이가 물 밖으로 나왔다. 김설을 보더니 "김 선생님 나오셨습니까." 하고 웬일로 정중히 인사를 했다. 물속에서 혼자 자맥질을 하던 정진허가 김설을 발견하고 손을 흔들었다. 웃는 얼굴이 비 갠 뒤 하늘 같았다.

"잠수하는 게 쉽지가 않아. 당최 요령이 붙질 않네. 채 아가씨도 잘한다는데 나는 왜 안 되는 건지."

물에서 나와 머리타래에서 물을 짜내며 정진허가 말했다. 김설이 낚아채듯 정진허의 어깨를 잡았다.

"자네 미쳤나!"

입에서 불이 뿜어지는 것 같았다.

"영치 아가씨를 그 지경에 놔두고 하겸이랑 놀아나?"

"그 여자 이름 내 앞에서 꺼내지도 마."

토라진 애처럼 정진허가 김설의 손을 뿌리쳤다.

"이제 다 잊었어. 어떻게 그렇게 계산적일 수가 있나. 혐오스럽더군. 낳지도 않은 자식들 과거시험 걱정을 하고 있다니. 제정신인가. 처음부터 싫다고 하던지. 자기를 위해 거기까지 간 사람들 생각도 해야지. 자네도, 채 아가씨도 다들 얼마나 큰 희생을 각오했나. 그건 그렇고, 어제는 정말 미안했네. 어리석은 화풀이였어. 용서를 비는 것조차 뻔뻔한 노릇이야. 정말 자네에게 부끄러워 얼굴을 들 수가 없군."

하더니 정진허가 큰절을 올렸다. 쫄딱 젖은 채 개당고*만 입고서. 이게 다 무슨 일인가, 하면서도 김설은 습관적으로 맞절을 했다. 절을 하고 나자 화증은 방향을 바꿔 하겸이에게 쏟아졌다. 김설은 나무 아래서 옷을 걸치는 하겸이를 향해 쳐들어가는 군사처럼 돌진했다. 발밑에서 자갈이 맹렬히 부딪혔다.

"너, 박희와는 왜 싸운 게냐?"

다 알면서 왜 묻냐는 듯 하겸이가 눈썹을 찌푸리고는 고리에서 삶은 달걀을 하나 집어 제 이마에 탁, 쳤다.

"박 생원이 자꾸 치근댔대요."

뒤에서 점쇠가 변명하듯 말했다.

"죽은 박희의 손에 네 귀고리가 있었다던데, 그게 진짜야?"

역정을 낸다고 냈지만 위엄이 서지 않는 자기 목소리에 김설은 짜증이 났다. 몇 번이나 확인하려 했지만 이상하게도 하겸이만 보면 깜빡했던 질문이었다.

"손이 아니라 향낭에 들어 있던 거래요. 그래서 박씨댁에서 쉬쉬했다고 합니다."

이번에도 점쇠가 대신 말했다. 민하겸은 말없이 달걀 껍질만 깠다.

"자네는 날 살인범으로 몰더니 이젠 하겸이를 추궁하기로 했나? 석혜랑 박희는 그냥 사고로 죽은 거라니까. 현장에서 목격한 내가

* 여름에 입는 밑이 터진 속바지.

그렇다는데 참 어지간히도 하는군. 그만하고 와서 좀 들게. 자네 점심 전이잖아."

젓가락을 들어 보이며 정진허가 웃었다. 바늘 끝같이 예민하던 정진허는 하룻밤 사이에 깃털처럼 부드러운 사내가 되어 있었다. 문득 이영치가 떠올랐다. 벼랑 끝에 선 사람처럼 위태했던 그 눈빛이. 그 눈빛을 잊겠다고? 김설은 다시 속이 부글거렸다.

"너, 그날 선바위에서 사고가 날 때 어디 있었지? 동네에서 피리를 제일 잘 부는 네가 그렇게 큰 잔치에 빠지다니 이상하잖아. 그날 잔치에서 널 봤다는 사람이 왜 없을까, 응?"

하겸이가 다 깐 달걀에 소금을 비벼 뿌리고는 쑥 내밀었다. 얼떨결에 김설은 달걀을 받고 말았다.

"그날 종일 망설초를 캤습니다. 을그미네가 캐야 한다고 해서요. 그게 삼월 초순에만 나는 약초래요. 근데 이거 나중에라도 우리 아버지한테 이르시면 안 돼요. 아버지가 걱정할까 봐 몰래 간 거거든요."

"그 무당하고 약초 캐러 자주 가나?"

"아뇨, 처음이에요."

"그럼 올해는 왜…."

자기도 모르게 김설은 말꼬리를 흐렸다. 하겸이의 흑요석 같은 눈을 마주하려니 왜인지 힘에 부쳤다.

"채아 누님이 같이 가라고 했습니다. 깊은 골짜기라 을그미네가 혼자 가면 위험하다고. 을그미가 불에 덴 뒤로 좀 이상해져서 시도 때도 없이 발작이 나 기절을 하거든요. 그러다 절벽에서 떨어지기라도 하면 큰일이니까요. 그러니 저라도 따라가줘야 않겠습니까."

이제 되었냐는 듯 하겸이가 손을 털더니 정진허 옆에 앉았다. 좀 더 물어보려던 김설은 입을 다물 수밖에 없었다. 백일재 때 닥나무 껍질을 벗기느니 했을 때 상대가 여승이겠거니 했다. 향교와 학당의 서생들, 포구와 시장의 외지인들, 염장과 고방의 일꾼들, 경인사의 젊은 중들, 그리고 이젠 정진허. 김설은 정진허에 대해서도 전혀 눈치채지 못했다. 성균관 시절 진허가 어땠지, 하고 기억을 되짚는데 점쇠가 연잎밥을 동고리에 담아 김설 앞에 놓아주었다.

이곳에서 일어나는 일들은 뭔가 이상한데 알고 보면 하나같이 이유가 있고 앞뒤 사정이 다 맞아떨어진다. 그럴수록 전체적인 의혹은 커진다. 을그미만 해도 그랬다. 그 여자는 독사가 어쩌구 하며 의심살 말을 흘렸다. 왜 그런 위악을 부린 걸까? 김설의 머릿속은 다시 엉켜버렸다. 이거야 원, 혼잣말을 하는데 점쇠가 눈치를 보더니 입을 열었다.

"나리 저기요, 죽은 박 생원 전처 집안도 박 생원을 몹시 미워했다고 하네요. 죽은 부인에게서 낳은 자식이 없는데 친정에서 상속받은 전답을 박 생원이 이런저런 핑계를 대고 돌려주지 않아서래요. 박 생원이 죽자마자 처가에서 땅문서를 찾아갔대요. 어제 성문 밖 빨래터에서 아낙들이 그러던데요."

김설 또한 박표에게 들어 알고 있는 이야기였다. 박씨 집안은 재산관리에 철저했다. 특히 혼사에 심혈을 기울였던 모양이다. 자신들뿐만 아니라 재산증식을 위해 노비들의 결혼에도 신경을 썼다. 박씨 집안에선 하겸이 어미를 면천시킨 걸 아직도 후회하는 모양이었다. 저렇게 허우대 멀쩡한 하겸이를 놓쳤으니 약도 오르겠지. 김설은 또 생각했다. 점쇠는 소문을 참 잘도 주워듣는구나 하고. 밥맛이 도는지 금세 연잎밥 하나를 해치운 정진허가 다 먹은 연잎을 삼각으로 곱게 접으며 말했다.

"내일 시회에 갈 건가?"

현감이 동헌 영은루에서 시회를 연다고 방자 편에 소식을 전해왔다. 김설은 그렇지 않아도 석혜의 제자들을 만나볼 요량으로 참석한다 답신을 보냈다.

"자네는?"

정진허에게 되묻던 김설은 황급히 눈을 돌렸다. 별일도 아니었다. 하겸이가 정진허를 쳐다보면서 입에 자두를 무는 모습을 봤을 뿐이다. 자두를 베어 물자 과즙이 하겸이의 턱을 따라 흘러내렸다. 그 잘생긴 턱에서 자두물이 뚝뚝 떨어져 허벅지를 타고 흘렀다. 김설은 갑자기 하겸이가 무서워졌다.

"나도 갈 거야."

경쾌한 음성으로 정진허가 대답했다. 얼굴에선 주체할 수 없는 행복이 흘러넘쳤다. 김설은 급히 들고 있던 달걀을 점쇠에게 주었다. 태어나 달걀을 마다하기는 처음이었다.

24

　발목을 채는 덩굴풀과 툭툭 튀어나온 돌부리 때문에 김설은 몇 번이나 넘어질 뻔했다. 지열로 올라온 아지랑이와 강물에서 반사되는 빛으로 눈이 어질어질했다. 빈 도슭 고리를 안은 점쇠가 김설의 뒤를 따라왔다.
　"이 땡볕에 넌 뭐가 그리 좋으냐? 하겸이 시중드는 게 그리도 좋아?"
　"전요, 하겸 총각을 보면 그냥 좋아요. 어찌나 기운차고 거칠 게 없는지. 저도 저런 아들 하나 낳아봤으면 소원이 없겠다니까요. 이건 나리한테만 말씀드리는 거예요. 헤헤헤."
　"제멋대로잖아. 온 동네 사내들을 후리기나 하고. 망측해서 원."
　"전 그런 것도 다 좋아 보여요."
　"아주 잔치를 하지그래?"
　신경 쓰지 않겠다고 다짐했지만 하겸이의 턱에서 자두물이 떨어지는 장면이 자꾸 떠올랐다. 허벅지와 담홍의 과즙과 정진허의 혀, 혀, 혀. 김설은 손톱을 물어뜯으며 머릿속으로 두 허리가 겹쳐 있는 장면까지 지어내고 있었다. 어제 이 시간 정진허를 죽이려 했던 이 남자는 오늘 이 시간 세상 누구보다 정진허를 걱정하고 있었다. 정진허가 순진해서 큰일이라고, 서울 귀공자가 갯가에 와서 사람 다 버렸다고. 김설은 공연히 길가의 풀줄기를 때렸다. 붕 하고 접 붙던 무당벌레 한 쌍이 날아갔다.

십일 장이 서는 날도 아닌데 고씨 댁 문전 말뚝에는 말이 네 마리나 묶여 있었다. 봄누에 견사를 흥정하러 온 상인들이 타고 온 말이었다. 점방 퇴청에는 초립을 쓴 사내들이 웅성거리고 대청 화문석 위엔 흑립을 쓴 상인들이 둘러앉아 있는 게 보였다. 카랑카랑한 목소리가 들려 혹시 하고 상인들 어깨너머를 보니 성씨 부인이 타래에 얼마, 관에 얼마 하며 흥정하는 소리였다. 고채는 상석에 앉아 가만 지켜보고 있었다. 그러나 정중동, 그녀의 머릿속은 기민하게 움직이고 있을 것이다. 한참 흥정이 오가는 중에 고채가 붓을 들었다. 갑자기 방안 공기가 활시위처럼 팽팽해졌다. 고채가 종이에 매입가를 적어 산원에게 건넸다. 산원이 성씨 부인에게 슬쩍 보여주고는 종이를 접어 상인에게 건넸다. 상인들이 접은 종이를 돌려보며 서로 귓속말을 했다.

　한쪽 다리를 세우고 반듯하게 앉아 있는 고채의 모습이 김설은 무척 낯설었다. 풀 먹인 물항라 저고리에 담청색 세모시치마, 화장까지 한 얼굴이라 고채는 평소보다 성숙해 보였다. 시선을 느꼈는지 고채가 김설 쪽으로 눈을 돌렸다. 고채의 눈에는 무엇도 담겨 있지 않았다. 지극히 현실적이고 무덤덤한 눈빛, 그러나 그 눈은 말하고 있었다. 어젯밤 당신이 안채에 숨어들어 비 맞는 모습을 다 지켜보았노라고. 김설은 고개도 돌리지 못하고 그 무심한 눈빛을 견뎌야 했다. 고채가 산원에게 말했다.

　"그만 매듭짓자 하게."

그제야 김설은 자리를 뜰 수 있었다.

서각으로 통하는 중문을 넘으니 기단 위에 책들이 줄지어 펼쳐져 있는 게 보였다.

"거풍을 하십니까?"

수건을 쓴 고경이 김설을 돌아보며 반갑게 웃었다.

"곰팡이가 필까 조마조마해서요. 구석에 있는 책이라도 말리려 꺼냈습니다."

고경의 옆에는 그의 여섯 살 난 아들이 배운 대로 한장 한장 넘기며 책장에 바람을 불어넣고 있었다. 심란한데 잘 되었다 싶어 김설도 책을 집어 들었다. 바로 앞에서 물소리가 요란하더니 염모들이 으쌰! 하며 쪽물 웅덩이에서 기다란 나무토막을 건져냈다. 대국에서 들여온 베틀을 분해한 조각들이었다. 좀을 죽이는 건 좋은데 이런 불볕에 말리면 나무가 뒤틀리지 않을까, 생각이 들 만큼 뜨거운 하오였다. 각오는 했지만 땡볕 아래서 책장을 넘기려니 보통 일이 아니었다. 아무래도 수건을 써야겠어서 갓끈을 풀며 김설이 말했다.

"의외로군요. 병서가 이렇게 많다니요."

《진법》, 《제승방략》, 《동국병감》, 《오자》, 《사마법》, 《육도》, 《삼략》, 《울요자》, 《병서첩요》 등등 처음 보는 병법서와 군서와 전쟁사가 언뜻 봐도 수십 책, 수백 권은 되었다.

"외숙께서 무관이세요. 외조부께서도 이쪽에 관심이 많으셨습니다."

"병서라곤 읽어본 게 없네요."

"저 또한 아버님을 닮아서인지 이런 책엔 영 관심이 없습니다. 근데 우리 채아는 병서가 재미있다네요."

고경은 이해할 수 없다는 듯 고개를 흔들며 웃었다. 고경의 어린 아들이 책을 놓고 갑자기 뛰어간다 했더니 이제 막 중문을 넘어오는 고채에게 달려가 치마폭에 안겼다. 조카의 볼에 코를 비비며 고채가 웃었다. 풍기는 분 냄새를 맡자 김설은 다리가 풀릴 것만 같아 바짝 정신을 죄었다. 김설은 고채가 어젯밤 자기가 한 짓을 다 알면서도 아무 내색하지 않는 게 고마우면서도 섭섭했고 미안하면서도 얄미웠다. 그래서일까 자기도 모르게 퉁명스러운 말이 나와버렸다.

"이런 게 재미있습니까? 이야기책도 아닌데."

"진실한 것은 늘 재미있습니다. 병서에는 대부분 진실만 적혀 있거든요. 전쟁 앞에서는 뜬구름 잡는 소리를 해서는 안 되니까요. 무엇보다 병서는 인간의 심리에 대해서 적나라하게 보여준답니다. 마음속 두려움이나 착각, 속임수 이런 것을요. 진정한 인간학이라 할 수 있지요. 하여 장사에 큰 도움이 된답니다."

여인의 상냥한 목소리에 마음이 금세 풀어져 김설은 소년처럼 헤실거렸다.

"아가씨의 탐구심이 부럽습니다. 저는 소용에 닿는 책이 아니면 읽지를 않아서."

"병서야말로 소용만 있는 책인걸요. 삶을 어떻게 지킬 것인가, 소중한 것을 어떻게 지켜낼 것인가, 궁극적으로 그런 걸 가르쳐줘요. 상대의 무기를 파악하는 법이나 내 무기를 감추는 법, 이런 것도요. 정말 알아야 하는 건 누가 적인지 알아내는 법이랍니다. 진짜 고약한 적은 내부에 있거든요. 나무좀처럼요."

"듣다 보니 정말 소용이 큰데요. 아가씨가 꼽는 최고의 병법은 무엇입니까?"

"당하기 전에 친다."

눈 깜짝할 사이였다. 김설이 들고 있는 책에 고채가 쪽지를 끼워 넣은 것은. 쿵! 심장이 떨어지는 줄 알았다. 숨을 삼키며 쪽지를 소매 속에 감추는데 어린애와 눈이 마주쳤다. 아이가 김설의 소매를 뚫어지게 쳐다보았다. 어쩌자고 저 아이 눈동자는 저리도 큰 것이냐. 김설은 골 속이 다 녹는 것만 같았다. 고경이 그만하자고 할 때까지 김설은 고개 한번 들지 못하고 책장을 넘기고 또 넘겼다. 흐물흐물해진 머리로 사랑채로 돌아온 김설은 방문을 닫고 창문도 다 닫고 쪽지를 꺼냈다. 이마에서 손등으로 땀이 연달아 떨어졌다. 쪽지를 펴본 김설은 입을 다물 수가 없었다.

아아악! 김설은 그대로 방바닥에 누워버렸다.

25

밤이 오길 기다리며 김설은 몸부림을 쳤다. 오늘 태양은 지지 않기로 작정을 했는지 저녁을 먹고 한참이 지났는데도 밖이 훤했다. 막상 밤이 되자 김설은 겁이 났다. 김설은 봇짐 속에 숨겨둔 쪽지를 꺼내 촛불 가까이 비춰보았다. 노란 불빛 같은 환희가 그의 얼굴에 일렁였다. 김설은 이 세상에서 가장 소중한 것인 양 조심스럽게 쪽지를 접어 다시 봇짐 속에 넣었다. 그러나 잠시 뒤에 다시 꺼내야 했다. 잘 있는지 확인을 해야 했기에. 김설은 접은 종이에 입을 맞추고 또 맞췄다.

김설은 어제처럼 안채 담장을 넘었다. 별채 일층에는 불이 켜져 있었다. 아(亞) 자 문살에 그림같이 또렷이 비치는 여인의 그림자. 나를 기다리고 있어! 빛이 번져 나오는 문을 향해 몸이 스르륵 움직였다. 김설이 문고리를 잡으려는 순간이었다. 팟, 하고 불이 꺼졌다. 곧이어 소리 없이 문이 열렸다.

훌륭, 모자람 없는 완벽한 것.
완벽하다는 말 또한 군더더기일 뿐, 이미 완벽한 것에 무엇이 더 필요할까. 어둠 속에서 어슴푸레 보이는 고채의 얼굴은 평소와 다르게 청순하기만 했다. 고채가 김설의 귀고리를 뽑았다. 귓불에 닿은 손끝을 견딜 수가 없어 김설은 그 손을 잡았다. 무언가 할 말이 많은데 입이 열리지 않았다. 당신 제정신이냐고 묻고 싶었다. 왜 쪽지에 아무것도 적지 않았냐고 묻고 싶었고, 내가 올 줄 알았냐고 묻고 싶었다. 왜 나냐고도 묻고 싶었고, 당신, 당신 정말 정체가 뭐냐고 묻고 싶었다. 그리고 또 묻고 싶었다. 당신도 지금 나와 같은지. 하지만 묻지 못했다. 북받치는 기쁨 때문에 호흡이 제멋대로라 입을 열 수가 없었다. 고채의 이마가 김설의 뺨으로 다가왔다. 김설이 어깨를 감싸자 고채의 젖가슴이 맨살에 닿았다. 피부에 스며드는 이 산뜻한 감촉! 남자의 입에서 탄성이 새어 나왔다. 팔이 허리에 감기더니 여자가 속삭였다.

"우리 다른 생각은 하지 말아요. 소중한 것은 오직 이 밤뿐."

26

시회는 동헌에서 가장 지대가 높은 영은루迎恩樓에서 열렸다. 장마가 물러간 게 확실한지 포구의 풍광이 손에 잡힐 듯 쾌청한 날이었다. 저 멀리 뻥 뚫린 수평선이 보이자 김설은 자신의 가슴도 가없이 넓어지는 것 같았다. 그 위로 왕성하게 피어오른 진줏빛 구름, 그곳에 고채의 얼굴이 어른거렸다. 돛을 펴고 바다로 나가는 배에도 성벽에서 나부끼는 깃발에도 고채의 얼굴이 어른거렸다. 정말이지 시선을 두는 곳마다 그녀의 얼굴이 어른거렸다.

입기현 현감이 어서 와서 앉으라고 눈짓을 해도 김설은 행복한 기운에 싸여 멍한 채 웃기만 했다. 결국 정진허가 난간에 서 있는 김설을 데려와 현감 옆자리에 앉혔다. 현감이 여는 시회다 보니 동네에서 한다 하는 유생들은 다 참석한 듯했다. 물론 상중인 박표와 이첨, 그리고 거풍을 마무리해야 하는 고경은 빠진 자리였다. 시회를 연 현감의 셈속은 외지인인 김설이 봐도 빤했다. 명분이야 이만과 두 제자가 사라져 뒤숭숭해진 이 지역 유림의 마음을 위무하기 위해서라지만 실상은 곧 있을 양안 작성(세수 조사)에 유림의 협조를 끌어내기 위한 포석이었다. 유림이란 곧 지주니까.

"전유한에게서는 소식이 있다고 합니까?"

김설이 묻자 현감이 부채를 접으며 말했다.

"그렇지 않아도 그 댁 부인이 하루가 멀다 하고 찾아와 하소연을 하지 뭡니까. 여간 신경 쓰이는 게 아니었습니다. 다행히 어제 소식을 들었지요. 웬일로 아랫동네 상인들이 인사를 왔는데 홍주목에서 전유한을 봤다고 하는 게 아닙니까. 원, 이게 다 무슨 소동인지. 나중에 돌아오면 내 단단히 따져 물을 겁니다. 이 더위에 귀갑을 구하려고 홍주까지 갑니까. 철없는 애도 아니고."

김설은 손짓으로 누각 아래 있는 점쇠를 불렀다. 점쇠가 올라오자 귓속말로, 어서 가 상인들이 어디에 묵고 있는지 알아보라고 심부름을 시켰다.

물 주름 아래 물고기가 날 선 빛을 내며 방향을 튼다
하얀 포말을 일으키며 날랜 젊은이가 물로 뛰어드니
아름다워라, 입기현의 여름날이여!
이 또한 어진 목민관의 은덕이 아니런가

진허의 멋진 중저음이 누각 안을 울렸다. 오늘 시회의 시제詩題는 빛과 푸름(光과 靑). 앞의 두 구절은 송시풍으로 공교한 묘사가 일품인데 뒤의 두 구절은 대놓고 듣기 좋은 소리를 하고 있다. '진허가 사또 비위도 맞출 줄 아는군' 하는데 툭, 현감이 들고 있던 부채를 떨어뜨렸다. 감격을 한 것이다.

귀밑머리는 하얗게 빛나건만 눈은 점점 어두워
재주 없는 몸으로 노심초사 백성을 보살피네
수많은 밤을 함께 지새운 저 부엉이, 내 마음을 알까
푸른 안개 가득한 동헌 마당에 새벽 놀이 비쳐오네

현감이 답시를 읊었다. 여기저기서 감탄이 터져 나왔다. 아닌 게 아니라 지방관의 노고가 진솔하게 담겨 있는 데다 각운까지 잘 맞춘 시였다. 뒤이어 어린 선비가 당시풍으로 한 수 읊었다.

청솔 나뭇가지에서 까마귀가 나를 본다

반짝이는 것을 좋아하는 미물이여, 내 눈물이 탐나는가
반짝인다고 다 구슬은 아닐진대
이 슬픈 물은 어찌하여 구슬같이 떨어지는가

이곳 선비 중엔 이만을 아버지처럼 따르는 이가 많았다. 유학자들이 그렇듯 이만은 제자들에게 각별했던 것 같다. 스승의 정이 사무치는지 결국 선비는 또르르 눈물을 흘렸다.

봄밤이 짧다고 원망하지 말지니
여름밤은 더 짧고 청춘의 빛은 더 짧네
봄에 생긴 병은 어제 내린 비에 다 흘려보냈나니
비 그친 아침은 언제나 쾌청하여라

정진허가 밝은 기운의 시로 분위기를 바꾸었다. 한참 전부터 다모가 누각 구석에서 잎차를 우리는가 싶더니 좌중에 찻종을 돌리기 시작했다. 관비라고는 하지만 기품이 배어 나오는 몸가짐이었다. 찻종을 받아든 김설은 '이 여인도 어느 대갓집 여식이었을까' 하는 생각을 아니 할 수가 없었다. 정진허는 정말 영치 아가씨를 잊은 걸까? 하겸이가 무슨 재주를 부렸기에 하루아침에 그 오랜 정인을 잊게 만드나, 하는 생각이 스쳤지만 그날 김설의 마음에는 우울한 그림자가 끼어들 자리가 없었다. 김설의 눈에도 세상은 온통 푸르렀고

빛으로만 가득했다.

> 푸른 연잎 이슬에 잠겨 개구리가 잠을 잔다
> 너도 잠을 자는 척 귀 기울이는가

열 살 남짓한 현감의 막내아들이 귀여운 시를 지었지만 뒤의 두 구절을 해결하지 못했다. 이쯤 되니 다들 김설을 쳐다보았다. 급제자 실력 한번 보자는 식으로.

> 귀 기울여도 님의 발소리 들리지 않고
> 짧은 밤은 서둘러 서편으로 달아나네
> 직녀성 베 짜는 소리 바쁘더니
> 이른 아침 반짝이는 거미줄에 붉은 꽃잎 대롱대롱

소년이 이미 청靑자를 넣었기에 자신은 광光자를 넣어 되는대로 지어낸 시였다. 그러나 붉은 꽃잎이 또렷이 떠오르자 내가 그녀의 남자가 되었다니! 하는 생각에 울컥해 어쩐지 일생의 소망을 다 이룬 기분이 들었다. 찻종이 치워지고 방자들이 술상을 올렸다. 제철이라 살이 오른 홍맛조개와 차갑게 식힌 여름 과하주. 구름 같은 머리를 얹은 관기들이 사이사이 끼어 앉더니 술을 따라 올렸다. 월향이는 오늘따라 여간 화려하게 꾸민 게 아니었다.

"덕분에 눈이 즐겁구나." 김설이 칭찬을 하자 월향이가 "다 나리 덕분입죠." 눈을 찡긋하고는 "저도 한 수 지어 올리지요." 하며 휘릭 비단 수건을 허공에 던졌다.

    저녁 빛에 꽃 붉더니 이슬비에 우수수
    먹구름 폭풍인가 했더니 어느새 매미소리 청청
    여름날 인정은 나물처럼 상하기 쉽나니
    그리워라 봄날 하룻밤 이불 속

여기저기서 박수가 터졌다. 월향이는 재치 있게도 소동파의 '봄밤의 일각은 천만금'을 빗대 읊은 것이다. 김설도 박수를 치고 술잔을 들었다. 김설이 월향이의 시를 받아 자신도 소동파의 시를 빌어와 한 수 읊었다.

    술잔 들어 푸른 하늘 비춰보니*
    흰 구름 피어나는 옥궁이 보이는데
    눈부신 것은 선녀의 옷자락일까, 님의 얼굴일까
    신비하여라, 이 작은 술잔 속에 선계가 있었구나

* 소동파의 시 〈수조가두〉 중 把酒問靑天. 술잔 들어 푸른 하늘에 묻다.

"좋습니다. 아주 좋아!"

현감이 감탄하며 치하의 박수를 했다. 김설은 인사를 올리고 술을 들이켰다. 차가운 과하주가 목으로 넘어가자 가슴이 간질거리더니 호호호 웃음이 났다. 웃음이 나자 정말 즐겁고 행복해졌다. 어릴 때 팽이치기를 할 때처럼 신이 올랐다. 김설은 웃었다. 자꾸 웃음이 났다. 자신의 몸이 점점 부푸는 기분이 들었다. 어어어, 손가락도 커지고 발도 커지고 커지면서 간질거렸다. 목구멍이 간질거리고 내장까지 다 간지러웠다. 벌써 술에 취했는지 누각의 기둥이 휘어져 흐느적흐느적 춤을 추었다. 으하하, 이거 진짜 웃기잖아! 현감의 얼굴이 점점 작아져 콩알만 해지더니 급기야 개미만 해졌다.

"하하하, 내 이럴 줄 알았어. 정체가 개미였군요, 개미 양반."

"김 선생, 왜 그러시오?"

현감이 놀라서 물었다.

"왜 그러다니요. 하하하. 내가 그렇게 커 보이나요? 그래봤자 삼삼인걸요. 꼴등, 꼴등, 꼴등이로세! 으하하."

자신의 육체는 천장에 닿을 것처럼 자꾸 자라는데 사람들은 벌레처럼 바닥에 붙어 꼬물거렸다. 으하하, 으하하하하.

"윤기, 이 사람 왜 이러나. 윤기, 윤기!"

정진허가 사발만 해진 눈을 껌벅거렸다. 어이쿠, 이런 꼭 매미 같잖아!

"매미 소리 청청, 매미 소리 청청. 매미야, 너 사실은 나를 좋아했

었구나."

김설은 힘차게 일어나 정자 난간으로 성큼 걸어갔다. 사람들의 웅성거림이 웽웽대는 벌레 소리처럼 뒤따라왔다.

"어찌 저런 불손한 인사가 있단 말인가."

"완전 개가 아닌가, 저러니 아직도 관직을 제수받지 못했구먼."

"여기가 시골이라고 우리를 깔보는 겁니다."

"한눈에도 행실이 잡스럽다 했더니 역시로군요."

"쯧쯧쯧, 최홍 그치하고 어울릴 때부터 알아봤습니다."

벌레들이 왜 저렇게 말이 많은지, 거참 시끄럽구나. 김설은 두 팔을 벌렸다.

"세상이 이렇게 좁다니. 다 덤벼! 으하하! 나는 부러울 게 하나도 없도다. 하나도 없어."

김설이 난간에 올라섰다.

"으하하! 세상이 요만해. 으하하하!"

까까까르르 까마귀가 눈앞에서 춤을 추며 함께 웃었다. 좋아, 나도 하늘을 날 테야, 높이 높이 날아오를 테야. 그녀와 함께 옥궁으로 날아갈 테야. 김설은 두 팔을 크게 벌렸다.

"날자 날아. 하하하!"

이상한 일이지만 이런 경우 많은 인간은 망각한다. 새에겐 날개가 있지만 인간에겐 날개가 없다는 것을.

다리가 없는 시체였다. 한쪽은 정강이, 다른 쪽은 허벅지가 빠져 있었다. 허연 무릎뼈가 그대로 드러나 있다. 한여름 복달더위라 상태가 좋지 않았다. 부레처럼 부푼 얼굴에 머리카락이 어지러웠다. 시체 냄새에 눈 속까지 아렸지만 두 사람은 누가 볼 새라 손을 재개 움직여 그물을 발라냈다. 그물에 딸려 올라온 작은 게들이 배 바닥을 돌아다녔다. 게는 시체의 입에서도 기어 나왔다. 재수 옴 붙은 날이었다. 생각해보니 십여 년 전에도 시체가 걸린 적이 있었다. 두 사람은 그물 양쪽을 나눠 들고는 바다로 시체를 던졌다. 아미타불. 그러고는 부지런히 게를 집어 배 밖으로 버렸다. 바닷물로 배 바닥을 닦아내며 젊은 축이 말했다.

"읍성에서 누가 사라졌다던데요."

"설마, 때국 놈이 떠밀려 온 거겠지. 며칠 전에 폭풍 쳤잖아. 아까 그거엔 귀 뚫은 구멍이 없던데?"

"요즘 귀고리 안 하는 먹물들 많잖우."

늙은이가 도망치는 게의 다리를 집어 던지며 말했다.

"망조로군. 귀고리가 없으니 지가 누군지 알 수가 있나."

27

"제발 아니라고 해주게. 제발."

김설은 정진허의 팔을 잡고 몸을 일으키려 해보았지만 그대로 침상* 바닥에 널브러졌다. 혀를 차며 정진허가 다시 베개를 받쳐줬다. 자신에게 다가오는 진허의 형상이 아지랑이처럼 훌훌 사방으로 흩어졌다. 감각은 뒤엉키고 사지는 말을 안 들었지만 김설의 정신은 멀쩡했다. 자신이 무슨 짓을 저질렀고 그 여파가 어디까지 미칠지 정확하게 파악할 만큼 또렷했다. 정진허 손에 영은루에서 끌려 내려온 것도 기억났다. 심부름 갔다가 막 돌아온 점쇠가 뛰어올라와 진허를 거들었다. 계단이 전부 시루떡으로 변해서 저것 좀 먹고 가자고 정진허를 조르며 점쇠에게 어서 한쪽 떼어오라고 성화를 냈다. 거기까지만 해도 좋았다. 현감과 유생들에게 벌레들이여! 잘들 노시오, 하며 손을 흔들다가 누각에 붙은 현판이 눈에 띄었다.

"영은루? 거참 밸도 없구만."

꼬인 혀로 그런 말을 주절거렸다. 그 와중에 올봄에 명나라 사신이 왔을 때 주상께서 오배삼고두五拜三叩頭 예를 올렸던 게 생각났던 것이다. 조정에서도 다섯 번 절하고 세 번 머리를 땅에 조아리는 이런 예는 선대 왕들도 하지 않았다며 가하지 않다 말렸지만 임금은 명나라 사신의 요구대로 영은문에 나가 오배삼고두를 거행했다. 백성들이 다 보는 앞에서였다. 반정으로 차지한 용상이라 주상께선 늘 불안하셨다. 자신 또한 연산군처럼 언제든 쫓겨나 요절할지 모를

---

* 조선 중기까지 사족 집안에서는 온돌 대신 침상이 보편적이었다.

제3장 붉은 꽃잎 대롱대롱

일. 임금은 자신의 뒤에는 대국의 황제가 있다는 것을 신하들에게 보여줘야 했다. 사대부 관료와 유림에게 가장 잘 먹히는 게 중화요, 사대가 아닌가. 김설은 자신이 그런 일에 분개하고 있는 줄도 몰랐다.

"다행히 그 소리는 나만 들었네."

정진허가 한숨을 내쉬며 말했다. 한시름 놨던 김설의 가슴이 또 한 번 덜컹했다.

"혹시, 혹시 말이야. 내가 채 아가씨에 대해 뭐라고 떠들던가?"

그 말에 정진허가 눈을 가늘게 뜨고는 두 사람 역시 그랬군, 하는 표정으로 고개를 끄덕였다.

"아주 굉장한 시를 지어 떠들어댔지."

> 채, 채, 채! 당신의 무늬를 훔쳐와 나 윤기 나는 자두되었어라!*
> 훌륭하도다! 빛나던 눈이여, 빛나던 밤이여!
> 채, 채, 채! 푸른 밤 빛깔에 물들어 나 까마귀되었어라!
> 당신을 등에 태우고 은하수 훨훨 날아오르리 으하하하!

김설은 머릿속이 까매졌다. 어쩌자고 채 아가씨까지 끌어들였단 말인가. 그러나 곧 더 끔찍한 생각이 그를 덮쳤다.

이래서 한미한 집안 자식은 안 된다는 건가.

---

* 고채의 이름 채彩와 김설의 자인 윤기潤氣는 뜻이 통한다.

아버지와 형, 나도 그들과 똑같이 비루한 종자였단 말인가.

으으으, 김설은 뻣뻣하게 굳은 팔을 움직여 겨우 얼굴을 가렸다.

"누군가 자네에게 약을 먹인 게 분명해. 술 몇 잔에 자네가 그런 주사를 부릴 리가 없어. 감히 누가 그런 짓을!"

"다 소용없네. 난 끝났어."

"무슨 말이야. 지금 누군가 자네를 노리고 있는데. 분명 광대버섯 가루로 만든 약일 거야. 내가 알아. 처음엔 기분이 좋아지고 환각이 보이지. 근데 과하게 먹으면 발광이 나서 난동을 부리게 돼. 미리 말하는데 난 아닐세. 내가 뭘 얻자고 그런 짓을 하겠나. 정신 차리고 생각 좀 해봐. 오늘 자네 옆에 가까이 온 자가 누구야."

"다 끝났어. 다 끝났어."

"자네 잘못도 아닌데 왜? 진실을 밝혀야지. 자네 명예가 달린 일이야. 누군가 자네를 노리는 거라면 서울로 올라가서도 문제가 아닌가."

나중에는 너무 웃어서 뱃가죽이 째질 듯 아팠다. 몸이 저릿저릿 마비가 오고 눈물이 철철 나는데도 웃음은 그치지 않았다. 김설은 공포에 떨면서 발작하듯 웃었고 웃을수록 정신은 현실로 돌아왔다. 진땀에 번질거리며 김설은 웃고 또 웃었다.

점쇠가 찜질을 해준다며 뜨거운 물 대야를 들고 들어왔다. 그냥 내버려두라고, 마비 같은 거 안 풀려도 상관없다고, 제발 나가라고 버텼지만 정진허와 점쇠는 김설의 몸을 뒤집어 엎드리게 했다.

"점쇠가 안마를 꽤 잘한다네. 제 어미가 하는 걸 보고 배워서."
점쇠가 김설의 저고리를 내리고 어깨에 뜨거운 수건을 둘렀다.
"이러면 마비가 금방 풀릴 거야. 나도 많이 받아봐서 알아."
후끈한 습기에 어깨가 감싸이자 눈물이 비어져 나왔다. 사는 게 지겨웠다. 소문은 파발보다 더 빨리 한양에 닿을 것이다. 한순간에 나락이라더니. 급제하고도 팔 년째 출사를 못 하는 영남 선비를 알고 있다. 그 또한 문벌이 변변찮은 선비였다. 나도 그렇게 되겠지. 평생 남의 집에 얹혀서 살다가 죽겠지. 기 한번 못 펴고 치욕 속에서 겨우 연명이나 하겠지. 타고 나길 그런 팔자인 것이다.
점쇠가 대야에 담갔다가 꽉 짠 뜨거운 수건을 김설의 등줄기에 올리고는 열이 남은 손으로 목덜미를 주물렀다. 다정한 손길이 피부에 닿자 그때부터 본격적으로 눈물이 쏟아졌다. 코가 막혀 머리가 터질 것 같은데도 속수무책이었다. 점쇠가 달래듯 어깨를 쓰다듬었다.
"제 어미는 알아주는 약손이라니까요. 손이 따듯해서 주물러주면 아픈 데가 다 풀려요."
"나도 어릴 때 배앓이를 하면 남화가 다 낫게 해줬어. 어떤가, 좋지?"
점쇠가 심부름 간 일에 대해 말했다. 견사 상인들은 이미 서산으로 떠났다고 했다. 점쇠는 바쁜 상인들이 동헌에 들러 인사치레를 한 게 이상하다고 했다. 듣고 보니 그렇구나, 하며 정진허가 맞장구를 쳤다. 김설이 기를 쓰고 몸을 틀었다. 정진허가 왜 그러냐고 쳐다보았다. 콧물을 훔치며 김설이 물었다.

"남화?"

28

 그날 밤 김설은 이만의 일기를 샅샅이 뒤졌다. 억측을 피하기 위해 전보다 꼼꼼하게 살폈다.
 성남화단.
 이만이 사랑했던 여인은 정진허의 모친도 작은 마님 옥 씨도 아니었다. 젊은 이만은 옥 씨의 여종 남화를 사랑했다. 손이 따듯한 남화를. 그러나 선비는 그 꽃을 줍지 못했다. 선비는 피지도 시들지도 못한 채 유학자 이만으로 늙어갔다. 그렇게 정해진 대로 세월이 흘러가나 싶었는데 작년 봄 입기현에 서령위 집안 사람이 나타난다. 서령위의 손자 정진허, 그리고 그가 데리고 온 사내종. 이만은 점쇠를 알아봤을까. 그래서 정진허가 석혜서당에 드나드는 것을 극도로 꺼린 걸까.
 그 흔적을 추적하기 위해 김설은 밤이 깊도록 이만의 일기를 읽어 내려갔다. 글자를 눈으로 좇으며 몇 번이고 이첨과 점쇠의 얼굴을 떠올렸다. 사대부가에서 자란 이첨과 노비로 자란 점쇠가 비슷할 리 없다. 이첨은 풍채가 좋고 점쇠는 호리호리하다. 그러나 이만의 영정을 가운데 놓고 보면 역시 닮은 구석이 많았다. 세 사람은 전체적인 느낌이 비슷하고 눈썹과 턱의 윤곽이 닮았다.

　김설은 절박해졌다. 이만이 점쇠에 대해 한 줄이라도 적었기를 바랐다. 비록 얼자이지만 자기의 핏줄에 대해 어떤 감정을 남겨주길 바랐다. 김설은 어느새 점쇠가 되어 아비를 상봉하는 심정이 되었다. 김설은 간절해졌다. 그분이 나를 알아봐주시길 하고.

　마지막 장까지 다 읽은 김설은 표지를 덮고 일기책을 탕 쳤다. 이만의 일기에는 점쇠에 대해 직접적인 언급도 간접적인 표현도 단 한 줄 적혀 있지 않았다. 남화는 아들에게 아비에 대해 말했을 것이다. 네 아비가 명색이 사족이란다. 아들은 아비를 찾아간다. 내가 당신의 아들입니다. 서령위 댁 여종 남화가 낳은 당신의 아들입니다. 그때 이만은 어떤 반응을 보였을까.

　고여 있던 촛농이 주르륵 흘러내렸다. 문득 김종직의 아버지 김숙자가 떠올랐다. 김종직의 제자가 김굉필, 김굉필의 제자가 조광조이니 이들은 가히 사림의 적통이라 할 만하다. 김숙자는 십 대에 결혼을 해 아이까지 낳고 살았는데 서른이 넘어 출사를 한 후 조강지처와 헤어진다. 부인이 정실의 딸이 아니라는 걸 뒤늦게 알았기 때문이었다. 이혼한 김숙자는 재혼을 해 혈통에 하자가 없는 김종직 형제를 낳아 대를 잇게 한다. 전 부인이 낳은 아이들은 하루아침에 서얼이 되어버렸다. 부인 쪽에서 출생을 속였다고는 하지만 그 고명한 성리학자에게는 부부간의 의리나 부자간의 친애보다 종법의 윤리가 더 중요했던 것이다.

이만은 자신을 찾아온 점쇠를 어떻게 대했을까? 노비가 어찌 나의 아들이 될 수 있단 말인가. 그렇게 이만은 젊은 날의 연정을 또 한 번 부정했던 걸까. 귀 아래 침샘이 뻐근하더니 입이 썼다. 그리움이 서러움으로 서러움이 살의로 변하는 순간, 이 쓰디쓴 것을 점쇠도 삼켰을 것이다.

"아니야. 그럴 리 없어."

점쇠도 그럴 리 없고 이만도 그럴 리 없다. 김설은 머리를 흔들었다. 그 결에 촛불이 흔들렸고 방안의 온 그림자가 흔들렸다. 흔들리는 자신의 그림자를 보며 김설은 생각했다. 이만은 점쇠에 대해 한 줌의 정도, 한 줄의 감회도 남기지 않았다. 그런고로 아무런 증거도 없다. 그런 확신이 들자 엉뚱하게도 김설은 마음이 놓였다. 일기에 점쇠 이야기가 한 자도 없는 것은 두 사람이 아무런 관계도 아니라는 뜻. 자신의 추론이 터무니없는 오해였다는 생각만으로도 김설은 목구멍에서 가시가 빠지는 기분이었다. 김설은 안도했다. 선량한 점쇠를 의심하지 않아도 되는 것이다.

"못 할 짓이군."

속이 탔는지 자리끼 물 한 사발을 한 번에 들이켰다. 찬물이 들어가자 후련한 것도 잠시, 문득 김설의 머릿속으로 어떤 사실 하나가 비집고 들어왔다. 그동안 자신에게 열심히 소문을 물어다 준 게 점쇠였다는 사실이. 김설은 빈 그릇을 멍하니 들여다보았다.

전부 사실이었을까, 점쇠가 전해준 그 얘기들?

혼선을 주기 위해 내게 거짓 정보를 흘린 거라면? 김설은 다급히 일기를 펼쳤다. 뭐라도 좋으니 자신의 추리가 틀렸다는 증거가 필요했다. 그러니 제발 아무것도 나와서는 안 된다. 김설은 눈 한번 깜빡이지 않고 글자들을 훑었다. 바람도 없는 방안에선 촛불이 일렁이고 그림자도 일렁이는데, 근데, 이게 무슨 글자지? 오자인가? 김설은 촛불 가까이에 일기책을 대고 눈을 가까이 갖다 댔다.

"오자는 아닌 것 같고 점 모양도 아니고, 이거 아무래도 주역의 괘상 같은데, 곤괘? 예괘? 아니야. 아 그래 겸이구나."

☷ 주역의 열다섯 번째 괘, 지산겸地山謙. 겸謙, 겸손, 땅 아래 산처럼 더욱 몸을 낮춰라.

며칠 전 점쇠에게 물었다.

"너 이름이 왜 점쇠야? 얼굴에 점 없잖아. 혹시 안 보이는 데 있어?"

"웬걸요. 대감마님께서 그렇게 부르셔서 그리된 거예요."

자신이 어릴 때 정항 대감이 발음하기 어렵다고 점쇠라고 부르는 바람에 점쇠가 되었다고, 그러면서 자신의 이름이 원래는 겸쇠라고, 머리를 낮추고 살라고 어미가 붙인 이름이라고. 그 말을 하면서 점쇠는 웃었다.

작년 이월 구일, 정진허가 입기현에 나타났을 즈음의 일기였다. 이만은 그날의 일기에 겸괘를 그려놓았다.

"이토록 작은 겸괘라니."

흉막에 구멍이 뚫리는 기분이었다. 그 작디작은 것을 한참 쳐다보던 김설은 일기책을 냅다 집어던졌다.

29

무슨 말을 해도 변명일 뿐이었다. 김설은 고개를 들지 못하고 누를 끼쳐 죄송하다는 말만 반복했다. 아침상을 받는 자리에서였다. 고경은 사람 좋게 웃으며 재첩국을 권했다.

"제 처가 아침에 잡은 재첩으로 끓였습니다. 어서 속부터 푸시지요. 사람은 누구나 실수를 하지 않습니까. 실수가 나쁜 게 아닙니다. 저지르고 모른 척하는 게 나쁜 거지요. 하여 책임을 지면 되는 겁니다."

김설은 고개를 들지 못하고 재첩국만 마시고 또 마셨다. 눈이 마주칠 때마다 고경은 부드럽게 웃었지만 김설은 여자의 오라비가 이렇게나 무서운 존재라는 걸 뼈가 저리도록 실감해야 했다.

재첩국 덕분에 속이 풀려 그런 건지 고경 눈치를 보느라 그런 건지, 방에 돌아와서 보니 겨드랑이가 푹 젖어 있었다. 다행히 시회에서 부린 난동이 고씨 댁까지 불똥이 튀지는 않은 모양이다. 좌중은 김설의 발광에 한바탕 당한 터라 실그러진 입으로 채, 채, 채, 했던 걸 알아듣지 못했나 보다. 김설은 어서 고채를 만나고 싶었다. 고채도 분명 어제 일을 들어 알 테니 진심으로 사과하고 싶었다. 무엇보다 고채가 몹시 보고 싶었다. 하필 고채는 아침 일찍 포구에 일을 보러 나갔다고 한다. 김설은 고채와 의논하고 싶었다. 접쇠에 대해 털어놓아야 할지 결심이 서지 않았는데도 그랬다. 정진허에게는 더더욱 말할 수 없어서 그랬다. 접쇠는 의심을 받는 것만으로 신변을 장담할 수 없는 처지다. 다른 걸 다 떠나서, 자신의 몸종이 대유학자의 얼자라는 걸 알고 심기 편할 상전이 어디 있겠는가. 그러니 신중해질 수밖에 없는 일이었다.

성균관 시절부터 접쇠는 늘 싹싹했다. 종이 한 장을 빌리면 주인 몰래 두 장을 꺼내주곤 했다. 글자도 몇 개 익혀 책 심부름도 곧잘 했다.

"왜 하필 접쇠야."

김설은 침상 위에 벌렁 누웠다. 선비가 남의 집 여종과 관계를 해 자식을 얻으면 대부분은 몸값을 치르고 노비문서를 없애준다. 사족까지 되어 제 자식을 남의 집 노비로 살게 두는 아비는 없다. 하지만 이만은 모른 척을 했다.

"배덕하구나, 아비여."

이것이 패륜이 아니면 무엇이 패륜인가. 그렇지, 박희도 있다. 접쇠가 보기에 박희만큼 혐오스러운 인간이 또 있을까. 박희는 유생들 사이에서는 평판이 좋았지만 노비들에게는 한없이 모질었다. 박씨 집안에는 도망치다 잡혀 와 인대가 끊겨 다리를 저는 노비가 많다고 한다. 접쇠의 눈에 박희는 언제라도 하겸이에게 위해를 가할 수 있는 인물로 비쳤을 것이다. 하겸이가 수동무* 되길 거부하자 시비를 걸고 종국엔 잡아다 멍석말이를 하지 않았나. 근자에 향촌에선 유생들이 향약을 결성해 점점 세를 불리고 있다. 그리고 이곳 입기현 유림의 중심에는 이만과 박희가 있다. 하겸이처럼 자유분방하게 비역(남색)을 하고 다니다간 언제 물고를 낼지 모를 일.

끄응, 소리를 내며 김설은 몸을 뒤집어 엎드렸다. 더 이상 아무것도 생각하고 싶지 않았다. 생각하지 말자고 도리질을 쳤지만 고약한 사실 하나가 또 떠오르고 말았다. 시회에서 자신에게 가장 가까이 접근했던 사람이 점쇠라는 사실이. 사람은 같은 행동을 반복한다. 광대버섯 가루는 점쇠가 진허 덕에 쉽게 손에 넣을 수 있는 물건이다. 이만과 박희에게 먹여봤다면 효과도 방법도 잘 알 터.

김설은 바닥에 놓아둔 그림첩을 바라보았다. 저 그림을 보면 그날 점쇠의 행적을 대충이나마 추적해볼 수 있다. 아니, 꽤 정확하게 추적할 수 있다. 김설은 손을 뻗어 그림첩을 집어 들었다가 도로 내려놓았다. 집었다 놓기를 몇 차례, 김설은 결국 일어나 앉아 그림첩을 무릎에 올렸다.

그림에서 점쇠는 정진허가 앉아 있는 돗자리에서 서너 보 정도 뒤에 앉아 있었다. 까다로운 주인의 시중을 들기 위해 대기하는 종답게 목을 빼고 있는 점쇠의 모습을 보면서 김설은 다시 한번 고경의

---

* 남성들 간의 애인을 이르는 말.

그림 솜씨에 감탄하지 않을 수 없었다. 김설은 점쇠의 위치를 확인하며 그림을 넘겼다. 한 장, 또 한 장. 어느새 김설의 눈은 점쇠를 보고 있지 않았다. 빠르게 그림을 넘기던 김설의 손이 멈췄다.

"왜 이런 짓을…."

밑그림 낱장들이 손을 벗어나 주르르 바닥으로 흩어졌다. 김설의 머릿속도 와장창 부서져 산산이 흩어졌다. 그 대신 뇌리 어딘가에 숨어 있던 실타래가 한꺼번에 풀리면서 색색의 실들이 끔찍한 무늬를 짜기 시작했다.

김설은 바닥에 손을 짚었다. 시야가 흔들려 몸 가누기가 어려웠다. 피가 다 빠져나가는 느낌이었다.

제4장 드러난 진실

30

한달음에 별서로 올라간 김설은 다짜고짜 물었다. 배는 어디 있냐고. 그날 두 사람이 탔던 배는 지금 어디 있냐고. 정자에서 대삿자리를 깔고 낮잠을 자고 있던 정진허가 손가락을 입에 대고 김설을 정자 밖으로 이끌었다. 하겸이가 깰까 봐 하는 행동이었다.

"당시엔 사람을 건져내느라 배까지 신경 쓸 경황은 없었지. 배가 어찌 됐다는 소리는 나중에도 들은 바가 없어."

"확인할 방법이 전혀 없을까?"

"어쩌면 가라앉은 채 있을 수도 있어. 그곳 바닥이 바위인데 물살에 파여 웅덩이가 졌다는군. 해주에서 그런 경우를 본 적이 있거든. 게다가 배라는 게 쪽배라 해도 막상 끌어올리려면 꽤나 공력이 드는 일이야. 내가 주인이라면 그런 낡은 배를 건져낼까 싶네."

"그 배 주인이 누구였나."

"잘 모르겠네만, 정자를 고씨 댁에서 세운 걸로 봐선 배도 그 집 배가 아닐까? 아, 그렇지! 거기가 절로 가는 길목이니 경인사 중들이 강을 건널 때 쓰는 배일지도 모르겠군. 근데 갑자기 왜 그런 걸 묻는 건가?"

"다행이야. 웅덩이가 있다니. 알려줘서 고맙네."

김설이 돌아서는데 정진허가 소매를 잡았다.

"자네에게 약을 먹인 놈은 찾았나? 짚이는 거 없어? 현감에게 가서 하소연이라도 해야 하지 않겠나. 이보게, 지금 내 말 듣고 있는 거야?"

물은 잔잔했다. 이 정도면 들어가 볼 만하다고 김설은 판단했다. 김설은 탕춘대(세검정)에서 물놀이를 하며 자랐다. 외가가 마포라 깊은 물에도 익숙했다. 물을 무서워하지는 않지만 물 앞에서 과신은 금물. 김설은 몸을 풀었다. 마음은 콩을 볶듯 초조했지만 팔과 다리를, 목과 허리를 차근차근 움직였다. 김설에겐 급할수록 침착해지는 아주 괜찮은 냉정함이 있었다. 김설은 숨을 깊이 들이쉬었다가 얕게 나눠 뱉기를 몇 번이고 반복했다.

겉옷을 다 벗고 개당고만 걸친 채 김설은 물로 들어갔다. 몸통을 휘감는 물살도 수온도 적당하게 차가웠다. 선바위는 성곡천 중앙에 길쭉하게 솟아난 바위섬이었다. 수면 아래는 바위가 파여 생긴 웅덩이, 김설은 그곳까지 두 팔을 넓게 그리며 헤엄쳐갔다. 숨을 뱉어

내며 몇 차례 입수를 시도했지만 발만 첨벙거릴 뿐 수압을 뚫지 못하고 바로 떠올랐다. 바위에 난 홈을 붙잡고 김설은 잠시 숨을 골랐다. 오랜만이라 쉽지 않았다. 아래쪽은 물이 차가워 손바닥이 금세 뻣뻣해졌다. 김설은 바위에 붙어 세찬 호흡을 반복했다. 몸에 피가 도는 느낌이 오자 다시 입수를 시도했다. 조금만 더 깊이 가보자고 두 팔로 크게 물을 들어 올리며 힘차게 발을 찼다. 그러길 몇 차례, 드디어 몸 전체가 빨려 들어가듯 강바닥으로 내려갔다. 물은 맑았지만 사방에서 부글거리는 거품과 빛의 산란 때문에 시야가 어지러웠다. 김설은 기다시피 강바닥을 훑었다. 그러던 중, 저거 뭐지? 튀어나온 바위 그늘이 하 수상했지만 더 이상은 무리. 폐가 찢어질 듯 아파 물 위로 나와야 했다. 숨을 회복하자마자 김설은 단숨에 바닥까지 내려갔다.

그것은 배였다. 물이끼가 얇게 덮인 검고 작은 배. 형태가 멀쩡한 걸 보니 가라앉은 지 얼마 안 된 배였다. 배는 큰 돌들로 채워져 있어 센 물살에도 꿈쩍하지 않았다. 김설은 테두리를 잡고 수박만 한 돌 하나를 밀쳐냈다. 돌이 치워진 자리, 그렇게 드러난 배의 바닥. 김설은 손으로 바닥을 더듬었다. 흥분 때문인지 절망 때문인지 심장이 터질 것만 같았다. 숨도 한계에 다다랐다. 일단 숨부터 회복하자. 물 밖으로 나가려고 김설은 상체를 위로 뻗었다. 왜인지 물이 무겁다고 느낀 순간, 옆구리가 휘었다. 어어, 할 새도 없이 물살이 쳐들어왔다. 김설은 사정없이 떠밀렸다. 사방에서 휘몰아치는 거친 물살.

허리가 비틀리고 고개가 꺾였다. 단숨에 위아래가 뒤집혔다. 어떻게 해서든 바위 쪽으로 붙어보려고 몸부림쳤지만 불가항력이었다. 보이는 거라곤 소용돌이치는 물방울, 온통 하얀 물방울뿐. 가슴이 터질 것 같았다. 모래알이 파고들어 눈알이 찢기는 것 같았다. 극한으로 몰리면서도 김설은 버티고 버티며 숨을 열지 않았다.

'빠져나갈 수 있어. 빠져나갈 수 있어!'

그러나 요동치는 물살을 타고 주먹만 한 돌들이 연달아 얼굴을 때리자 저도 모르게 악 소리를 냈다. 그 순간 코와 입으로 물이 쏟아져 들어왔다. 한 번도 경험하지 못한 뜨거움이었다. 기도부터 허파까지 타들어가는 고통. 너무 끔찍해 빨리 죽고 싶다는 생각뿐이었다. 그렇게 몸부림을 치는데 어느 순간부터인가 해방감이 밀려왔다. 완강히 버티던 뭔가가 오줌과 함께 자신에게서 빠져나가고 있었다. 그래서 깨달았다. 자신의 숨이 멎었다는 사실을.

소용돌이에 휘둘리면서 그는 자신이 죽는다는, 죽고 있다는, 그 누구도 아닌 자신이 지금 죽어가고 있다는, 당하고도 믿을 수 없는 현실에 경악했다. 부정하기 위해 몸부림을 쳐보았지만 김설은 점점 자신의 육체가 멀게 느껴졌다. 그러나 그 기묘한 느낌마저 가늘어지고 가늘어져 실선처럼 이어지더니 어느덧 낯선 평정이 김설을 찾아왔다.

이것은… 슬픔일까?

그러나 다음 순간 쩡! 하고 금이 가더니 고요와 평정의 세계가 반으로 갈라졌다. 훅, 하고 다가왔기 때문에. 그것은 물색으로 허옇게 뜬 귀신 같은 얼굴. 어두워져가는 김설의 의식이 겨우 그 얼굴을 알아봤다.

당신이었군.

고채의 팔이 김설의 목을 낚아챘다. 그렇게 그의 육체는 여인의 억센 팔에 휘감겨 강바닥으로 끌려 내려갔다. 한없이 무력한 어린애처럼 아래로 아래로.

31

김설은 토하고 또 토했다. 핏내 나는 짠물이 한없이 나왔다. 눈구멍과 목구멍, 내장과 골속까지 다 뒤집혔다. 김설이 휘말린 거친 물살, 고채의 육체는 물살의 흐름에 익숙했고 그 난폭한 소용돌이를 어떻게 타야 하는지도 잘 알고 있었다. 물살을 타고 바닥까지 내려간 고채는 다시 물살을 타고 위로 빠져나왔다. 그렇게 김설은 고채의 품에 안겨 물 밖으로 나올 수 있었다. 질식한 김설의 폐를 눌러 물을 토하게 한 것도 고채였다.

정진허가 달려왔다. 갓도 안 쓰고 옷고름도 풀어진 채 달려왔다. 헉헉 숨을 몰아쉬며 정진허가 등을 두드렸다. 진허의 손이 하도 차가워 김설은 다시 덜덜 떨었다. 뒤에 달려온 하겸이가 저고리를 벗어 고채에게 걸쳐주고는 볕에 데워진 큼직한 강돌을 김설의 가슴에 얹어주었다. 비로소 심장에 피가 도는 느낌이 들었다. 정진허도 그제야 호흡이 진정되었다.

"점쇠가 말을 전했기에 망정이지."

고씨 댁에서 도슴을 갖고 나오던 점쇠는 포구에서 일을 마치고 돌아오던 고채를 만난다. 왠지 마음에 걸렸던 점쇠는 김설이 배에 관해 묻더니 선바위 쪽으로 가더라는 말을 전한다. 그 순간 고채의 얼굴에 핏기가 가셨다. 고채가 선바위를 향해 달리기 시작했다. 큰일이 났구나, 직감한 점쇠는 상전에게 알리기 위해 별서를 향해 달렸다.

"물 무서운 줄 알아야지. 어쩌자고 혼자 와서 자맥질을 해. 하겸이한테 물어라도 보든가, 아니면 내게 함께 오자고 했어야지. 여기는 감조 때면 물살이 사나워진단 말일세."

성곡천이 감조하천이란 건 들어 알고 있었다. 그렇다 해도 수시로 바뀌는 바닷물이 역류하는 시간 따위를 외지인인 김설이 알 리 없었다.

"밀물이 들어차고 한 시진 정도 지나면 선바위 부근까지 짠물이 밀려와요. 겉으로 보면 잘 몰라요. 물밑에서 얼마나 심하게 소용돌이가 치는지. 강바닥에 웅덩이도 그래서 파인 거예요. 나리는 정말 운이 좋았습니다. 누님이 아니었으면 지금쯤,"

"지금쯤 뭐!"

김설이 몸을 일으켰다. 다리가 후들거렸지만 치미는 분노가 김설을 바로 서게 했다.

"나리는 목숨을 구해준 사람한테 고맙다는 인사도 안 합니까?"

"되었다."

정진허가 둘 사이에 끼어들며 말했다.

"자칫했다간 나리 때문에 누님까지 죽을 뻔했다고요."

진허가 어깨를 잡으며 말렸지만 하겸이가 덤비듯 내뱉었다.

"하, 서울 샌님이라 그런지 너무 염치가 없네."

"무엄하구나!"

날카로운 진허의 호통에 얼굴이 벌게지더니 하겸이의 아래턱이 덜그럭거렸다. 두 남자는 공기를 태울 듯 서로를 노려보았다.

김설이 고채 쪽으로 몸을 돌렸다.

"그동안 신세가 많았습니다. 저는 이 길로 한양에 올라갈까 합니다. 그럼 이만."

김설에게 눈을 고정한 채 고채가 말했다.

"하겸이는 그만 돌아가."

노려보며 버티던 하겸이가 겨우 몸을 돌리는가 싶더니 모래 한 줌을 집어 정진허를 향해 던졌다. 끝이야! 하듯이. 도슭 고리와 술병, 돗자리까지 옆에 끼고 뛰어오던 점쇠가 심상찮은 분위기를 눈치채고는 하겸이 뒤를 따라 도로 내려갔다. 하겸이가 입혀준 저고리 앞을 여미며 고채가 입을 열었다.

"김 선생님, 가실 때 가더라도 말씀은 해주시지요. 진상을 밝혀내신 듯하니."

"저는 말하지 않겠습니다. 아가씨가 원하시니 더욱 말할 수 없군요."

"아쉽네요. 자못 기대가 컸는데."

그 침착한 말투가 김설의 신경을 건드렸다.

"전에 말씀드렸습니다. 범인을 알아내도 말하지 못할 수 있다고. 저는 정진허를 의심했을 때도 입을 다물려고 했습니다. 점쇠를 범인으로 확신했을 때도 진상을 밝히지 않겠다, 마음먹었습니다. 감당할 수 없는 일은 감당하지 않아요. 타협할 수 있는 한 타협을 합니다. 그게 접니다. 절대 훌륭한 인간은 못 되지요!"

옷가지를 집어 들고 돌아서는 김설의 뒤통수로 여인의 목소리가 날아왔다.

"김 선생님은 알지 못하면서 아는 것처럼 말씀하시는 재주가 있군요."

김설의 이마 안쪽에서 번쩍하고 백광$_{白光}$이 터졌다. 김설은 질끈 눈을 감았다. 당장 그 입 다물라고 달려들어 틀어막고 싶었지만 김설은 그대로 발을 뗐다. 저 얼굴을 다시 봐서는 안 된다는 생각뿐이었다. 김설은 걸었다. 걸으며 저고리 소매에 팔을 꿰었다. 다른 쪽 소매에 팔을 넣는데 정진허의 손에 잡혔다.

"알아낸 게 무언가? 말하게. 내가 들은 이상 그냥 갈 수는 없네."

"난 당장 서울로 올라갈 거야. 문지기 말직이라도 얻어 살려면 그게 맞아."

"서울까지 온전히 가실 수 있다고 생각하십니까? 이대로 입기현을 떠나시면, 김 선생님께는 너무 많은 적이 생깁니다."

"하, 그렇군요. 내가 잊고 있었군요. 당신은 남자를 잡아먹는 여자였지. 내가 이렇게 멍청하니 맨날 이용이나 당하지. 크크크."

헛웃음에 어깨가 들썩이자 빈 소매가 덜렁거렸다.

"자네 미쳤나! 어서 아가씨께 용서를 구하게."

정진허가 말을 맺기도 전에 고채가 말했다.

"절대 잊지 마세요. 앞으로는."

앞으로? 앞으로라고? 김설이 몸을 돌렸다.

"당신과 더 이상의 앞으로는 없어. 절대!"

김설이 옷고름을 잡아 뜯었다. 뜯겨 던져진 그것이 고채의 발밑에 떨어졌다. 제 발밑에 놓인 푸른 그것을 뚫어지게 쳐다보던 여인이 천천히 옷고름을 집어 제 저고리 고름에 동여맸다. 아청세목이니 잘 간수해 나중에 꿰매주려는 듯. 그러고는 고개를 들어 김설을 보았다. 그대의 의중 따위 하등 중요치 않다, 그런 눈빛이었다.

김설은 이마를 짚었다. 저런 가증한!

32

"아침에 연회도 밑그림을 보다가 이상한 점을 발견했네. 내가 그

그림들을 처음 봤을 때, 자네는 늘 같은 자리에 앉아 있었지. 한마디로 자네는 자리를 뜬 적이 없다는 뜻이야. 그런데 이번에 보니 사고가 나기 직전의 그림에서 자네가 지워진 거야. 어찌 된 일일까. 내가 잘못 기억하고 있던 걸까? 아니야. 내 기억은 틀림없어. 몇 번이나 보면서 시시각각 변하는 연회 장면을 머릿속으로 그려봤거든. 누군가 그림을 바꿔치기한 거였네. 사고가 일어난 그 시각 자네가 자리를 비운 것처럼 보이게 하려고. 그래, 맞아. 그림을 그린 사람이야. 그래서 알게 되었지. 진범이 누구인지를."

"진범?"

"그래, 또 그 얘기일세. 자네 눈에는 아직도 이만의 죽음이 우연히 일어난 사고로 보이겠지. 그러나 그게 그냥 사고라면 이 모든 단서가 설명이 안 되네. 며칠 전 고 선비와 자네에 대해 이야기를 나눈 적이 있어. 내가 한창 자네를 의심할 때였지. 고 선비가 거들더군. 자기도 자네가 의심스러웠다고. 고 선비는 자네가 의심받길 바랐던 거야."

"고 선비가 왜 나를?"

"왜냐하면 올봄에 여동생이 저지른 짓을 알게 됐으니까."

사방이 어두워졌다. 정진허의 얼굴이 먹빛으로 변했다. 구름이 태양을 가려 강 주변에 거대한 그림자가 내려앉아서였다. 잠시 후 태양이 모습을 드러내 천지는 다시 환해졌지만 진허의 표정만은 그대로였다.

"여동생을 보호하려니 불가피했겠지. 자네라면 이런 일로 죄받을 일은 없을 테니. 내가 자네 집안의 위력에 타협했던 것처럼 고 선비 또한 자네가 범인으로 지목된다 한들 무리 없이 지나갈 거라 생각했던 거지."

"그렇다면, 이해는 가네. 물론 자네 말이 사실이라면."

말과는 달리, 더운 바람이 불어오자 정진허는 서둘러 이마의 땀을 쓸어내렸다. 몹시 인상을 쓰며.

"박희가 술에 약을 탔다던가, 박희와 석혜가 배 위에서 싸우다 사고가 났다는 그 소문 들어봤지? 굉장한 추문이지. 처음에 나는 청지기 민 씨가 하겸이 일로 박희에게 앙갚음을 하려고 소문을 냈다고 생각했네. 하지만 민 씨에겐 더 큰 뜻이 있었어. 민 씨의 진짜 목적은 상전을 보호하는 거였네. 민 씨는 아가씨가 뭔가를 도모한다는 걸 눈치챘지. 올봄 아가씨의 행동에서 이상한 점을 감지했을 테니. 여자 문제로 다투다 물에 빠져 죽은 스승과 제자. 소문은 자극적일수록 잘 먹히지 않나. 민 씨 입장에선 아들 복수도 하고 그야말로 일거양득이지. 중요한 것은 이거야. 그 소문 탓에 나 또한 약 이외에 다른 방법은 생각하지 못했다는 거지. 게다가 이 동네에는 약초에 능한 무당이 있지 않나."

"자네의 추리는 충분히 가능성이 있네. 하지만 전부 틀릴 가능성 또한 못지않아. 자네는 생각이 한쪽으로 치우치면 완벽한 망상을 만드는 경향이 있더군. 나를 의심할 때도 그랬잖아."

이번에도 망상이면 얼마나 좋을까. 그런 심정으로 고채를 바라본 김설은 곧 절망하였다. 범인으로 지목된 상황임에도 고채는 조금도 위축되지 않았다. 위축되기는커녕 마치 판관인 양 당당했다. 반듯한 이마며 흰한 눈썹. 심지어 머리 위로는 유월의 태양이 광배처럼 번쩍였다. 너무도 당당하여 뻔뻔하기까지 한 그 모습을 보고 있자니 김설은 가슴에 서리가 내리는 것만 같았다.

　"아가씨는 중국에서 온 나무좀의 생리에 대해 잘 압니다. 두 사람이 탔던 배에 둥근 구멍이 나 있더군요. 모양으로 보건대 바위에 깨져 생긴 형태가 아니었습니다. 겉은 멀쩡했어도 그 배, 좀에게 파먹혀 속은 솜처럼 된 상태였을 겁니다. 그 베틀다리처럼요."

　"그렇게 부실한 배가 어떻게 사람을 태우고 물에 떠서 가나?"

　"다른 부분은 멀쩡하니까. 그러다가 결정적인 순간에 물살의 압력에 못 이겨 좀먹은 부분이 허물어지면 구멍이 나는 거지. 순식간에 물이 차는 데는 손바닥만 한 구멍이면 충분해."

　"말로는 되겠지. 하나 그게 어디 사람 마음대로 조절할 수 있는 일인가?"

　"어린 송주가 색칠한 배라고 했을 때 난 꽃놀이 배인 줄만 알았네. 쪽물을 들인 건데 말이지. 쪽물에 창포와 천궁 가루를 섞으면 방충에 탁월한 효과를 내지. 그렇게 배 전체에 방충 처리를 한 거야. 한 군데만 빼고. 그리고 손바닥만 하게 남겨둔 거기에 좀 벌레를 이식한 걸세. 발이 닿지 않는 바닥 귀퉁이에 말이지."

과연 그게 가능한 일일까, 심란한 얼굴로 진허가 팔짱을 꼈다. 고채는 집중해 들을 뿐, 어떤 동요도 내비치지 않았다. 그 모습에 부아가 치밀었지만 김설은 냉정해지려 애를 썼다.

"물론 운이 안 따르면 원하는 시간에 배에 구멍이 나지 않을 수도 있습니다. 하지만 아가씨에겐 운 같은 건 필요 없지요. 왜냐하면 아가씨는 철저하게 준비를 하는 사람이니까. 염가를 칠 때처럼 차근차근 준비를 했겠지요. 아가씨는 몇 번이고 시험했을 겁니다. 감조 때문에 선바위 부근에 소용돌이가 칠 때 배에 구멍이 나게 하려면 어떻게 해야 하는지. 집에는 목공방이 있고 아가씨는 연장까지 잘 다루니 나무에 좀을 부리는 실험 정도는 얼마든지 할 수 있었을 겁니다. 그렇게 계획을 실행할 날이 다가왔습니다. 스승의 오십수 생신이라고 해서 당신은 성대한 잔치를 준비합니다. 그래요, 잔치는 성대해야 했습니다. 오십 명이 넘는 기생들과 악사들이 불려왔습니다. 입기현의 유생과 그들의 종, 그 많은 사람이 보는 앞에서 배가 가라앉고 이만과 박희는 물에 빠져 죽습니다. 올봄에는 가뭄이 심해 금주령을 내렸습니다. 그러니 참가했던 유생들은 알아서 입단속을 했을 것이고 현감 또한 고과에 악영향이 갈까 서둘러 익사 사고로 마무리 지었습니다."

그날이 떠올랐는지 정진허가 고개를 끄덕였다.

"확실히 그런 분위기였지."

"아가씨, 당신은 이만에게 새로 지은 도포를 선물했습니다. 봄이라고는 해도 물가는 쌀쌀하니 덧옷으로 입으시라고요. 백씨 부인에게 물어보니 소매와 기장이 긴 겹옷이었다고 하더군요. 그런 옷을 걸치면 수영에 능한 사람도 옷자락에 감겨 물살을 헤치기가 쉽지 않습니다. 심지어 그곳은 소용돌이까지 치는 웅덩이니까요. 하지만 만에 하나 이만이 헤엄을 쳐 빠져나온다면? 만일을 대비해 당신은 선바위 뒤에서 몸을 숨기고 지켜봤을 겁니다. 살아나오면 물밑으로 끌어내려야 하니까요. 아가씨는 거기서 그치지 않았습니다. 혹시 가라앉은 배가 물살에 쓸려 내려가 사람들 눈에 띌까 봐, 강바닥으로 내려가 배가 움직이지 못하게 돌을 채웠습니다. 하겸이에게 배운 잠수 실력을 발휘해서 말이지요."

"삼월이었네. 그때 강물은 얼음물이나 다름없어. 그런 물속에서 버틴다고? 머리로는 가능한 일이지만 실제로는 불가능한 일이야."

"아니, 채 아가씨라면 가능해."

소용돌이 속에서 빠져나올 때 김설은 직감했다. 이 여인의 잠수 실력은 예사의 것이 아니다. 이것은 치열한 훈련의 결과다. 몇 번이고 죽을 각오를 하고 물에 몸을 담근 훈련의 결과.

"당신의 모습을 원각이 목격합니다만 중은 침묵하기로 합니다. 원각 입장에서 이만은 여러모로 불쾌한 유학자가 아닙니까. 반면 당신은 잃어서는 안 될 소중한 후원자입니다. 절에서 생산하는 먹이며 지물을 고씨 댁에서 전매하고 있더군요. 밀수한 서적을 경인사에 보급하고 간행한 책을 팔아주는 것은 물론이고요."

"그렇다 해도 박희와 이만이 배를 타리라는 보장이 없잖아. 아니 그런가?"

"전에 말했듯 쪽지로 유인한 걸세. 송주가 봤다던 초립동이, 그게 누구인지는 나도 몰라. 어쩌면 그 초립동이는 변장을 한 채 아가씨일지도 모르지. 얼굴에 칠을 하고 목소리와 말투까지 꾸며서. 영리한 송주조차 눈치챌 수 없게."

김설이 고채에게 말했다.

"아가씨는 혼자 일을 처리합니다. 누군가에게 일을 시키면 그만큼 위험부담이 커진다는 걸 잘 아니까요. 아마도 성 진사에게서 배운 방식이겠죠. 정항 대감 손가락을 직접 자른 그분 말입니다."

이번에도 고채는 묵묵부답이었다. 정진허가 믿을 수 없다는 듯 고개를 젓더니 뭔가 생각이 난 듯 고채에게 다급히 물었다.

"그래서 그날 하겸이를 무당과 멀리 보낸 건가요, 약초를 핑계로? 하겸이가 행여 의심을 받을까 봐서요? 박희와 안 좋은 과거지사가 있는 데다가 하겸이가 잠수를 잘하는 건 이 근방에선 누구나 다 아니까."

말을 하다 말고 정진허가 두 손으로 이마를 짚었다. 이렇게까지 하는 살인자라니. 김설 또한 마찬가지였다. 자기 입으로 진상을 밝히고는 있지만 고채를 볼 때마다 확신은 흔들리고 혼란은 가중됐다. 정진허가 김설에게 물었다.

"만약 자네 말이 사실이라면, 초립동이가 전한 그 쪽지에 무엇이 쓰여 있었기에 두 사람이 배를 탄 거지?"

"그건 나도 모르네. 내가 알아낸 건 여기까지야."

잠시 생각에 잠겼던 정진허가 몸을 바로 했다.

"아가씨, 무례를 무릅쓰고 묻겠습니다. 윤기가 한 말이 사실입니까? 사실인지 아닌지 말씀해주시지요."

"정 진사님, 사실이 중요하십니까? 그렇다면 말씀드리겠습니다. 자맥질은 하겸이가 가르쳐준 게 아닙니다. 내가 하겸이에게 가르쳐줬습니다."

고채의 낯빛엔 도취의 기색이 여실했다. 이 여인은 지금 자신의 악행을 자랑스러워하는 것이다. 김설은 뒷골이 딴딴해져서 어떻게 될 것만 같았다. 그런 김설 쪽은 쳐다보지도 않은 채 고채가 말을 이었다.

"그런데 이상하지 않습니까? 제가 범인이라면 왜 김 선생님께 진상을 밝혀달라고 부탁드렸을까요?"

"구경꾼이 필요했으니까요. 당신은 자신이 얼마나 강한지 과시하고 싶은 겁니다. 사냥한 먹이를 가지에 꽂아놓는 매처럼. 당신은 이 모든 것을 유희로 여기니까! 지금도 수수께끼를 낸 사람처럼 답을 찾아내라고 나를 몰아대고 있잖습니까."

고채의 눈이 매서운 빛을 냈다. 고채가 몸을 돌려 김설을 마주했다.

"김 선생님이 내세운 근거는 전부 정황이 그렇다는 얘기일 뿐 증좌는 하나도 없습니다. 스승의 생신에 옷을 지어드린 게 문제가 되나요? 제가 잠수를 할 줄 안다고 범인이 됩니까? 배 안에 돌이 들어가 있는 것도 그렇습니다. 물살이 거셀 때면 큰 돌도 순식간에 휩쓸립니다. 소용돌이의 위력을 겪으셨으니 잘 아시지 않습니까. 그뿐만이 아닙니다. 제가 변장을 했다는 것도, 원각스님이 목격했다는 것도, 민씨가 소문을 냈다는 것도 전부 김 선생님 심증일 뿐이잖습니까."

"심증이 아닙니다. 억측도 아닙니다. 이건 명백한 사실입니다. 왜냐하면 이 고을에서 이 일을 해낼 수 있는 사람은 오직 당신뿐이니까."

"허술하군요. 단서만 꿰어맞추니 허술할밖에. 헤아리시는 수준이 물건은 보지도 않고 값만 맞추자고 덤비는 장사치와 다를 바가 없네요. 저도 묻겠습니다. 아까 점쇠를 거론하셨는데, 무슨 근거로 그런 말씀을 하신 겁니까?"

고채의 질문은 김설을 당황시키기에 충분했다. 보십시오, 김 선생님의 추론이 얼마나 엉터리인지. 저 여인은 이것을 노리는 것이다. 무기를 빼앗긴 군사처럼 김설은 낭패감을 감출 수 없었다.

"윤기, 난 자네가 착각했다 해도 상관없어. 말하기 싫으면 안 해도 되네."

정진허의 눈빛과 음성에는 정항이 오직 손자에게만 내비치던 사려 깊은 자상함이 깃들어 있었다. 어색한 기분을 내리누르며 김설은 이만의 일기에서 발견한 남화의 흔적, 그리고 점쇠의 출생과 이만이 그려놓은 겸괘에 대해 이야기했다.

"어질어질하군, 이만이 아비라니. 나는 왜 점쇠에게 아비가 있을 거라고 생각조차 해본 적이 없지? 같이 자라다시피 했는데."

자조하듯 정진허가 한숨을 내쉬었다.

"하지만 윤기, 점쇠라면 말일세, 아비가 자신을 외면했다 한들 그런 악행을 저지르지는 않을 거야. 점쇠는 말이야, 우리와는 품이 다르네. 착하다 순하다 그런 말로는 부족해. 뭐랄까, 점쇠는 타고난 인자仁者야."

"…."

김설은 부끄러웠다. 점쇠를 의심했다는 게 부끄러웠고 진허처럼 누군가를 깊이 신뢰하지 못하는 게 부끄러웠다. 조금 전 진허의 자상한 눈길을 불편하게 여긴 게 부끄러웠고 자신의 밑바닥에 흐르는 옹졸함이 부끄러웠다. 정진허가 말했다.

"아침에 하겸이에게 들었는데 어제 갯가에 윗도리만 남은 시체가 떠내려왔다더군. 뜯어 먹힌 데다 부패가 심해 상태가 말이 아니래. 난 전유한이 아닐까 하네만."

"그자가 사라진 지 벌써 열흘이니, 시간상 얼추 맞긴 하네. 여름이라 부패가 빨랐나 보군."

고채는 태연했다. 마치 예상한 일을 전해 들은 사람처럼. 역시 그런 거였군, 김설의 관자놀이가 다시 팔딱거렸다.

"여기 오기 전에 이첨에게 물어봤습니다. 백씨 부인께 설화책을 드리러 방문한 날, 아가씨가 자기를 붙잡고 캐물었다고 하더군요. 이첨은 전유한과 어울려도 그의 진짜 목적을 파악할 머리가 없었습니다. 그러나 아가씨는 이첨에게서 나온 말 몇 마디로도 전유한의 정체를 눈치챌 수 있었죠. 김안로는 자기에게 상납하는 방납꾼들이 이곳에 발을 뻗기만 하면 화를 당하자 의심했을 겁니다. 그래서 전유한을 이곳으로 내려보낸 거지요. 여기 입기현에서 무슨 일이 벌어지고 있는지 알아보라고. 물론 눈엣가시 같은 이만을 감시하게 하려는 목적도 있었지만."

"김안로라니 영 불길하군. 혹시 전유한이 알아낸 게 있을까?"

"그건 나도 모르겠어. 다만 예상치 못하게 이만이 죽고 나까지 내려와 탐문을 벌이니 불안이 극심해졌겠지. 전유한은 여기를 떠날 준비를 했던 것 같아. 원래 서울 사람이기도 하고. 서울로 돌아가 김안로에게 의탁하려고 했겠지."

"오호라, 그래서 선물로 바칠 귀갑을 급하게 구했던 거로군. 김안로 막내아들이 초례를 치른다는 소문을 들었거든."

김설이 고채에게 말했다.

"당신은 늘 혼자 처리해왔지만 이번만은 달랐습니다. 시간이 촉박했을 테니까요. 전유한이 사라진 날 마침 고 선비가 배를 띄웠습니다. 평소와는 다르게 부인과 아이를 두고 혼자서 아산 처가에 다녀왔다더군요. 이상하지 않습니까?"

"윤기, 그건 아무래도 억측 같아. 바다를 오가는 짐배를 움직이려면 일꾼 한둘로는 무리야. 전유한을 바다에서 없앴다면 일꾼들 입을 무슨 수로 막나. 내가 고 선비라면 그런 무리수를 둘 것 같지는 않네."

"한양이라면 무리겠지. 하지만 여긴 작은 읍성이야. 이곳만의 규칙이 있지. 무엇보다 이곳 입기현은 고씨의 영토일세."

고채는 두 사람의 대화에 아랑곳하지 않고 머리칼에 손을 넣어 손가락으로 빗질을 하고는 능숙하게 타래를 틀어 김설의 옷고름으로 단단하게 올려 묶은 다음 잔머리까지 말끔하게 쓸어 귀 뒤로 넘겼다. 그대가 그 어떤 증좌를 내놔도 나는 철벽방어할 수 있다, 여인의 얼굴이 자신감으로 빛났다. 그 빛은 오직 그녀만이 뿜어낼 수 있는 천연의 광휘였고 가까이 가면 베일 것 같은 날붙이의 물성을 가진 빛이었다. 그러나, 그랬다. 그 얼굴은 이 상황에서도 그녀 때문에 난도질당한 이 상황에서도 김설의 심장을 뒤흔들 만큼 아름다웠다.

"당신은 증좌를 대라고 하지만 그 무엇도 이곳에서는 쓸모가 없게 됩니다. 처음부터 그렇게 되어 있습니다. 증좌가 있다 한들 아무런 힘도 발휘하지 못해요. 여기에선 모두 당신을 보호합니다. 게다가 난 이제 평판이 땅에 떨어져서 무슨 말을 떠들어도 다 헛소리가 돼요. 당신이 한 짓, 난 애초 발설할 생각도 없었어! 그런데도 당신은 날 붙잡고 진상을 밝혀내라 강요를 합니다. 도무지 이해할 수가 없습니다. 이런 게 재미있나요? 재미있어? 당신, 당신 정말 고약하군."

눈가에 물기가 어리는 게 느껴졌다. 슬퍼서가 아니었다. 너무도 사악한 여인을 상대하려니 김설은 극도로 피로해졌다. 당장이라도 어딘가 결딴이 날 것만 같았다. 정진허가 입을 열었다.

"저 또한 말하지 않을 겁니다. 영치 아가씨 문제도 있고 해서 함부로 발설할 입장이 못 되니까요. 그러니 말씀해주세요. 지금 여기서 아가씨가 하는 말, 무슨 말씀을 어떻게 하시든, 그것이 진실이든 아니든 전 그대로 믿을 겁니다."

"정 진사님, 그 말씀은 진실이 중요하지 않다는 뜻인가요?"

정진허가 아닌 김설 쪽을 보며 고채가 물었다. 대답이 없자 두 남자를 번갈아 보며 고채가 말했다.

"진실에는 대가가 따릅니다. 감당하실 수 있겠습니까?"

여인이 앞섶에서 은장도를 꺼냈다. 흙바닥에 선을 그으며 고채가 말했다.

"이 선을 넘으면 두 분은 더 이상 보호받을 수 없습니다."

33

썩썩 베어지는 소리에 김설은 살갗이 쓸려나가는 것만 같았다. 감각은 이토록 생생하건만 김설은 지금의 현실이 온통 가짜 같기만 했다. 앞에선 고채가 장도칼로 풀을 쳐내며 나아갔다. 세 사람은 한 시간째 산길을 오르고 있었다. 길이라고 볼 수도 없는, 그저 짐승이나 다닐 만한 길이었다. 잊을 만하면 한 번씩 잡목덤불에서 부스럭거리는 소리가 났다. 맹수라도 따라오는 걸까. 되돌아가고 싶은 충동에 김설은 힐끗 정진허를 돌아보았다. 정진허는 잡풀이 사방에서 찔러대도 묵묵히 걸음을 옮길 뿐이었다. 김설은 요 며칠 정진허가 전혀 다른 사람처럼 변해 당황했는데 지금이 특히 그랬다. 저 표정은 구도자처럼 간절하지 않은가.

길은 어느새 바위 벼랑으로 바뀌었다. 소나기가 지나갔는지 발밑이 미끄러워 여간 위험한 게 아니었다. 문득 걸음을 멈춘 고채가 골짜기 안쪽으로 고개를 돌렸다.

아! 거기엔 거대한, 보고도 믿기지 않을 만큼 거대한, 고개를 꺾어도 한눈에 들어오지 않을 만큼 거대한 상수리나무가 버티고 있었다. 쏴아아, 나무가 가지를 비벼대며 웅장한 소리를 냈다. 곧바로 해일 같은 바람이 세 사람에게 쏟아졌다. 저고리가 찢어질 듯 펄럭였다. 정진허는 앞섶을 움켜쥐고 웅크렸지만 김설은 그럴 엄두조차 내지 못했다. 정면에서 맞으며 간신히 호흡을 이어갈 뿐이었다. 바람은 몰아쳤다. 인간의 정기신을 다 날려버릴 듯 몰아쳤다. 나무가 인간을 쫓아내려 괴력을 부리는 것 같았다. 머리가 온통 얼얼한 상태에서 김설은 빌고 또 빌었다. '어서 이곳에서 벗어나길, 어서 이 악몽에서 벗어나길.'

바람이 멎어 눈을 떴을 때 세상은 거짓말처럼 멀쩡했다. 고채가 한 곳을 가리켰다.

"저기에 천란 군락지가 있습니다."

그곳은 상수리나무 아래였다. 분명 그늘이 졌건만 선명한 연둣빛

광택 때문인지 언뜻 선뜻 그곳에만 해가 비치는 것 같았다. 자세히 보기 위해 김설은 잡풀을 뚫고 나아갔다. 뒤에서 정진허의 발소리가 따라왔다. 가까워질수록 난초를 둘러싼 풍경이 뒤로 물러나는 것 같은 착각, 그럴수록 김설의 눈에는 오직 난초만이 또렷하게 다가왔다.

그것은 괴로운 매혹이었다. 천란이라는 소리를 들어서였을까. 보고만 있어도 가슴 밑바닥에서 무언가가 깨어나 비죽비죽 솟아나는 기분, 천하라는 야망, 천년이라는 약속. 김설은 거칠게 목덜미를 긁었다.

"난엽에서도 향유가 분비되는가 보군. 비 온 뒤 대숲에서 백합 향을 맡으면 이럴까. 머릿속에 쌓인 너절한 것들이 다 씻겨나가는 기분이야."

난초에 코를 댄 채 정진허가 말했다. 상투는 반이 풀리고 매무새도 형편없는데 녹음에 물든 진허의 얼굴은 본 적이 없을 만큼 맑았다. 왜인지 마음이 놓이면서 김설은 비로소 호흡이 편해졌다.

"이곳이 유일합니다."

뒤에서 들려오는 고채의 음성에는 어딘지 슬픈 기가 묻어났다.

"천란은 화분에 옮기면 며칠 못 가 시듭니다. 정원에 옮겨 심어도 그래요. 뿌리내린 곳을 떠나면 자결하듯 죽어버려요. 이곳에서만 받을 수 있는 땅 기운과 바람을 빼앗기면 살 수가 없답니다. 이 상수리나무 밑이 아니면 안 되는 거예요. 그런데 이 천란을 기어이 화분에 옮겨 심으려는 사람들이 있습니다. 그 집요한 손길에 이식이 성공하기도 합니다만 수백 촉의 천란을 캐내어 겨우 한 촉 살릴까 말까 하니 가히 집착의 궁극이라 할 수 있지요. 그렇게 천란 화분을 손에 넣으면 그때부터 이상한 일이 벌어집니다."

"목숨을 건 쟁탈전이 시작되겠군요."

정진허의 말에 고채가 고개를 끄덕였다.

"그런 연유로 중국에서는 천란 때문에 여럿 죽어 나갔다고 합니다. 그럼에도 사람들은 천란을 손에 넣고 싶어 합니다. 이름에 원래 예쁠 천倩자를 썼는데 이것이 천자天子의 난이 되고 천하天下의 난이 되더니 천년千年의 권력을 약속하는 물건이 되면서 천란千蘭이 되었답니다. 중국에서 천란은 멸종되었다고 하더군요. 자연에선 이렇게 강성한 풀이 인간의 망상 때문에 화를 당하게 된 거지요."

"화분 하나를 얻자고 석혜 또한 수많은 천란을 희생시켰겠군요."

"덕분에 바닷가 군락지 하나가 사라졌습니다."

"설마 이 난초 때문에 이만을 죽인 겁니까?"

김설의 말에 고채가 눈을 들었다. 두 사람은 그날 밤 침상에서도 이처럼 서로를 바라봤다. 달빛마저 멈추고 오직 두 사람의 시선이 전부였던 시간. 김설이 먼저 무너졌다. 고채의 쇄골 아래에 얼굴을 묻는 순간, 김설은 비로소 영원이 무엇인지 알 수 있었다. 영원이란 오직 두 사람의 심장이 겹칠 때만 일어나는 사건.

그게 바로 엊그제인데.

이번에도 먼저 무너진 쪽은 김설이었다. 압박해오는 고채의 눈빛에 호흡이 흐트러져 김설은 눈을 돌려야 했다. 정진허가 몸을 일으켰다.

"이거였군요. 박희에게 건넨 쪽지 내용이. 그렇게 두 사람만 배를 타게 한 거군요. 천란 군락지를 발견했으니 스승을 모시고 이쪽으로 와보라고요. 두 사람에게 천란은 거부할 수 없는 유혹이었을 테니."

"인간은 자신에게 없는 품성을 갈망합니다. 난초가 가진 타협하지 않는 까다로운 성질, 그러나 석혜 선생님이 천란에 매혹된 것은 그 고고함 때문만은 아니었습니다. 그분에게 천란은 권력을 약속하는 상서로운 물건이었습니다. 김 선생님은 그분의 스물 즈음 일기와 최근의 일기만 보셨지요? 그분의 다른 시절 일기도 보시길 바랐는데 아쉽네요. 한 인간을 깊숙이 들여다볼 수 있는 기회였는데 말입니다. 석혜 선생님은 기묘사화 이후에도 관직에 대한 꿈을 버리지 못하셨어요. 과장을 들락거리는 게 부끄러웠는지 쉬쉬하며 과거시험을 두 번이나 보셨습니다. 물론 낙방했지만."

기억이 난다는 듯 정진허가 고개를 끄덕였다.

"전 그 얘기가 석혜의 명성에 흠집을 내려는 악의적인 소문이라고만 생각했습니다. 어쨌든 함께 화를 당한 기묘사림들에게 손가락질 받을 짓이긴 하군요."

두 사람의 말에 김설이 발끈했다.

"뜻을 펼치기 위해 관직에 나가려고 한 것이 잘못입니까? 아니, 대단한 대의명분이 없다 한들 뭐가 어떻습니까. 선비가 출세를 하려는 게 잘못은 아니지 않습니까?"

"출세를 꿈꾸는 게 잘못이라는 말이 아닙니다. 다만 그분에 대해 말씀드리는 것뿐입니다. 그분은 자신의 불운에 대한 원망이 깊었습니다. 그래서일까요? 세상이 잘못됐다고, 그러니 뜯어고쳐야 한다고. 그 생각에 집착하셨습니다. 선생님은 줄곧 말씀하셨습니다. 하늘의 뜻이 이 세상에 펼쳐지려면 성리학에 입각한 도덕 정치가 행해져야 한다고요."

정진허가 말했다.

"그건 성리학자로서 품음직한 신념이 아닌가요? 성리학은 태조께서 정하신 나라의 국시가 아닙니까."

"맞습니다. 성리학은 나라의 국시입니다. 사백 년 전에 송나라에서 만들어진 성리학이 이 나라 조선의 국시입니다. 문약으로 주저앉아 망해버린 그 송나라 말입니다."

순간 골짜기에 정적이 찾아왔다. 숲의 모든 것에서 움직임을 박탈한 듯한 불길한 정적이었다. 정적을 깨고 고채가 말을 이었다.

"어떤 학설이든 그 밑바닥에는 처음 주장한 사람들의 의지가 고이게 마련, 성리학도 예외는 아닙니다. 성리학의 바닥에는 송나라 사대부들의 의지가 고여 있습니다. 고인 의지가 넘쳐흘러 다른 의지를 받아들이면서 넓게 흐르는 대하를 이루면 이보다 아름다운 일이 또 있을까요. 안타깝게도 성리학의 의지는 넘쳐흐르기에는 양이 부족하고 넓게 흐르기엔 품이 안 되는 그런 의지였습니다. 왜 그런고 문헌을 살펴 따져보니 성리학은 오랑캐에 패해 자존심이 상한 송나라 사대부들이 우월감을 보상받고자 만들어낸 논리였기 때문입니다. 우리는 너희보다 우월하다, 왜냐하면 우리 중화는 예악을 아니까. 성리학의 논리는 중화가 아닌 것, 사대부가 아닌 모든 것을 낮추려 합니다. 그래야 사대부가 높아지니까요. 그것이 성리학 밑바닥에 은밀히 고여 있는 의지입니다. 이 나라 국시인 성리학 말입니다. 개국 이래 백오십 년 세월 동안 조선의 선비들은 성리학을 애호해왔습니다. 자기들에게만 유리한 이 논리로 백성들의 삶을 조목조목 옥죄는 이상한 규범을 만들어내면서요. 예의 도덕이 제일 시급한 문제인 양, 먹고사는 문제들은 도외시한 채 말입니다. 세상을 이롭게 하는 데는 무능한 논리가 백성들을 피곤하게 만드는 데는 유능하니 참으로 가관이 아닙니까?"

신음을 내며 정진허가 주저앉았다. 진허는 사림에 속하지도 않았고 생활 자체도 성리학이 요구하는 수양과는 거리가 멀었다. 그럼에도 개국 교서에 국시로 명시된 이래 모든 임금이 따르고 전파하려 애쓰는 성리학을 전면에서 부정하는 여인의 말을, 그것도 후려치듯 폄하하는 말을 듣고 있는 게 진허로서는 몹시 괴로웠던 것이다. 김설 또한 명치가 꽉 막힌 듯 답답해서 참을 수가 없었다.

"임금부터 백성까지 의리를 숭상하고 도덕적으로 살자는 게 무엇이 그리 잘못되었습니까. 그런 대의명분도 없이 어찌 나라가 다스려집니까. 설사 오점이 있다 한들 우리가 시시비비를 따질 수 있는 문제가 아니지 않습니까. 윗대가 정한 것을 따르는 게 아랫사람의 도리이지 않습니까."

"저도 유가의 사람입니다. 대의명분 의리 도덕은 저에게도 중요합니다. 그런데 도리가 그런 건가요? 그저 따르는 게 도리인가요? 석혜 선생님에게 주자의 말은 경전과도 같았습니다. 주희를 만세의 도통이라 떠받들었습니다. 주자의 말 하나하나가 우주의 원리이고 자연의 섭리이자 인간의 도리였습니다. 선생님은 주자의 리理에 따라 정한 도덕과 예법이 완전무결하다 믿었습니다. 선생님에겐 그것이 유일한 진리였으니까요. 이게 말이 됩니까. 학문이 업인 자가 이토록 맹목적이어도 되는 건가요?"

"그게 뭐가 그리 중요합니까?"

늘 눈앞의 생활에 골몰해온 김설로서는 지금 고채의 말 또한 석혜의 언사만큼이나 현실과 동떨어져 보였다. 그에게는 성리학 교설 또한 그저 방편, 성리학이 국시인 이 세상에서 살아가기 위한 방편일 뿐이었다. 김설이 말을 이었다.

"정자든 주자든 누구의 말씀이든 대세가 되면 진리가 아닙니까. 대세라는 건 다 그만한 소용이 있기에 대세가 되는 겁니다. 그렇기에 다들 그러려니 하고 따르는 것 아닌가요?"

"내 삶에 소용보다 폐해가 많은 것을 그러려니 따라야 하나요? 도대체 누굴 위해 그러려니 따라야 한다는 거죠? 석혜 선생님은 삼한(조선)의 뿌리 깊은 야만을 성리학으로 바로잡아야 한다고 말씀하셨습니다. 그분에게 주자를 배운 유생들은 불도를 따른다는 이유로 승려들을 학대하고, 고분고분 순종하지 않는다고 직녀들을 훈계하고, 농본을 해친다고 상인과 공장을 헐뜯었습니다. 유생들은 자신들의 행동에는 도덕적 명분이 있음을 믿어 의심치 않았습니다. 서로는 예로서 극진히 대하니 자기들처럼 고상한 사람들만이 도덕적으로 옳다고 믿은 거죠. 석혜 선생님은 우리 집안을 음으로 양으로 비난하셨습니다. 우리 일가가 노비를 면천시키는 것에 대해 집요할 정도로 불만을 내비쳤습니다. 향촌의 질서를 어지럽힌다는 이유에서요. 석혜 선생님은 자주 오라버니를 불러 저를 단속하라 훈계했습니다. 제가 미풍양속에 맞지 않게 처신한다고 말입니다. 제가 장사를 하는 것도, 직방을 경영하는 것도, 하물며 공부하는 것도 아녀자가 지녀야 할 덕성에서 벗어나는 짓이니까요. 그분의 눈에 저는 주자의 가르침에서 한참 벗어난 불량한 인생이었을 뿐입니다."

"그래서 죽였습니까? 스승에게 인정받지 못해서? 석혜는 당신을 딸처럼 걱정했습니다."

"딸처럼 걱정을 했다?"

인기척에 돌아본 두 남자는 움찔했다. 상수리나무 뒤에서 모습을 드러낸 건 머리를 산발한 무녀 을그미.

"박희와 혼인을 권하는 게 아가씨를 얼마나 욕보이는 건지 이만이 그자가 몰랐을까? 선비님들 생각은 어떻소."

무당의 손에 들린 쇠꼬챙이가 김설의 눈에 들어왔다. 을그미가 두 남자를 향해 조심스레 발을 뗐다.

"박희 그놈이 선비들을 데리고 몰려와 굿당에 불을 질렀지. 박가 놈은 내가 못 나오게 문에 못질까지 합디다. 누가 시켰을까, 응? 아니, 아니야. 아무도 안 시켰어. 하지만 난 다 알아. 내 얼굴을 이렇게 만든 건 이만이 그자야. 그자는 뒷짐 지고 좋은 소리만 하지. 하지만 결국 제자 놈들이 알아서 굿당에 불을 지르게 만들어. 선비님들, 제 살가죽이 타는 냄새를 맡아본 적 있소? 제 눈알이 익어갈 때 기분이 어떨 것 같소?"

으윽, 창백해진 정진허가 손으로 입을 틀어막았다.

"그만 내려가게."

단호한 말투와는 달리 고채의 얼굴엔 당황하는 빛이 역력했다. 그 말에도 아랑곳하지 않고 을그미가 한발 한발 다가왔다. 어깨에 메고 있는 망태기가 꿈틀거렸다. 두 남자가 뒷걸음치자 을그미의 반쪽 얼굴이 흥분으로 뒤틀렸다.

"선바위 뒤에 숨어 있다가 배에 독사를 풀었다. 두 놈이 아주 놀라서 펄쩍 뛰더군. 선비님들, 이제 그만 아가씨는 놔드려야 하지 않겠소. 응?"

"그날 내게 오해 살 말을 흘린 까닭이 이거였군."

저 무당은 고채 대신 죄를 뒤집어쓰겠다는 것이다. 김설이 고개를 저었다.

"다 부질없는 짓이야."

김설을 쏘아보며 을그미가 망태기 주둥이를 천천히 열었다.

"걱정 마시오. 우리 셋은 한번에 보낼 만큼 충분히 잡아왔으니까. 약이 바짝 오른 암놈들이거든."

"그만두게!"

정진허가 외쳤다.

"자네는 누구를 해칠 사람이 아니야. 사악한 술법은 취급도 안 하던 사람이잖아. 하겸이가 그랬어. 을그미네는 사람을 살리는 백무당이라고. 자네가 약초로 살린 목숨이 의원보다 많다고 말이야."

"그래서 지금 이러고 있는 거요. 큰 의리는 선비님들만 아는 게 아니라오."

망태기에서 자루를 꺼내는 순간 고채가 무당의 팔을 잡아챘다.

"자네는 잘못된 의리를 품고 사는군. 난 자네 복수를 한 게 아니야."

"압니다, 알아요. 하지만 저자들은 이해 못 해요. 아가씨 사정 같은 거. 결국 관아에 발고할 겁니다."

김설이 성큼 나섰다.

"자네 말이 맞아. 난 관아로 갈 거야. 눈앞에 살인자를 두고 입을 다물 수는 없는 법이지."

"알지도 못하면서 아가씨를 함부로 판단하지 마라!"

"그러니 어서 뱀을 풀어 날 물게 해. 날 죽여 영원히 입을 막아. 자, 어서."

순간의 충동에 김설은 뱀이 든 자루로 손을 뻗었다.

"지금 절 시험하는 겁니까?"

사납게 쏘아붙이며 고채가 꼬챙이로 자루를 낚아챘다. 당황한 무당이 손을 뻗어보았지만 자루는 이미 꼬챙이에 꿰어져 호를 그리며 날았다. 자루가 떨어진 수풀로 을그미가 펄쩍 뛰었다. 그러나 발이 땅에 닿기도 전에 히익, 소리를 삼키며 쓰러졌다. 살 맞은 볏단처럼 힘없이.

기절한 을그미를 그늘로 옮겨 누인 후에도 진정이 되지 않는지 정진허는 연신 가슴을 쓸어내렸다. 화상 때문에 눈을 뜬 채 누워 있는 무당의 얼굴, 그 처참한 형상에 진저리를 치면서도 김설은 눈을 떼지 못했다. 글 읽는 선비들이 어찌 이런 야만을 저지른단 말인가.

고채는 무당의 얼굴에 묻은 진흙을 닦아내고는 곁에 앉아 손부채를 부쳐 날벌레를 쫓았다. 그녀의 얼굴에는 김설로서는 처음 보는 그늘이 드리워져 있었다. 단순히 을그미에 대한 측은지심 때문만은 아닌 듯싶었다. 혹시? 하는 생각이 꼬리에 꼬리를 물더니 김설의 가슴에 무언가 얹혔다. 김설은 쓰러지듯 고채에게 다가앉았다.

"그 두 사람, 아가씨께 무슨 짓을 저지른 겁니까? 분명 무슨 일이 있었던 거지요?"

김설의 두 손이 고채의 손을 감싸 쥐었다.

"아니 아닙니다. 말하지 말아요. 말 못 할 사정이라면 말씀하지 않으셔도 됩니다. 진실 따위 중요하지 않습니다. 나는 당신 편이니까. 그래요. 나 김설은 당신 편입니다."

말을 쏟아내자 가슴이 뚫리면서 비로소 공기가 통하는 것 같았다. 사무친 원한이 있다면 그래서 두 인간을 죽인 거라면 그녀의 행위는 정당하다. 그런 감동적인 결론에 도달하자 김설은 울컥하기까지 했다. 말없이 김설을 바라보던 고채가 천천히 손을 뺐다. 슬픈 건지 화가 난 건지 알 수 없는 표정을 짓고서.

"괜찮아요, 괜찮아. 당신이 제일 중요하니까."

"진실을 부정하고 싶으시군요."

"난 다 이해합니다. 말하지 말아요."

"아뇨, 아셔야 해요. 여기까지 온 이상."

"윤기, 정신 차리게."

정진허가 고채에게 점점 밀착하는 김설을 잡아떼어 놓았다.

"윤기, 자네 심정은 이해하네. 하지만 그런 일은 채 아가씨에겐 가당치도 않아. 모르겠어?"

"난 진심일세. 그런 원한이라면 복수하는 게 당연하잖아."

고채가 일어나자 그림자인 양 김설도 따라 일어났다.

"망자들의 명예와 관계된 문제니 밝혀두겠습니다만 그런 불미스러운 일은 없었습니다. 무엇보다 난 사사로운 원한은 품지 않습니다. 원한이 생길 일을 내 삶에 허락하지 않으니까요."

고채의 표정은 냉담했다. 아아, 이제 저 여인에겐 동정받을 여지마

저 사라졌다. 자신의 마지막 희망까지 짓밟혔다는 생각이 들자 김설은 고채가 미워 견딜 수가 없었다. 파괴의 격정에 흉막이 부르르 떨렸다. 활활거리는 불덩이가 튀어나가 여인을 태워버릴 것만 같았다. 정진허가 앞을 가로막았다.

"비키게!"

"그럼 자네는 채 아가씨가 능욕이라도 당했길 바라는 건가?"

"그게 무슨!"

벌컥 성을 냈지만 김설은 곧 자신의 이마를 짚었다. 이마에 닿은 손이 축축해 끔찍했다. 진허의 말대로였다. 자신은 그런 일이 일어났길 바랐던 것이다. 그러면 고채를 이해하고 동정할 수 있으니까. 자신의 관대함으로 그녀의 악행마저 받아들일 수 있으니까. 자신은 두려웠던 것이다. 저 여인이 당했을 치욕과 고통보다 자신이 받게 될 상처가. 고작 이런 사내였다니. 그의 손이 이마의 망건을 쥐어 잡아 뜯었다. 동시에 김설의 머릿속에서도 무언가 뜯겨나갔다. 부박한 것 치곤 고집스러운 어떤 것이.

자신은 감히 알지 못했다. 고채와 이만, 두 사람이 주고받았던 대화가 무엇을 의미하는지. 기를 쓰고 따지는 고채와 쯧쯧 혀를 차는 이만, 그 치열한 논쟁의 현장을 자신은 그저 사제의 정겨운 대화로만 여겼다. 자신은 고채의 고민과 사유를 과소평가했다. 그녀의 질문을 아녀자의 식견에서 나온 귀여운 투정으로만 보았던 것이다.

"그거였군요. 당신은 이만을 인정할 수 없었던 거였어."

이만은 고채의 질문에 제대로 된 대답을 하지 못했다. 네가 과문해서, 네가 여자라서, 네가 시류에 물들어서, 그런 식으로 대답을 회피하곤 했다. 스승들은 그러게 마련이니까. 김설의 눈에는 그게 당연하게 보였다.

"그래요. 인정할 수 없었습니다. 그분이 전하는 리학은 세상을 설명하지도 변화를 담아내지도 못했습니다. 사변의 풍부함도 사유의 아름다움도 없었습니다. 그러나 아무리 그렇다 해도, 나와 생각이 다르다 해도 그분의 논리가 정연하기라도 했다면 나는 인정했을 겁니다. 하지만 그분이 전하는 주자의 리학은 스스로도 해명하지 못할 만큼 허술했습니다. 진리라는 건 모셔두고 숭배하는 게 아니지 않습니까. 언제 어디서고 누구에게든 검증받아야 하는 것이 진리 아니던가요. 논리의 명징성조차 갖추지 못한 학문이 학문입니까? 이름만 높았을 뿐 이만은 자신이 주장하는 논리의 정합성조차 피력하지 못했습니다. 나는 그런 자가 내가 사는 곳, 내가 살아갈 이곳, 입기현 서원의 좌장이 되는 것을 두고 볼 수는 없었습니다."

"그런 이유로 사람을 죽이다니, 이게 말이 됩니까?"

"네. 아주 말이 됩니다. 나는 모순으로 점철된 리가 점점 세를 얻어 통제할 수 없는 악이 되는 것을 지켜봤으니까요. 악이란 건 그런 겁니다. 눈앞의 문제는 해결하지도 못하면서 자기들이 독점한 학문을 자기들만을 위한 도덕으로 둔갑시키는 이기심. 석혜 선생이 가르치는 주자의 주장은 사대부들의 이익만을 위한 타락한 유학입니다.

베틀이야 어떻게 되든 말든 기둥을 파먹는 나무좀과 무엇이 다릅니까. 그따위 것으로 권위를 세워 백성의 삶을 좌지우지하려 하다니! 난 용납할 수 없었고 그래서 나무좀이 베틀 전체에 퍼지기 전에 쪽물에 담갔을 뿐입니다. 해야 했고 할 수 있기에 했을 뿐입니다."

"이토록 교만하다니! 생사여탈을 정할 권리는 오직 주상전하께 있습니다. 그게 이 나라의 국법입니다. 세상 무서운 줄 어찌 이리도 모른단 말입니까?"

"무서워해야 합니까?"

순간 정신이 말소된 듯 김설은 머릿속이 하얘졌다. 그래서였을까. 김설은 정진허가 내뱉은 신열 같은 탄성을 듣지 못했다. 아픈 듯 놀란 듯 찡그린 진허의 표정도 보지 못했다. 고채가 어깨를 펴고 허리를 곧추세웠다.

"왜 무섭기부터 해야 하죠? 무서워하는 건 습관입니다. 무섭다고 포기하는 것도 습관이고요. 자기 삶을 지키려면 당하기 전에 칠 궁리를 해야죠. 전 그리 배웠고 앞으로도 그렇게 할 겁니다."

당하기 전에 친다. 그 세 마디가 화살처럼 날아와 김설의 가슴을 꿰뚫었다. 빈 쪽지가 떠올랐다. 아무것도 생각하지 말자던 그 밤의 목소리도 생각났다.

"그래서 내게 허락한 겁니까?"

번개같이 파란 불꽃이 여인의 눈동자에서 일렁였다. 꽉 다문 입술이 일그러지더니 여인의 얼굴에서 경멸의 빛이 지나갔다. 독에라도 쐰 듯 김설은 호흡이 괴로웠다. 거짓말처럼 세상이 어두워졌다. 물속에서 느낀 그 슬픔은 지금을 예감한 것일까.

"그래서 버섯가루도…."

정진허가 입을 열었다.

"그건 쉽게 단정할 문제가 아닌 거 같아. 자네 입을 봉하고 싶은 사람이 한둘이 아닐 테니. 여기는 입기현이 아닌가."

바람이 불자 향기가 밀려들었다. 한 번도 맡아보지 못한 향기가 천지를 휘감아 세상을 삼켜버릴 듯 밀려들었다. 천란이 피어나는 시간이었다. 그것은 자신이 맡기엔 너무도 신성한 향기였다. 김설은 인정해야 했다. 자신도 이만과 다르지 않다는 것을. 다르지 않기 때문에 고채가 이만을 죽여야 했던 이유를 상상하지 못했다. 과장을 드나들던 이만처럼 자신도 이 세계 너머를 상상하는 법을 배우지 못했다. 이만처럼 영원히 배우지 못할 것이다. 자신은 이쪽에 있고 고채가 서 있는 저쪽으로는 갈 수 없다. 갈 수 없으니 애초 갈 수 없는 운명이니, 김설은 가지 않기로 했다. 눈가가 뜨거워졌지만 김설은 참았다. 맨눈으로 고채에게 가는 다리가 무너지는 걸 보고만 있기로 했다. 어차피 하늘에 오를 일 없는 인생, 언제까지나 땅에 묶여 벌레처럼 기어다닐 인생이다.

푸드덕, 요란한 소리를 내며 검은 새 떼가 날아올랐다. 당신을 위해 죽을 수는 있지만 당신을 받아들일 수는 없어. 머리타래를 동여맨 푸른색 옷고름이 보였다. 그 푸른 것을 끝으로 김설은 몸을 돌렸다.

"김 선생님이 그러셨죠? 누 사람이 물에 빠질 때 제가 지켜봤을 거라고. 네 그랬습니다. 하지만 다른 이유도 있었습니다. 삼월의 차가운 물속에서 저는 버텼습니다. 죽는 자의 얼굴을 봐야 하는 게 살생의 예니까요. 배에 물이 차 가라앉기 직전, 석혜 선생님이 저를 발견했습니다. 네가 왜? 크게 벌어진 눈으로 물으셨지요. 제가 대답했습니다. 지행병진. 지행병진이라고. 나는 행하기 위해 배우는 거라고."

네가 감히 주자를 입에 담느냐! 분노에 찬 이만의 손이 뻗쳐왔다. 바위에 붙어 눈 한번 돌리지 않고 스승의 죽음을 지켜보는 악독한 제자를 향해. 이만은 극력을 다했다. 그럴수록 포삼 자락이 사지를 휘감았다. 살려달라며 박희가 엉겨 붙었다. 뒤엉켜 몸부림치는 두 사람을 무언가 잡아당겼다. 짠물과 민물의 저주스러운 만남, 그 냉혹한 소용돌이, 그 광포한 물살이 방향을 훅훅 꺾으며 두 남자를 끌고 내려갔다. 옷자락이 이리저리 어지러웠다. 아미타불, 원각은 그 모습을 조용히 지켜봤을 것이다.

"김 선생님이 알아내길 바랐습니다. 내가 왜 이런 일을 벌였는지 그 이유를 말입니다. 진실이란 찾아낸 사람에게만 빛을 던져주니까."

저 아래 선바위를 감싸 흐르는 성곡천이 보였다. 저 멀리 촌락이 보이고 읍성이 보였다. 그 위로 펼쳐진 보랏빛 하늘. 잿빛 구름 띠가 저무는 태양을 반으로 갈랐다. 세상은 어둠으로 형태가 무너지고 있었다. 신음 같은 소리가 김설의 입에서 새어 나왔다.

"왜 하필 당신이."

슬개골이 나간 듯 자꾸 접히는 무릎을 부들거리며 김설은 산길을 내려갔다.

34

복더위 한낮을 걷자니 정수리가 인두로 지져지는 것 같았지만 김설의 마음은 겨울 산처럼 무겁기만 했다. 마음만 무거운 게 아니었다. 무쇠신이라도 신은 듯 발이 질질 끌렸다. 객사에서 말을 구하면 내일 낮에는 한양에 도착할 수 있다, 김설은 오직 그 생각만으로 두 발을 움직였다.

"김 선생, 기분이 안 좋구먼요. 이러면 우리 모두에게 안 좋은 거지."

고개의 중턱, 나무에 기댄 최흥이 오이를 씹으며 말을 걸어왔다. 저 귀신 같은 자가 여기에 왜? 여간 찜찜한 게 아니었지만 김설은 아무렇지 않은 척 오이를 받아 들었다.

"내가 떠나는 게 반가운 일 아닌가? 자네는 그 여자를 연모하잖아."

"뭐야, 서울 샌님이 날 질투하는 거야? 왠지 출세한 기분인걸요. 김 선생님, 난 말요. 그런 게 아니야요. 그 여자가 내 눈을 트여줬거든. 그 여자는 뭔가 요 오종종한 세상을 훌쩍 뛰어넘는단 말이지."

하, 김설의 폐에서 더운 바람이 새어 나왔다. 최흥은 고채의 악마 같은 면에 끌렸던 섯이다. 자기 깜냥을 뛰어넘는 짓을 서슴없이 저지르는 그런 존재의 수족이 돼 협객처럼 살고 싶었던 것이다. 아닌 게 아니라 최흥은 출세라도 한 듯 득의만만했다. 주인의 칭찬을 바라는 사냥개처럼 우쭐해져서 말이다. 오이를 베어 물며 김설이 말했다.

"그렇군. 전유한은 역시 자네가 처리한 거로군. 인당수 운운했던 게 농담이 아니었어."

"내가 안 죽였으면? 김 선생 혼자 앞날을 감당할 수 있갔시요?"

"고씨녀가 정중히 부탁이라도 하던가? 인간 대 인간으로."

대답은 않고 입만 비죽이는 걸 보아하니 제가 단독으로 처리한 게 분명했다. 고채가 손을 쓰기 전에 멋대로 해치운 것이다. 오이를 씹는 최흥의 얼굴을 보고 있자니 을그미가 왜 고채를 대신해 죄를 받으려 했는지 의문이 풀렸다. 큰 의리. 사사로운 은원을 셈하는 것은 을그미에게는 부차적인 문제였을 것이다. 을그미에게 이것은 신앙의 문제였다. 무녀로서 을그미의 눈에는 고채야말로 이 고장을 지키는 터주신이었을 테니.

"그건 그렇고 난 김 선생이 맘에 쏙 들어요. 내 쪽 사정이란 게 있어요. 운우지정도 모르는 아가씨를 모시려면 내가 참 곤란하단 말이지."

최흥이 손가락을 둥글게 말아 오이를 집어넣다 빼는 시늉을 했다.

"잊고 있었군. 자네가 뚜쟁이라는 걸."

"멋지잖소."

최홍이 손가락을 튕겼다. 오이 꼭지를 멀리 던지며 김설이 말했다.

"거부하네. 내 입을 막고 싶으면 그냥 죽여. 이곳은 바로 바다가 앞이라 시체 버리기에 아주 그만이잖아."

"거 어리광은 그만 부리고. 김 선생, 한양 올라가는 길에 잘 생각해보쇼. 고한리가 왜 일찍 죽었는지, 고성리가 왜 자살을 했는지를. 그 사람들 성 진사처럼 하려니 힘들었단 말이지. 고씨녀도 안 그러리란 보장이 없지. 인간은 뭐든 혼자 오래 하면 재미가 없어. 재미없어지면 이런 일은 그 길로 꽥이야. 일이란 건 말이야, 무조건 재미있어야 하거든."

그리 말하더니 김설의 봇짐에 푹, 뭔가를 찔러넣고는 철릭 자락을 휘날리며 고개를 내려갔다.

강바람이 불자 숨쉬기가 한결 편해졌다.

"이별주는 물가에서 마셔야 제격이지."

"점쇠는 어쩌고 혼자 왔나. 귀공자께서 손수 술병을 들고 말이야."

술을 따라주며 정진허가 목소리를 낮췄다.

"나중에라도 점쇠에게 그 얘기는 하지 말게. 아비가 다 뭐라고, 점쇠는 남화 혼자 키웠어. 점쇠는 조만간 면천시킬 걸세."

정진허는 요 며칠 새 얼굴이 까맣게 타 딴 사람 같았다. 그 얼굴을 대하려니 뭔가를 얻은 것 같기도 하고 잃은 것 같기도 해 코끝이 찡했다.

"자네는 여기서 계속 허송세월할 건가."

정진허가 정진허답지 않게 수줍은 미소를 지었다.

"좀 더 있어보려고. 채 아가씨 얘기를 듣다 보니 실마리를 찾은 기분이랄까."

"딱하군. 그 여자는 그냥 살인자일 뿐이야. 아무리 거창한 논리로 정당성을 주장해도 살인은 살인."

말발굽 소리에 땅이 울려 돌아보니 하겸이가 말을 타고 먼지구름을 일으키며 달려와선 팅기듯 뛰어내렸다. 다짜고짜 말고삐를 김설의 손에 쥐어주며 민하겸이 말했다.

"타고 가시래요."

"되었다. 나중에 어떻게 돌려준단 말이냐."

"그건 나리 사정이고요. 난 시키는 대로 하는 거니까."

말이 끝나기 무섭게 하겸이가 발걸음을 되돌렸다. 자신에게는 눈길 한번 주지 않고 한낮의 열기 속으로 멀어지는 뒷모습을 바라보며 정진허가 말했다.

"하아, 참으로 아름다운 가라말이 아닌가. 걸음걸음 분노가 섬광을 뿜는구나. 보게나. 저건 사실 유혹이라네. 도내현 갔다온 날, 내 옷고름을 풀며 하겸이가 그러더군. 딱 하룻밤만 개가 되어 놀아보자고. 그 말이 왜 그렇게 위로가 되던지."

하룻밤, 단지 하룻밤. 생각을 떨쳐내려 김설은 벌컥 술을 들이켰다.

"하지만 하룻밤의 위로가 아니었어. 그 이상이었지. 뭐랄까, 눈앞이 투명해졌다고 해야 할까. 내 평생을 덮고 있던 허울이 벗겨지고 진실을 마주한 기분이 들더군. 그런데 그때 내가 본 진실이란, 인륜이니 도리니 하는 거창한 게 아니었다네. 그냥 내 삶이더군."

김설은 진허의 말을 이해할 수 없었고 그래서 다시 술을 비웠다. 빈 잔을 바라보며 김설이 말했다.

"이 과하주 어디서 구했나?"

"점쇠가 가져온 거니 고씨 댁 술이겠지. 이렇게 맛있는 과하주는 평생 처음 마셔보네."

"처음? 시회 때도 똑같은 술이 나왔는데?"

"설마. 시회 때 나온 술은 소주였어. 내가 소주와 과하주 맛도 구별 못 할까 봐?"

김설의 머릿속으로 하나의 장면이 떠올랐다. 화려하게 꾸민 월향이가 눈을 찡긋하던 모습.

"그게 그렇게 된 거로군. 아무래도 고경의 처가 월향이를 매수한 듯싶네."

시누이의 정조를 유린한 대가를 치르게 할 요량으로 말이다. 고경의 처는 자신이 안채에 들락거리는 것을 다 지켜본 것이다.

"이 동네 여자들은 하나같이 주저 없이 행하는군."

"나는 고경에게 걸겠네. 고경은 자네가 채 아가씨와의 관계를 만천하에 떠벌이기를 바란 거지. 파렴치한이 되기 싫으면 내 누이와 혼인해라. 내가 오라비라면 그리하겠네."

"그렇다면 난 그냥 파렴치한으로 남겠네."

후우, 강물을 바라보며 정진허가 깊이 숨을 쉬었다. 자기가 한숨을 내쉰 듯 김설은 속이 텅 비는 것만 같았다.

"나야말로 파렴치한이야. 영치 아가씨를 보았을 때 덜컥했어. 영락없는 계집종 행색이더군. 사내라는 건 눈에 업보를 쌓는 생물이라더니."

바람에 가지가 흔들려 버들잎이 정진허의 갓을 건드려댔다. 정진허가 눈을 들어 자신을 건드리는 나무를 올려다보았다. 요 며칠 파란만장한 홍진에 휘둘린 사람치고는 너무도 상냥한 눈이었다.

"아직도 영치를 연모하는지 자신이 없어. 그렇다고는 해도 그녀의 신원을 위해 최선을 다할 생각이야. 그래야만 난 다시 인간으로서 살아갈 수 있어. 내가 요 몇 년간 정신 줄을 놓은 건 영치 때문만은 아니야. 홍려의 주검을 보고 난 더 이상 세상을 믿을 수 없게 되었다네. 내가 사는 세상이 그런 세상이었던 거야. 죄 없는 줄 알면서도 죄를 자백하라고 죽을 때까지 고문하는 세상."

죽마고우가 죽었다는 소식을 듣고 정진허는 의금부가 있는 견평방으로 달려갔다. 홍려의 집안은 풍비박산이 나고 부인인 옹주마저 폐서인이 되어 쫓겨난 마당에 시신을 수습할 사람은 없었다. 의금부 남옥 문밖, 처음에 정진허는 그것이 무엇인지 몰랐다고 한다. 오물이 눌어붙은 넝마 같은 것, 시커먼 멍으로 뒤덮여 어육처럼 짓이겨진 친구의 육신. 핏줄이 터져 온통 빨간 눈, 감지도 못한 그 눈을 감겨주지도 못하고 정진허는 뒷걸음을 쳤고 그대로 도망쳤다고 한다.

"점쇠가 시신을 수습했지."

김설은 자신이 멍투성이로 누워 있을 때 눈물을 글썽이던 진허의 모습이 떠올랐다. 상에 육고기 올리지 말라고 했다는 말도 떠올랐다.

"윤기, 내 생각에 채 아가씨는 목숨을 걸고 자네에게 손을 내민 거야. 그녀가 한 짓, 세상에 알려지면 능지처참을 당할 일이 아닌가. 원각이 목격했다는 사실을 알고 채 아가씨는 자신이 한 짓에 구멍이 생긴 것을 깨달았을 걸세. 그런 식으로 점점 주변 사람들을 끌어들이게 되지. 입기현 사람들은 알아서 채 아가씨를 돕네. 그러다 보면 당장은 도움이 돼도 점점 위험부담이 커지는 거야."

"그렇다면 더욱 안 될 말일세. 이만이 뒤에서 유생들을 조종한 것과 뭐가 다른가. 그 여자도 자기만의 논리로 세상을 주무르려는 거잖아."

"글쎄, 어쩌면 말이야, 다 똑같아 보이는 게 함정일 수 있어. 다 똑같은 놈들이다, 하는 게 제일 쉽지. 내가 그랬거든. 그러면서 나는 두 손 놓고 있는 거야. 책임을 회피하는 가장 비겁한 방법이지. 나는 감히 상상도 하지 못했어. 손에 피를 묻힐 용기가 없었거든. 하지만 용기는 단번에 생기지 않더군. 그런 용기는 오랜 시간 사유하고 훈련해야만 길러지는 품성일 거야. 채 아가씨처럼."

"피? 용기? 나라에는 지엄한 국법이 있고 사형은 국법에 따라 주상만이 결정할 수 있어. 그런 원칙마저 없다면 세상은 아비규환이 될 걸세."

"죄 없는 홍려를 그렇게 죽여도 된다고 국법 어디에도 씌어있지 않아. 나 또한 채 아가씨의 행위가 전부 옳다는 건 아니야."

"그 여자는 미친 거야. 성 진사 흉내를 내는 거라고. 스스로는 태산인 줄 알지만 거대한 해일일 뿐이야. 언젠가는 주변 모두를 휩쓸어버릴 재앙 같은 여자야."

설득하기를 체념한 듯 한숨을 쉬며 정진허가 품속에 손을 넣었다.

"이 서찰을 갖고 내 아버님을 찾아가게. 힘을 써주실 게야."

김설은 받아든 서찰을 바라보기만 했다.

"난 자네를 범인으로 몰려고 했어. 자네가 범인이기를 바랐어. 진심으로 말이야. 근데 왜 날 도와주려는 거지?"

"어제 산길을 내려오며 물어봤지. 왜 자네냐고. 채 아가씨가 그러더군. 그날 말이야. 비가 와서 수레바퀴가 빠졌을 때 어떻게 해도 안 움직였잖아. 다들 진이 빠졌지. 나는 슬슬 짜증이 났고 하겸이도 그만하자고 했지. 자네만 아무 소리 하지 않고 몇 번이고 될 때까지 하더래. 고랑창에 발목이 빠져도 온몸이 진흙투성이가 되어도 상관하지 않더래. 그 이야기를 듣고 생각했네. '그래, 윤기는 늘 그랬지. 묵묵히 헛수고를 참아내곤 했지. 헛수고가 아닌 게 될 때까지. 그래서 결국 해내고야 말지.' 윤기, 자네는 훌륭한 관리가 될 걸세."

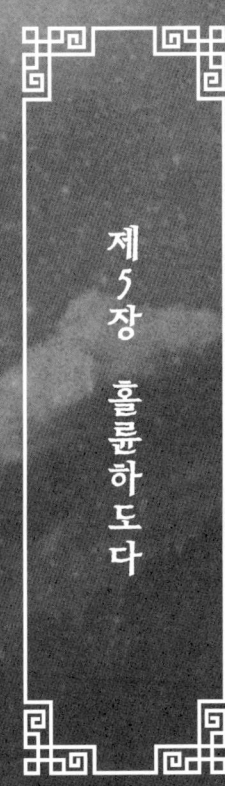

제 5 장 훌륭하도다

35

"맹자 왈, 먹고살려고 벼슬하는 자는 높은 지위와 많은 녹봉을 사양하고 낮은 지위와 적은 녹봉을 받는 곳으로 가야 한다. 그런 자에겐 어떤 자리를 주어야 하나? 포관격탁 즉, 문지기나 야경꾼 정도가 적당하다.* 곧 이 말은 생계 때문에 관리가 되는 자는 애초 큰 도를 행하는 데 관심이 없으니 큰 책임을 지는 지위를 탐해서는 안 된다, 이런 뜻이 아닌가 합니다."

모처럼 맞는 해석을 한 제자가 힐끔 김설을 쳐다봤다. 맹자 님은 어쩜 이리 맞는 소리만 하시는지, 나 들으라고 하는 소리 같구먼.

"좋아. 다음!"

제자가 눈치를 보더니 소피를 보고 오겠다고 한다. 벌써 세 번째

---

* 孟子曰 仕非爲貧也 而有時乎爲貧 娶妻非爲養也 而有時乎爲養 爲貧者 辭尊居卑 辭富居貧 惡乎宜乎 抱關擊柝 -《맹자》만장편 중에서.

였다. 하긴, 종일 경전을 외우라 들볶아대니 머리에서 쥐가 날 만도 했다.

"너, 일단 장가부터 가보는 게 어떻겠니?"

김설의 말에 제자가 멀뚱히 쳐다봤다.

"처가로 도망치란 말이다. 이 고생하지 말고."

제자가 배시시 웃더니 다녀오겠습니다, 하고 방문을 열고 나갔다. 문이 여닫히는 사이 들려온 빗소리에 이끌려 동창을 여니 겨울을 재촉하는 가을비가 정원의 낙엽을 적시고 있었다.

입기현에서 올라온 다음 날 김설은 북촌 신중록의 집을 찾았다. 집은 처음 왔을 때와는 다르게 답답했고 정원은 조잡스러워 보였다. '부잣집에서 보름을 살다 오니 눈만 높아졌군.' 김설은 쓴웃음을 지었다. 김설이 편지를 건네자 신중록은 반색했지만 서너 장은 되어야 할 편지가 두 장밖에 없자 이게 어떻게 된 일이냐며 김설을 쳐다보았다.

"제가 찾은 것은 그것이 전부였습니다."

이만에게 쓴 편지에서 신중록은 격의 없이 심정을 토로하곤 했다. 종종 임금의 부덕에 대해 험담을 늘어놓았다. 심지가 약해 아침 말을 저녁에 뒤집는다, 경연에서 경전 자구를 자주 틀려 민망하다, 패주 연산 못지않다 등등. 임금의 밀지가 내렸으니 준비한 상소를 올리라는 말도 있었다. 편지 말미에는 이번 일만 잘 마무리되면 주상께 천거해 관직에 나갈 수 있게 해주겠다는 약속도 덧붙였다. 이만은 왜 이 편지들을 남겨뒀을까? 신중록을 완전히 믿지는 않았다는 뜻이리라. 김설에게도 담보는 필요했다. 이 바닥에서 가장 위험한 일은 남의 비밀을 아는 것, 그러니 편지를 다 돌려줄 수는 없는 일. 고개를 끄덕이며 신중록이 말했다.

"조금 아쉽구먼. 알겠네. 가서 기다려보게."

이제 계절은 여름에서 가을을 지나 겨울로 접어들고 있다. 신중록에게서 연락은 오지 않았다. 오줌 누러 간 제자 놈도 돌아오지 않았다. 김설은 자리에서 일어났다. 다리 좀 펴보자고 일어난 것 같은데 어느새 마구간 앞에 서 있었다. 내리는 비를 사이에 두고 김설과 말은 서로를 바라보았다.

"버섯가루도 그녀가 먹인 거지? 그 독한 여자가 한 짓이 틀림없어. 내가 헛소리나 지껄이는 인간이라는 걸 만천하가 알게 하려고 말이야. 아무도 내 말에 신경 안 쓰게 말이야. 그래야 자신의 죄악이 덮어질 테니. 그 여자는 그런 농간을 부리고도 남지."

어차피 알 수 없는 일, 김설은 내심 고채가 그랬길 바랐다. 날 갖고 논 거야, 내 가문이 천미하니 쉬웠겠지. 그런 생각을 하면 골속이 좀에게 파 먹혀 가루가 되는 기분이었지만 김설은 중독이라도 된 듯 그 정교하고도 파괴적인 고통을 매일매일 곱씹었다. 그렇게 그는 달처럼 이지러졌고 이지러진 자리에는 고채라는 암흑이 들어찼다. 그 암흑 속에서 그는 치를 떨며 빌었다. 어서 한세월 훌쩍 지나 고채에 대한 기억이 이끼에 덮여 더 이상 아무것도 느끼지 못하기를.

바위처럼 느끼지 못하기를. 그러니 빨리 늙어버리자! 이만처럼 쓸쓸하게 늙어버리자.

시회에서 부린 난동에 대한 소문은 빠르게 퍼졌다. 평판은 그야말로 땅에 떨어진 말똥이 되었다. 갈 데까지 갔다고 체념을 해서인지 김설은 더 이상 안달을 내지 않았다. 올가을에 마구간 지붕에 새로 이엉을 얹지 않아 비가 새지는 않을까 요즘엔 그런 게 더 걱정이었다. 부사 댁에서는 기꺼이 말먹이를 댔다. 공짜로 탈 수 있으니 아니 좋을 수 있나, 하고. 정작 김설은 한양에 올라온 이후로는 한 번도 말을 타지 않았다. 먼 길 갈 일이 있어도 걸어갔다. 요즈음은 그나마도 두문불출, 나가고 싶지도 않았지만 부르는 곳도 없었다. 대신 자주 말을 보러 왔다. 이렇게 말이 마구간에 있는 걸 보면 왠지 안심이 되었다.

막 한양에 도착했을 때만 해도 김설의 수중에는 은자가 서른 냥이 넘게 있었다. 신중록이 보낸 용자에서 남은 것과 최홍이 손 털라고 준 열 냥, 그리고 정진허가 나루터에서 준 전별금과 고갯길에서 최홍이 오이와 함께 넣어준 열 냥. 하지만 한양에 올라온 다음 날 어머니와 형이 연달아 찾아와 반을 헐어 갔다. 그다음 날은 아버지가 와서 아들이 급제자인데 아무렇게나 입고 다닐 수가 없다면서 체면치레를 하려면 돈이 든다고, 노골적으로 김설 탓을 하며 남은 은자를 마저 털어갔다. 아버지는 호시탐탐 말까지 노렸다. 돌려줄 말이라고 해도 막무가내로 끌고 나갔다. 말이 중하냐, 아비가 중하냐. 김설 부자는 말고삐를 끌고 당기며 길바닥에서 언성을 높였다. 구경하던 사람들이 쯧쯧 혀를 찼다. 그렇게 지켜낸 말이건만 이 짐승은 김설에게 정을 주지 않았다. 내가 하겸이가 아니라서 그러니, 아니면 한양이 싫은 거니?

"김 선생님 궁에서 나리가 오셨는데요."

하는 소리에 뒤를 돌아보니, 사내종 뒤로 홍철릭을 입은 대전별감*이 서 있었다. 정유년 시월 이십육 일의 일이었다.

36

대전별감의 전언은 간단했다. 내일 오시정(낮 12시)까지 궁에 들어 편전으로 가라는 말이었다. 일단 이조吏曹부터 가야 하지 않느냐고 묻자 대전별감은 두 번 말하는 게 귀찮은지 편전으로 오시랍니다, 하고는 고개를 수그리다 말고 사라졌다. 날벼락이 따로 없었다. 그때부터 김설은 입궐 준비로 제정신이 아니었다.

김설은 오시초(낮 11시)가 되기도 전에 영추문**으로 들어섰다. 주상께서 알현을 받으시는 천추전에 다다르자 대전내관이 알현목록에서 김설의 이름을 확인하고는 행각行閣 주랑에서 기다리라고 일러

---

* 임금 경호를 하거나 왕명을 전달하는 등의 일을 하는 액정서에 소속된 궁중 잡직 하인.
** 경복궁의 서문. 관리들이 드나드는 문.

줬다. 문득 입고 있는 관복에 신경이 쓰였다. 대낮에 궁에서 보니 녹청색 단령이 꽤나 초라했다. 하지만 새 관복을 곧 마련하게 될 터, 김설은 들떴고 그의 생각은 자연스레 신중록에게로 옮겨갔다. 신중록이 힘을 써준 걸까? 발령에 대해 따로 언질을 준 건 없지만 아무래도 그런 것 같았다. 김설은 정진허가 준 편지를 써먹지 않았다. 진허는 친구를 위해 순수한 마음에서 한 일이지만 그의 부친의 입김이 닿는 곳은 결국 김안로였다. 권세가에게 신세를 지면 수족이 되어 부려지는 게 이 바닥의 이치. 김안로와는 좋은 일로도 엮이고 싶지 않았다.

얼마나 지났을까. 사정전 문이 열렸다. 어전회의를 마친 주상께서 사관과 대전 내관들을 거느리고 천추전으로 납시는 게 보여 김설은 고개를 조아렸다. 잠시 후 사정전 양편으로 대소신료들도 쏟아져 나와 김설은 한쪽으로 비켜섰다. 힐끗 보니 다들 입을 꽉 다문 채였다. 벨 것 같은 날카로운 긴장에 김설은 한껏 몸을 움츠렸다.

"설이 아닌가. 여긴 어쩐 일로?"

고개를 들어보니 신중록이었다. 어제 대전별감이 왔었다는 얘기를 하자 신중록이 묘하게 웃으며 김설의 팔을 툭 쳤다.

"집에 한번 들르게."

맞잡은 손을 비빌수록 불안은 커졌다. 핏기 가신 손은 얼음장이 돼 점점 곱아들었다. 신중록이 손을 써준 게 아니라면 무슨 일로 불려온 거지? 대전 내관이 다가와 '들라십니다' 하는 소리에 김설은 허겁지겁 내관을 따라갔다. 내관은 주상이 계시는 온돌방으로 김설을 안내했다.

절을 받고 물끄러미 보기만 하던 임금이 입을 열었다.

"입기현 현감이 상소를 하나 올렸다. 평생 상소라는 걸 올리는 인사가 아닌데 말이지."

김설은 단령 자락을 움켜쥐었다. 다 끝났다는 생각만 들었다.

"입기현이라, 벌써 삼십 년이나 지났구나. 딱 한 번 가본 적이 있다. 온천을 하러 온양에 갔을 때 잠깐 들렀지. 내가 즉위하고 처음으로 제대로 한 일이 무엇인지 아느냐. 그 동네를 현으로 승격시킨 일이다. 입기라는 이름도 내가 지었다. 그때는 하루하루가 무척이나 불안했지. 매일 공신들 눈치나 봐야 했어. 그래서 그곳 강에 우뚝 서 있는 바위를 보며 나도 입기立己하자고. 저 바위처럼 나를 세우자고, 어깨를 펴고 내 두 다리로 우뚝 서보자고 그런 이름을 붙였다. 사실 입기라는 이름을 붙이면서도 박원종 눈치를 보았지. 근데 너, 정덕 사년 구월 십육일 생이라고?"

"그러하옵니다, 전하."

"미와 같군."

그 말이 무슨 뜻인지 김설은 조금 뒤에야 깨달았다. 뒷골이 차갑게 식더니 손이 떨리기 시작했다. 미란 이미李嵋. 세자를 음해하였다 하여 죄받아 죽은 복성군의 이름이 미였던 것이다. 하필 복성군과

생년월일이 같다니. 김안로가 그토록 싫어하는 복성군과.

"입기현 현감이 시회에서 안타까운 일이 있었다고 하더군. 그러더니 나라가 인재를 뽑았으면 제발 자리를 주라고, 급제를 해도 문벌이 없어 출사를 못 한다면 도대체 과거는 왜 시행하는 거냐고, 아주 격렬하게 탄원을 했다. 현감이 네 이름을 밝히지는 않았지만 승지에게 물으니 널 두고 하는 소리라고 하더구나."

"소신이 망령되어 망극, 망극하옵니다."

김설은 혼이 나가 망극 망극만 되풀이했다.

"과인이 부덕한 탓이다. 과인이 나라의 동량을 보살피지 못했구나."

따뜻한 음성에 김설은 눈을 들어 임금을 바라보았다. 조금 피곤기가 묻어나는 큰 눈, 자신을 바라보는 그 자애로운 눈길에 김설은 그만 울컥했다.

"입기현 현감이 네가 지은 시를 적어 보냈다. 네 입에서는 그런 사랑스러운 시가 줄줄 쏟아진다고 하더구나. '이른 아침 반짝이는 거미줄에 붉은 꽃잎 대롱대롱'이라. 젊음이란 무릇 그러해야지. 그립구나, 여름날이…. 설은 말해보라. 가고 싶은 자리가 있느냐."

편전으로 부르신다기에 기대는 했지만 전하께서 특지*를 내리실 줄이야. 이런 날이 내 평생에 오긴 오는구나. 김설은 꿈이라도 좋다고 생각했다. 죽어도 여한이 없다고 그런 생각도 했다. 김설은 배운

---

* 일반적인 인사 절차를 건너뛴 임금의 특별 임명.

대로 겸양의 예를 갖춰 대답했다.

"엎드려 바라건대 소신에겐 포관격탁이 마땅하옵니다."

"이런, 꽤나 겸손하구나."

임금이 자리에서 일어났다. 육척장신에 호리호리한 옥체, 검소하다는 이야기는 들어 알고 있었지만 과연, 임금의 용포는 낡고 낡아 윤기가 빠진 지 오래되어 보였다.

"문지기 야경꾼이라. 사실 과인도 딱 그 정도나 했어야 했어."

임금이 손수 창을 열었다. 늦가을 썰렁한 바람이 들이쳤다. 휑한 사정전 마당이 보였다. 목석처럼 서 있는 대전별감들도 보였다. 구부정하게 선 채 밖을 내다보던 임금이 중얼거렸다.

"그랬다면…"

그랬다면 조강지처를 버릴 일도, 첫사랑 경빈을 죽일 일도, 맏아들 복성군을 죽일 일도 없었을 것이다.

훈구대신이든 사림이든 성균관 유생이든 간에 주상을 바라보는 시선들은 대동소이했다. 유순하고 겸손한 반면 줏대가 없어 권신들에게 휘둘리는 왕, 검박한 건 좋은데 아취도 모르는 매력 없는 왕, 성실하지만 내세울 업적 하나 없는 왕. 하지만 막상 가까이에서 보니 주상 또한 한 명의 인간일 뿐, 김설의 가슴은 어느새 한 인간에 대한 연민으로 차올랐다. 왕의 아들로 태어나 왕의 동생이었다가 얼떨결에 왕이 된 사람. 원치도 않았던 용상을 차지한 탓에 이분은 겪지 않아도 될 아픔을 너무 많이 겪으셨다. 젊은이의 마음이 전해졌는지 임금이 수줍게 웃어 보였다.

"설은 말해보라. 홍문관에 가겠느냐?"

어지를 파악하지 못한 김설은 무슨 말씀이온지 하다가, 급히 고개를 숙였다. 설마 설마, 홍문관? 급제자라면 모두 바라마지 않는 청요직. 청요직이라니, 내게 청요직이라니! 주상께서 지금 내게 손을 내밀어주신 것이다. 잡기만 하면 출세가 열리는 손. 지금까지 저 손을 잡은 이 중 한미한 가문 출신은 없었다. 모두 명문 대족 공신의 자제들이었다. 김설은 몸 둘 바를 몰라 몸을 더욱 숙였다. 이마가 거의 온돌바닥에 붙었다. 너무 근접한 탓에 김설은 자신의 소매 아래서 빛나는 게 무엇인지 알아보지 못했다. '성은이 망극하여이다' 복창을 해야 할 판에 김설은 자신의 엄지에 끼워진 반지에 정신이 팔려 입을 뗄 기회를 놓쳤다. 내가 계속 이것을 끼고 있었다고? 몇 달 동안 아무 자각도 없이? 스스로가 믿기지가 않아 김설은 몇 번이나 눈을 감았다 뜨며 반지를 노려보았다.

"이제 홍문관에도 젊은 기운을 불어넣어야지. 새로운 날이 아니냐. 응?"

임금이 몸을 돌려 자리로 돌아오는가 싶더니 뭔가 생각난 듯 동창으로 갔다. 정신을 차린 김설은 임금의 걸음을 따라 방향을 바꿔 앉았다. 희미한 어떤 냄새에 이끌려 김설은 고개를 들다가 그대로 몸이 굳었다.

저것이 왜?

김설은 다시 한번 용포자락 너머를 보았다. 화분대 위에는 청자 화분이 하나. 화분 안에는 향기도 기운도 사라진 천란 한 촉. 난초는 병약한 미인처럼 예민한 빛을 내고 있었다. 곧 죽을 생명이 내보이는 신경질적인 빛이었다. 김안로 방에 있어야 할 천란이 왜, 하다가 뒷덜미가 쭈뼛하더니 골속이 흔들렸다. 설마, 그렇다면 신중록이 말한 누군가가… 아니 아니야, 그럴 리가 없다.

"권력이 무상한지 왜들 그리 모르는지."

재미있다는 듯 임금이 빙그레 웃었다. 잘 다듬어진 희끗희끗한 수염 너머 반짝이는 치아가 보였다. 그리고 그 유명한 점, 미간에 찍힌 갈색 점도 보였다.

"난 이 난초만 보면 설레는구나. 굉장하지? 하지만 과인이 갖기엔 너무 큰 물건이다. 황제께서 계시는 자금성에나 어울릴 물건이지. 나 같은 소국의 군주는 잠시 곁에 둔 것으로 만족해야지."

홍조 띤 용안이 김설을 내려다보았다. 조금 전 행각에서 만난 신중록이 생각났다. 묘한 미소를 짓던 신중록이. 그가 곁을 지나가며 얇은 입술로 속삭이는 것만 같았다. 그 누군가가 누구인지는 중요한 게 아니라고, 표적이란 늘 바뀌게 마련이라고, 그런고로 우리 사대부들은 붓을 활처럼 쓰면 되나니.

"사실 난 네 답안이 무척 마음에 들었었다. 문체는 우아하고 예시는 풍부했다. 흠잡을 데가 없었지. 그런데 시험관들이 너무 다듬어진 모범답안이라는 거야. 그런 연유로 네가 병과 말번에 머물게 된 것이다."

 사과라도 하듯 임금이 수줍게 웃었다. 겸손한 미소였다. 더할 나위 없이 겸손하지만 결국 시험관들에게 책임을 돌리는 그런 미소. 흉내만 낼 뿐 정작 부끄러움 따위는 조금도 느끼지 않는, 임금의 그 미소는 실로 오랜 세월 다듬어져 빈틈이 없는 미소였고 그래서 보고 있는 젊은이를 수치스럽게, 견딜 수 없이 수치스럽게 만드는 미소였다. 김설은 눈을 내려 천란을 바라보았다. 웅장한 소리를 내던 상수리나무 그 아래, 네가 있어야 할 곳은 거기인데 어쩌자고 여기 있는 것이냐. 너는 이제 명나라로 보내지는 것이냐. 결국 자금성 어느 구석에서 말라 죽는 것이냐. 김설은 반지를 바라보았다. 부릅뜬 해태의 눈이 자신을 보고 있었다. 김설은 주먹을 쥐었다. 터질 것 같은 압박감이 엄지손가락에 전해졌다. 그렇게 해서라도 젊은이는 잊고 있던 반지의 무게를 느껴야 했다.

 "홍문관에 들기에 신은 견문이 부족하옵니다. 타고난 성품이 아둔하여 여전히 뜻을 가다듬지 못하였사옵니다."

 "홍문관이 성에 안 찬단 말이로군. 음, 그럼 어디가 좋을까?"

 임금이 자리에 앉으며 물었다. 김설이 입을 열었다. 자신도 알 수 없는 말을 하기 위해. 생각조차 해본 적 없는 이상한 말을 하기 위해.

 "소신은, 소신은 무너진 곳으로 가겠나이다."

 "무너진 곳?"

 "그곳에서 저를 세우겠나이다. 그곳에서 다시 배우겠나이다. 그곳에서 찾겠나이다."

"무엇을?"

임금이 흥미롭다는 듯 어서 말해보라 눈짓을 했다.

"참다운 리理, 모두를 위한 리를 찾겠나이다. 눈앞의 문제를 해결하는 리를 찾겠나이다. 소신을 입기현으로 보내주소서."

김설은 낮추고 낮춰 바닥에 납작 엎드렸다.

"참다운 리? 진리? 쯧쯧, 진리는 이미 정자와 주자가 다 정해놓지 않았느냐. 우리 조선은 그저 믿고 따르기만 하면 되느니. 이것이야말로 대국에 대한 의리가 아닌가."

김설의 고개가 천천히 들렸다. 그의 눈에 용안의 점이 들어왔다. 김설은 부르르 떨었다. 호흡을 멈추고 떨었다. 정기신을 다해 떨었다. 온몸의 핏줄이 조여들었다. 핏줄들은 몸부림을 쳤다. 오래도록 천륜으로 여겨왔던 무언가를 끊어내려고 격렬하게 몸부림을 쳤다. 학동 시절부터 귀가 닳도록 들어왔던 군주에 대한 순정, 목숨 바쳐야 한다고 배운 순정, 관직과 녹봉과 명줄이라고 믿었던 그 순정을.

그것은 분노가 아니었다. 단지 절연의 용기였다. 용기란 선택의 여지 없이 몸의 핏줄들이 먼저 치고 나가는 것. 피가 불보다 쇠보다 강해지는 그 순간에 운명을 내맡기는 것. 그것은 용기였다. 젊은이의 눈빛에서 그것을 읽었는지 용안에서 웃음기가 가셨다. 임금이 말했다.

"보아하니 넌 포관격탁이 마땅한 듯하구나. 가라, 입기현으로."

영추문을 나와 터덜터덜 걷던 김설은 문득 걸음을 멈췄다. 걷잡을 수 없는 후회가 사정없이 밀려들었다. 즉흥적으로 앞날을 결정해 버리다니! 스스로를 벼랑에서 밀어버린 것이다. 임금 앞에서 떠들던 어쭙잖은 말들이 떠오르자 김설은 그냥 딱 자기 혀를 끊어버리고만 싶었다.

"물렀거라!"

갈도*의 외침에 화들짝 놀라 비켜서자 옆으로 빠르게 사인교가 지나갔다. 정신이 들어 사방을 둘러보니 피부에 닿는 공기가 심상치가 않았다. 상하고하를 막론하고 관리들의 걸음이 평소보다 빨랐다. 흥분을 감추려 애쓰는 사람들처럼 다들 표정이 심각했다. 김설이 서리 하나를 붙잡고 물었다.

"무슨 변고라도 일어난 게요?"

"김안로가 사사된답니다. 오늘 어전회의 때 주상께서 명하셨다 합니다."

서리가 말하길 김안로는 삼 일 전, 아들 혼례 잔치를 하다가 잡혀 들어갔다고 한다. 그리고 어제 귀양길에 올랐다고.

"지금쯤 사약을 마시고 있겠군요."

말을 마친 서리는 포삼 자락을 펄럭이며 의정부 쪽으로 사라졌다. 몇 걸음 걷던 김설은 그만 다리가 풀려 바닥에 주저앉았다. 권력이

---

* 고관이 탄 가마가 지날 때 소리를 질러 행인을 비키게 하는 하인.

무상한 걸 왜들 그리 모르는지, 천란을 바라보며 흐뭇해하던 용안이 떠올랐다. 속이 메슥거려 단령 안에 손을 넣어 옷깃을 헤집었다. 눈앞에는 황토현*까지 쭉 뻗은 육조거리, 봐도 봐도 위풍당당한 주작대로. 그 위를 평교자가 오가고, 관리들이 오가고, 포졸들이 오간다. 모두 결연한 표정으로 바삐 오간다. 바뀌는 것 없이 번번이 권세가만 바뀌는데 무엇이 저토록 신이 날까.

"아아, 부나방 같구나."

김설은 거리 한복판에 벌렁 누웠다. 돌바닥에서 올라오는 찬 기운에 흉근이 펴지면서 가슴이 간질거렸다. 으하하하! 짓눌렸던 가슴에서 기쁨이 터져 나왔다. 비로소 해냈다는 기분이 들었다. 눈앞에는 뻥 뚫린 짙푸른 하늘. 그래, 그래, 그래! 그러겠지. 또 후회하겠지. 열두 번도 후회하겠지. 수없이 계산하겠지. 자꾸 뒤돌아보겠지. 뭐 어때. 내 타고난 게 그 모양인데. 하지만, 하지만! 이번만은 그냥 한번 가보자. 겁이 나면 고함 한번 지르면 돼. 이렇게.

"으랏차차차!"

김설은 두 어깨로 광화문의 하늘을 들어 올리며 척추를 쭉 펴고 두 다리로 우뚝 섰다.

---

* 현 광화문사거리.

37

　며칠 뒤 김설은 입기 향교의 훈도(교수)직을 제수받았다. 대과 급제자라면 기를 쓰고 피하는 한직이었다. 김설은 이조에 가서 교첩을 발급받고 상위관청인 성균관에 가서 인사를 올렸다. 해 질 녘이 다 되어서야 김설은 심 서방네에 들를 수 있었다.
　"참 나, 나리는 변한 게 없네요. 겨우 관리가 됐는데 갓끈이나 팔러 날 찾아오다니 말입니다."
　"돈이 필요하니 어쩌겠어."
　"어디다 쓰시려고요?"
　"사주단자 품을 사려고."
　"아이고, 이런 경사가 다 있나. 배오개에 사는 목수를 아는데 제가 하나 짜드릴까요?"
　"아냐. 상의원 소목장에게 맡길 거야. 최고급 호두나무로 짤 거거든. 아니 아니야. 그보다 더 좋은 것으로 해야겠어. 침향목으로 해달래야겠군."
　"침향목? 그게 얼마나 비싼데."
　"아니야. 그것보다 더 좋은 게 필요해. 혹시 상의원에 속한 나전장을 알고 있나? 몰라? 그럼 한번 알아봐주게."
　"왜요? 정말 나전칠기로 하게요?"
　"아니야, 그것으로도 성에 안 차는군. 적어도 은입사로 장식한 상자 정도는 되어야 해. 그래, 백금으로 테두리를 하고 뚜껑은 칠보로 장식해 달래야지. 사주단자를 받아 드는 순간, 그 아름다운 눈동자가 그 순간을 영원히 기억할 수 있게. 더할 나위 없이 훌륭, 훌륭한 것으로. 아 참, 갖신도 장만해야지. 그 또한 세상에서 제일 훌륭한 것으로."

"허이고, 누가 보면 왕실 혼례라도 하는 줄 알겠소. 겨우 이 호박 갓끈 하나를 팔아서?"

"왕실? 설마, 내 아씨는 그 따위는 댈 수도 없는 굉장한 여자야. 만고천추의 보검 같은 여자야. 천추만세의 천란 같은 여자야. 심지어, 구렁이야."

"하여간 허풍은. 그런 괴물 같은 여자랑 짝이 돼 뭣 하게요."

"나? 나는 거대한 상수리나무가 될 거야. 높게 떠올라 보검을 비추는 빛이 될 거야. 정 안 되면 까마귀, 직녀성 까마귀라도 되겠지. 그게 어디야."

"단단히 실성을 하셨구료. 어여 시나 써와 봐요. 그 훌륭한 사주단자는 내가 장만해놓을 테니. 시 한 편에 은 한 냥 쳐드릴 테니."

꿈에 녹은 듯 달콤한 얼굴로 김설이 말했다.

"석 냥."

"두 냥."

"석 냥!"

나 원, 하며 심 서방이 웃었다.

하얗게 뿜는 말 입김 사이로 눈 내리는 강 너머를 보고 있자니 김설은 자신이 성 진사가 된 것만 같았다. 저 앞에서 어린애들이 춤을 추고 부인이 손을 흔들었다지? 지금 힘차게 손을 흔드는 이는 중매쟁이를 자처한 정진허, 그리고 그 옆에는 환하게 웃는 점쇠.

헤어진 여름 강가에는 이른 눈이 내리고
검푸른 강물은 바삐 흐르고 게으른 사공은 더디 오고
강 건너 술병 든 이 누구신가 했더니
빛나는구나. 내 아름다운 친구들!

끝.

리의 세계
김설과 난초살인사건

초판 1쇄 발행 2025년 7월 11일

지은이 김혜량

책임편집 이정아
마케팅 이주형
기획편집 오민정, 이상화, 윤지윤
제작 357 제작소

펴낸이 이정아
펴낸곳 (주)서삼독
출판신고 2023년 10월 25일 제 2023-000261호
대표전화 02-6958-8659
이메일 info@seosamdok.kr

ⓒ 김혜량
ISBN 979-11-93904-45-9 (03810)

- 이 책은 저작권법에 따라 보호받는 저작물이므로 무단전재와 무단복제를 금지하며,
  이 책 내용의 전부 또는 일부를 이용하려면 반드시 저작권자와 출판사의 서면동의를 받아야 합니다.
- 잘못된 책은 구입하신 서점에서 바꿔드립니다.
- 책값은 뒤표지에 있습니다.

서삼독은 작가분들의 소중한 원고를 기다립니다. 주제, 분야에 제한 없이 문을 두드려주세요.
info@seosamdok.kr로 보내주시면 성실히 검토한 후 연락드리겠습니다.